LA FIANCÉE

LIVRE I

L'AUTRICE

Kiera Cass est née en 1981 en Caroline du Sud, elle est écrivaine de littérature d'enfance et de jeunesse. Elle est l'autrice de *La Sélection*, série best-seller n° 1 du *New York Times* et best-seller mondial depuis sa sortie. Diplômée de la Radford University, elle vit actuellement avec sa famille à Christiansburg, en Virginie.

Vous pouvez en apprendre plus sur Kiera et ses livres sur www.kieracass.com.

De la même autrice chez Pocket Jeunesse :

La Sélection

1 - *La Sélection*
2 - *L'Élite*
3 - *L'Élue*
4 - *L'Héritière*
5 - *La Couronne*

La Sirène

La Fiancée

Kiera CASS

LA FIANCÉE

LIVRE I

Traduit de l'anglais (États-Unis)
par Madeleine Nasalik

Titre original : *The Betrothed*

Loi n° 49-956 du 16 juillet 1949 sur les publications destinées à la jeunesse : avril 2023.

(édition originale : ISBN 978-0-06-229163-9).

ISBN 978-2-266-33022-0
Dépôt légal : avril 2023.

À Gerad, mon frère un peu foufou
qui serait soi-disant prêt à traverser le Serengeti
en me portant sur le dos.
Soi-disant.

Extrait des

CHRONIQUES DU ROYAUME DE CORIE

LIVRE PREMIER

Il est donc primordial,
citoyens de Corie, de respecter la loi,
car en enfreindre une, c'est les enfreindre toutes.

1

À cette période de l'année, le soleil est encore trop timide pour chasser le givre matinal, mais l'hiver nous fait déjà ses adieux, les premiers bourgeons commencent à percer et la promesse du printemps me remplit d'une énergie nouvelle.

Regardant par la fenêtre la farandole des oiseaux sur fond de ciel bleu, je soupire :

— Cette nuit, j'ai rêvé du retour de la belle saison.

Très occupée à nouer le dernier ruban de mon corsage, Delia Grace me conduit vers la coiffeuse.

— Moi aussi, répond-elle. Les tournois. Les feux de joie. Et le Jour du Couronnement, qui approche à grands pas.

Je comprends à l'inflexion de sa voix que je devrais montrer plus d'enthousiasme, mais j'ai toujours certaines réticences.

— Oui, j'imagine.

— Hollis, je suis certaine que Sa Majesté va te demander de l'accompagner au bal cette année ! J'ai du mal à comprendre que tu ne sautes pas au plafond.

Mon amie me coiffe avec des gestes qui trahissent son exaspération et entreprend de me tresser les cheveux.

— Remercions notre bonne étoile que le roi ait bien voulu nous accorder son attention cette année, dis-je sur un ton désinvolte, sinon l'ambiance serait aussi joyeuse que dans un cimetière.

— Tu parles comme si t'attirer ses faveurs était un jeu, s'étonne Delia Grace.

— Mais c'est un jeu. Il s'intéressera bientôt à une autre, alors profitons-en avant qu'il nous délaisse.

Le miroir me renvoie le reflet d'une Delia Grace qui se mord la lèvre.

— Il y a un problème ?

En un clin d'œil elle se déride et ses lèvres ébauchent un sourire.

— Aucun. Simplement, ta nonchalance me laisse perplexe. Je pense que le roi est plus attaché à toi que tu ne le penses.

Je baisse la tête et, des doigts, je pianote sur la table de la coiffeuse. Je l'avoue, Jameson me plaît. Il faudrait être de glace pour ne pas tomber sous son charme. Bien fait de sa personne, riche à millions et, cerise sur le gâteau, souverain de Corie. Excellent danseur, qui plus est : on ne s'ennuie jamais en sa compagnie, à condition qu'il soit de bonne humeur. Mais je ne suis pas sotte. Ces derniers mois, je l'ai vu papillonner, passer d'un joli minois au suivant. J'ai compté six conquêtes à son bras, sept en me mettant dans le lot – et il a sans doute un harem de maîtresses dont la cour ignore l'existence. J'ai l'intention de passer du bon temps à ses côtés jusqu'à ce qu'il me trouve une remplaçante, et ensuite j'accepterai le parti que mes parents me trouveront, un homme aussi fortuné que falot. Je vais me constituer un album de souvenirs que je pourrai feuilleter dans mes vieux jours, quand la nostalgie me prendra.

— Il est encore jeune. Je ne l'imagine pas marié, pas à son âge. Il lui manque quelques années d'expérience sur le trône. Par ailleurs, il va se chercher une épouse qui sera un atout sur le plan politique. À mon petit niveau, je ne lui suis d'aucune utilité.

À cet instant, on frappe à la porte et Delia Grace va ouvrir. La déception se lit sur le visage de mon amie. Visiblement elle pense que j'ai toutes mes chances avec Jameson et je me sens coupable de faire la fine bouche. Elle et moi, nous sommes comme les doigts de la main depuis dix ans, j'ai toujours pu compter sur elle et vice versa, mais depuis quelque temps il y a du changement dans l'air.

Les femmes de la cour de Corie, à laquelle j'appartiens, ont à leur service une cameriste, et Delia Grace remplit ce rôle pour moi. Les nobles d'un certain rang et les membres de la famille royale ont, elles, des dames d'atour qui sont plus que de simples domestiques : ce sont des confidentes, des alliées, des gardes du corps… elles ont une responsabilité essentielle. En se convainquant que j'ai toutes mes chances auprès du roi et que je vais accéder un jour aux plus hautes sphères du royaume, Delia Grace endosse un rôle qui n'est pas encore le sien.

Malgré tout, je suis très touchée par son attitude, même si je n'arrive pas forcément à l'exprimer. C'est ça, une amie, une personne qui a de l'ambition pour vous, qui vous encourage à viser plus haut.

Delia Grace revient avec une lettre à la main, une lueur espiègle au fond de l'œil.

— Je reconnais le sceau royal, dit-elle en l'agitant. Mais comme les sentiments de Jameson ne nous font ni chaud ni froid, j'imagine que rien ne presse pour l'ouvrir.

— Laisse-moi voir.

Je me mets debout le bras tendu et aussitôt elle s'écarte, un sourire narquois aux lèvres.

— Delia Grace, espèce de sorcière, donne-moi cette lettre !

Elle recule d'un pas et je me lance à sa poursuite en poussant des cris de joie. Je réussis à l'acculer par deux fois dans un coin de la chambre mais, plus vive, elle s'échappe avant que je ne la rattrape. Je ris tellement que j'ai du mal à reprendre haleine mais, enfin, je la saisis par la taille. La lettre toujours hors de ma portée, elle refuse de s'avouer vaincue. Je suis à deux doigts de récupérer ce qui m'appartient quand ma mère ouvre à la volée la double porte qui fait communiquer nos appartements.

— Hollis Brite, as-tu donc perdu la tête ?

Je me détache de Delia Grace, esquisse une rapide courbette et prends un air contrit, les mains nouées dans le dos. Mon amie m'imite.

— Je vous entends hurler comme des bêtes sauvages à travers le mur. Est-ce que tu crois qu'un parti correct va se présenter si tu t'obstines à te comporter ainsi ?

— Mes excuses, Mère.

Je la regarde à la dérobée. Elle se tient là, exaspérée – elle est toujours agacée quand elle s'adresse à moi.

— Les fiançailles de lady Copeland ont été annoncées la semaine dernière, lâche-t-elle, et les Devaux sont eux aussi en pleins pourparlers. Mais toi, tu n'as pas l'air de vouloir sortir de l'enfance.

Je reste muette. Delia Grace ne peut s'empêcher de prendre ma défense.

— Vous ne trouvez pas que c'est un peu tôt pour chercher un mari à Hollis ? Elle est aussi bien placée qu'une autre pour gagner le cœur du roi.

Ma mère essaie, sans trop d'efforts, de réprimer un sourire dédaigneux.

— Nous savons tous que le cœur du roi est sans attache. Et Hollis n'a pas vraiment l'étoffe d'une reine, tu seras sans doute d'accord là-dessus, fait-elle le sourcil haussé, comme pour nous mettre au défi de la contredire. Par ailleurs, ma chère Delia Grace, je te trouve culottée d'avoir un avis sur le potentiel de ma fille, ou sur celui des autres ladies de la cour !

Delia Grace serre les dents, les traits figés. Ce masque, je l'ai vu sur son visage des millions de fois.

— Sur ces bonnes paroles, je vous laisse à vos gamineries, assène ma mère.

Une fois certaine de nous avoir bien fait comprendre que nous ne valions rien, ou pas grand-chose, elle pivote sur ses talons et quitte ma chambre.

Chagrinée, je me tourne vers Delia Grace.

— Désolée pour toutes ces horreurs.

— Ce n'est pas la première fois que je les entends, ni la dernière, réplique Delia Grace avant de me donner la lettre. Et je suis désolée, moi aussi. Je n'avais pas l'intention de t'attirer des ennuis.

— Ne t'inquiète pas. Tous les prétextes sont bons pour me rabaisser.

Delia Grace me fait comprendre par une grimace qu'elle est d'accord. Je décachète la lettre et je me penche sur son contenu.

— Aïe, dis-je en me passant la main dans mes cheveux en bataille. Je vais avoir besoin de ton aide pour me recoiffer.

— Pourquoi ?

— Parce que Sa Majesté réclame notre présence à la rivière aujourd'hui.

— Tu penses qu'il y aura beaucoup de monde ?

— Qui sait ? Il aime s'entourer de flatteurs.

— C'est vrai. J'aimerais l'avoir rien que pour moi, juste une fois.

— Je croyais que ce n'était qu'un jeu à tes yeux.

Je lance un sourire complice à Delia Grace. Elle lit en moi comme à livre ouvert, j'en ai bien peur.

Nous tournons le coin du mur et je remarque que les portes du palais, déjà ouvertes, laissent entrer à flots le soleil printanier. Mon cœur s'emballe lorsque j'aperçois le manteau rouge bordé d'hermine et la silhouette de Jameson, svelte mais puissante, au bout du couloir. Même s'il me tourne le dos, sa présence seule suffit à électriser l'air.

Je m'incline presque jusqu'à terre.

— Votre Majesté.

La tête baissée, je vois la pointe de deux souliers noirs se tourner dans ma direction.

2

— Ma précieuse Hollis, dit le roi en me présentant une main chargée de chevalières.

Je mets ma main dans la sienne, je me redresse et mon regard plonge dans le brun aux reflets d'or et de miel de ses yeux. Il y a dans l'attention totale et exclusive qu'il m'accorde quelque chose qui provoque les mêmes sensations que celles qui s'emparent de moi quand je danse avec Delia Grace, emportée par l'élan : un vertige, une fièvre.

— Votre Majesté. Votre invitation m'a transportée d'aise. J'aime tellement la rivière Colvard.

— C'est ce que j'ai cru comprendre. Vous voyez, je l'ai gardé dans un coin de ma mémoire, dit-il en me serrant plus fort la main.

Puis il ajoute, à voix basse :

— Je n'ai pas non plus oublié que vos parents sont plutôt… étouffants ces derniers temps. Mais j'ai dû les inviter, par respect du protocole.

Jetant un coup d'œil par-dessus son épaule, je me rends compte qu'il y aura foule pendant cette expédition. Mes parents sont là, en effet, ainsi que certains lords du Conseil et une palanquée de ladies qui n'espèrent qu'une chose : se faire remarquer de Jameson et prendre ma place. Je repère Nora, qui me lance un regard hautain, Anna Sophia et Cecily sur ses talons ; elles sont toutes certaines que le roi me jettera bientôt comme un vieux mouchoir.

— Ne vous inquiétez pas, ajoute Jameson. Vos parents seront sur une autre barque.

Je lui réponds d'un sourire, soulagée, mais je dois quand même subir leur présence dans le carrosse qui nous emmène à la rivière au bout d'une route sinueuse. édifié sur le plateau de Borady, le château de Keresken offre au voyageur un paysage aussi féerique qu'inoubliable. Avant d'atteindre la campagne, les équipages ont dû se frayer un passage dans les ruelles de la capitale, Tobbar. Une fois dans le véhicule, je vois le regard de mon père s'éclairer lorsqu'il comprend que ce trajet lui donne l'occasion de s'entretenir longuement avec le roi.

— Votre Majesté, parlez-moi de la situation le long de la frontière. Le bruit court que nos hommes ont essuyé une lourde défaite le mois dernier.

Je dois me faire violence pour ne pas lever les yeux au ciel. Est-ce que mon père croit sincèrement que rappeler au roi nos récents échecs militaires est une façon idéale d'entamer la conversation ? Jameson a la gentillesse de ne pas l'envoyer promener.

— En effet. Nos soldats n'y sont stationnés que pour maintenir la paix mais que peuvent-ils en cas d'agression ? D'après mes informateurs, le roi Quinten prétend que le territoire d'Isolte s'étend jusqu'aux plaines tibériennes.

Mon père lâche un rire moqueur. Ce n'est qu'une façade : je devine, à la façon dont il fait tourner la chevalière en argent qu'il porte à l'index, qu'il est terriblement nerveux.

— Ces plaines appartiennent à la Corie depuis des générations.

— Précisément. Mais je n'ai aucune crainte. Ici nous sommes à l'abri des attaques et les soldats coriens sont très vaillants au combat.

Je regarde le paysage qui défile derrière le carreau, assommée par cet échange sur les chamailleries entre deux royaumes rivaux. En temps normal, je passe d'excellents moments avec

Jameson, mais mes parents n'ont pas leur pareil pour gâcher l'ambiance.

Je lâche un soupir de soulagement lorsque le carrosse s'arrête à quelques pas de l'embarcadère. Enfin, de l'air.

— Vous n'aviez pas menti, vos parents sont d'atroces rabat-joie, me confie Jameson lorsque nous nous retrouvons en tête à tête.

— Je vous avais averti. De vrais boute-en-train.

— Et pourtant ils ont réussi à mettre au monde la créature la plus ensorcelante que je connaisse, ajoute-t-il en me baisant la main.

Je rougis jusqu'aux oreilles et, détournant le regard, je vois Delia Grace descendre de son carrosse, suivie par Nora, Cecily et Anna Sophia. Si mes parents m'ont fait vivre l'enfer durant le trajet, ce n'est rien comparé à ce que ses compagnes de voyage lui ont fait subir. Elle s'approche de moi les poings serrés. Je lui chuchote :

— Que s'est-il passé ?

— Ce qui se passe à chaque fois, répond-elle en se redressant de toute sa hauteur. Le bon point, c'est que nous ferons la balade ensemble. Viens. Je suis impatiente de voir leur tête quand elles découvriront que le roi t'a réservé une place sur sa barque !

Nous descendons l'embarcadère. Jameson m'aide à monter à bord et je sens une vague de chaleur remonter le long de mon bras. Comme promis, Delia Grace s'installe à mes côtés avec deux conseillers, tandis que les courtisans conviés à cette petite sortie prennent place à bord d'autres embarcations mises à la disposition de Sa Majesté. Battu par le vent qui monte de la rivière, le pavillon royal claque fièrement au sommet de son mât, son rouge intrépide évoquant une flamme. Ravie, je m'assieds à la droite de Jameson qui garde ses doigts mêlés aux miens.

Il y a des amuse-bouche, ainsi que des fourrures au cas où le temps fraîchirait. J'ai la sensation que mes souhaits sont exaucés avant même que je les exprime et j'ai encore du mal à m'y faire : assise à côté d'un roi, tout m'est apporté sur un plateau.

Tandis que nous descendons la rivière, des promeneurs sur les berges s'arrêtent pour saluer le pavillon d'une révérence et pour adresser des bénédictions à leur souverain. Le port altier, aussi droit qu'un chêne, Jameson leur répond en hochant la tête.

Contrairement à d'autres monarques, Jameson a la chance d'être un très bel homme. Il prend grand soin de son apparence, garde courts ses cheveux noirs et impeccable son teint de bronze. Il suit la mode sans être frivole, même s'il ne sort que paré de ses plus beaux atours. Faire une sortie sur l'eau alors que le printemps s'annonce est le plus sûr moyen d'exhiber ses barques et ses canots.

Et c'est ce qui me plaît chez lui, parce que cela me permet d'être assise ici à ses côtés, de vivre ce que vit une reine.

Sur la rive, non loin d'un pont de construction récente, se dresse une statue érodée par les éléments qui projette son ombre jusqu'aux eaux vert bleuté. Cette statue représente Albrade, notre vaillante reine guerrière. Comme le veut la tradition, les hommes qui se trouvent dans les embarcations se mettent debout tandis que les dames baissent la tête en témoignage de respect. Les livres d'histoire regorgent de récits qui retracent les exploits de la reine Albrade parcourant le royaume à bride abattue pour prendre les armes contre les Isoltiens en l'absence de son époux, le roi Shane, parti dans le Haut-Marais régler des affaires urgentes. À son retour, il a fait édifier sept statues en hommage à son épouse à sept endroits différents et, chaque année au mois d'août, les dames de la cour dansent autour, armées d'épées de bois, pour commémorer sa victoire.

En vérité, les reines ont joué un rôle essentiel en Corie, souvent plus que les rois, et la reine Albrade n'est pas la seule à être célébrée avec les égards dus à son rang. Je pense à la reine Honovi, par exemple, qui a sillonné le royaume pour en tracer les frontières au moyen d'arbres et de rochers qu'elle a consacrés d'un baiser, à des emplacements stratégiques. Aujourd'hui encore, les gens cherchent ces jalons et ils les embrassent afin de s'attirer les faveurs de la providence. Je pense aussi à la reine Lahja, qui a soigné des enfants pendant la grande vague de peste isoltienne – avant de mourir, les malades voyaient leur peau devenir aussi bleue que la bannière d'Isolte. Elle a eu le courage de braver la mise en quarantaine et de pénétrer dans la capitale pour y chercher des petits survivants et leur trouver un nouveau foyer.

Même la reine Ramira, la mère de Jameson, était connue aux quatre coins du royaume pour sa bonté et sa science du compromis. Sans doute l'exact contraire de son époux, le roi Marcellus, qui avait tendance à frapper d'abord et poser des questions ensuite. J'ai entendu dire que trois guerres avaient été évitées grâce aux talents de diplomate de cette souveraine. Les jeunes hommes de Corie lui doivent une fière chandelle. Leurs mères aussi.

L'héritage des reines de Corie a laissé une empreinte durable sur le continent tout entier, ce qui ajoute sans doute à la séduction qu'exerce Jameson. Il est beau, il est riche, il peut faire de moi une reine… et même plus qu'une reine, une légende.

— Je me sens bien sur l'eau, me dit-il, et sa remarque me ramène à la beauté de l'instant présent. Je garde un souvenir ému des voyages en bateau que je faisais, enfant, avec mon père, jusqu'à Sabino. Delia Grace s'invite dans la conversation.

— J'ai souvenir que votre père était un navigateur émérite, confirme-t-elle.

— L'un de ses innombrables talents. Je me dis parfois que je tiens plus de ma mère, mais son amour de l'océan m'est resté. Son amour des voyages, aussi. Et vous, ma chère Hollis ? Vous aimez voyager ?

Je hausse les épaules.

— L'occasion ne s'est jamais vraiment présentée. Ma vie tout entière se partage entre le château de Keresken et le manoir de Varinger.

Mais j'ai toujours voulu aller à Eradore. J'aime beaucoup la mer et on m'a dit que les plages sont d'une beauté à couper le souffle.

— On ne vous a pas menti, répond Jameson avec un sourire. J'ai entendu dire que c'est devenu un endroit très couru par les jeunes mariés. Arrangez-vous pour que votre futur époux vous emmène en lune de miel à Eradore. Le sable blanc ferait ressortir votre beauté.

Alors il se met à piocher dans la coupelle de myrtilles, le plus naturellement du monde, comme s'il était parfaitement normal pour l'un des célibataires les plus convoités de la planète de parler mariages, voyages de noces et sable blanc. Je jette un coup d'œil à Delia Grace et je vois qu'elle est choquée elle aussi. Je sais que, à notre retour, nous allons décortiquer chaque phrase pour essayer d'en découvrir le sens caché – si sens caché il y a.

Est-ce qu'il sous-entend que je dois me trouver un mari ? Ou que je dois… l'épouser lui ? Voilà les questions qui se bousculent dans mon esprit alors que j'observe le courant. Nora est devant nous, la mine boudeuse, en compagnie des autres ladies en âge de se marier. Balayant les alentours du regard, je note plusieurs paires d'yeux braquées sur moi. Personne n'a l'air de passer un aussi mauvais moment que Nora.

Je m'arme d'une myrtille, je la lance vers elle et je l'atteins en pleine poitrine. Cecily et Anna Sophia éclatent de rire et Nora me dévisage, incrédule. Elle se ressaisit très vite et riposte avec ses propres munitions, une expression qui ressemble presque à de la joie sur le visage. Hilare, je me jette à corps perdu dans la bataille.

— Hollis, qu'est-ce que tu fais ? s'exclame ma mère depuis sa barque, assez fort pour couvrir le bruit des rames qui frappent l'eau.

Je réponds, sans la moindre trace d'ironie :

— Je défends mon honneur, évidemment.

Me tournant vers Nora, je surprends le rire amusé de Jameson.

Les hostilités sont engagées, les rires fusent. Je m'amuse comme une petite folle jusqu'au moment où je me penche un peu trop fort et, emportée par l'élan, je bascule par-dessus bord.

Comme j'ai eu le temps d'aspirer une grande bouffée d'air avant de tomber dans l'eau, je remonte à la surface sans boire la tasse. Autour de moi, c'est la panique.

— Hollis ! s'écrie Jameson.

Je me cramponne à son bras et il me hisse facilement à bord de notre barque.

— Ma chère Hollis, est-ce que ça va ? Êtes-vous blessée ?

Je recrache de l'eau, sentant sur ma peau le froid mordant de la rivière.

— Non, mais il me semble que j'ai perdu mes ballerines.

Regardant mes pieds gainés de bas, Jameson éclate de rire.

— Il va falloir remédier à cette situation intolérable !

La bonne humeur est revenue maintenant que tout le monde sait que je suis tirée d'affaire. Jameson retire son manteau et le drape autour de mes épaules afin de s'assurer que je ne prenne pas froid.

— Cap sur la terre ferme, ordonne-t-il sans se départir de son sourire.

Il me serre contre lui et nos regards s'entremêlent. Je sens qu'à cet instant – malgré mes pieds nus, les cheveux plaqués sur mon crâne, ma robe trempée – il me trouve irrésistible. Pourtant, sous le regard scrutateur de mes parents et d'une dizaine de lords à qui n'échappe aucun de ses gestes, il doit se contenter d'un baiser sur mon front.

Cela suffit à me bouleverser et je me demande si chaque moment passé à ses côtés provoquerait un déluge d'émotions aussi fortes. Je meurs d'envie qu'il m'embrasse, je l'avoue, et chaque fois que nous nous retrouvons seuls, j'ai l'espoir qu'il aille plus loin. Jusqu'ici, rien ne s'est passé. Je sais qu'il a embrassé Hannah et Myra, et peut-être d'autres, qui préfèrent rester discrètes sur la question. J'ignore si sa retenue est bon ou mauvais signe.

Delia Grace m'aide à mettre pied sur l'embarcadère.

— Tu arrives à tenir debout ?

— Ces jupes pèsent un âne mort.

À cet instant, Nora s'approche de nous.

— Oh, Hollis. Pardonnez-moi ! Je n'avais pas l'intention de vous jeter à l'eau !

— Sottises ! Tout est de ma faute, cela me servira de leçon. À partir d'aujourd'hui, j'admirerai la rivière depuis ma fenêtre.

J'accompagne ma réponse d'un clin d'œil. Nora s'esclaffe, presque à son corps défendant.

— Vous êtes certaine que ça va ? insiste-t-elle.

— Oui. J'aurai peut-être un petit rhume demain, mais ça va, même si ma robe est sans doute d'un autre avis. Sans rancune. Je vous assure.

Elle me répond d'un sourire que je sens sincère.

— Venez, laissez-moi vous aider, suggère-t-elle.

— Je m'en charge, s'agace Delia Grace.

Il n'en faut pas plus pour que le sourire de Nora s'efface et cède la place à une expression d'intense irritation.

— Mais bien sûr, Delia Grace. Vu que tu n'as aucune chance de taper dans l'œil de Jameson, tu t'accroches aux jupons de Hollis, c'est le mieux qu'une fille dans ton genre puisse espérer.

Très digne, elle pivote sur ses talons et porte l'estocade :

— À ta place, je m'arrangerais pour ne pas lâcher la poule aux œufs d'or.

Je m'apprête à lui clouer le bec en prenant la défense de mon amie mais Delia Grace m'en empêche, la main posée sur ma poitrine.

— Jameson risque de t'entendre, dit-elle entre ses dents. Rentrons au château.

Difficile de faire abstraction du chagrin contenu dans sa voix, mais elle a raison. Les hommes se font la guerre sur le champ de bataille, les femmes derrière leur éventail. Je garde ma main dans la sienne durant le trajet du retour. Après un après-midi aussi catastrophique, je me doute qu'elle va vouloir se réfugier dans la solitude demain. Elle s'isolait souvent quand nous étions petites et que les gens s'étaient montrés cruels envers elle.

Et pourtant, le lendemain matin, elle me rejoint dans mes appartements et me coiffe sans un mot. Tandis qu'elle se lance dans un chignon élaboré, on frappe à la porte. Lorsqu'elle ouvre, une armée de soubrettes déboule dans ma chambre, chacune portant une gerbe composée des premières fleurs du printemps.

— Mais qu'est-ce qui se passe ? s'étonne Delia Grace en leur montrant en catastrophe où poser tous ces bouquets.

L'une d'elles se dirige vers moi, ébauche une révérence et me tend un billet que je déplie. Le visage fendu d'un sourire, j'en fais la lecture à voix haute.

— « Au cas où un refroidissement vous empêcherait d'aller à la rencontre de la nature aujourd'hui, j'ai pensé que la nature devait saluer sa reine. »

Delia Grace ouvre de grands yeux.

— « Sa reine » ?

Je confirme d'un hochement de tête, le cœur battant la chamade.

— Va me chercher ma robe de lamé, s'il te plaît. Le roi mérite que je le remercie.

3

Je m'avance dans le couloir, la tête haute, Delia Grace un pas derrière moi. Mon regard croise celui de courtisans plus aguerris, que je salue d'un sourire ou d'un signe de tête. La plupart ne m'accordent pas la moindre attention, ce qui ne m'étonne guère. Ils se disent qu'il ne sert à rien d'entrer dans les bonnes grâces d'une fille dont Sa Majesté va bientôt se lasser. Je ne me fais pas d'illusion sur le sujet.

C'est au moment où nous nous engageons dans le couloir qui mène au Grand Salon que je surprends une remarque qui me rend nerveuse. Une commère chuchote à une autre :

— C'est de cette jeune personne que je te parlais tout à l'heure.

Et son ton indique qu'il ne s'agit pas d'un compliment.

Je me fige instantanément et je lance un coup d'œil à Delia Grace. Je devine à son expression qu'elle les a entendues, elle aussi. Il y a de fortes chances que ces femmes parlent d'elle. De ses parents, de son père. Mais les ragots qui circulent sur Delia Grace sont périmés depuis bien longtemps, par ailleurs Delia Grace est la tête de Turc des ladies de notre âge ; les autres courtisans sont à l'affût de potins plus récents, plus croustillants.

Et quoi de plus croustillant que la dernière conquête du roi ?

— Respire un grand coup, m'encourage Delia Grace. Jameson veut s'assurer que tu te portes bien.

Je vérifie que la fleur que j'ai glissée derrière mon oreille n'a pas bougé, je passe une main sur mon corsage et j'avance d'un bon pas. Delia Grace a raison, évidemment. Cela fait des années qu'elle s'est cuirassée contre la malveillance ambiante.

Lorsque nous nous présentons à l'entrée du Grand Salon, les gens nous lancent des regards noirs. Je m'efforce de ne rien laisser paraître mais, sous la surface, je suis dans tous mes états. Appuyé au mur, un homme secoue la tête, les bras croisés.

— Ce serait une tache indélébile sur le royaume, marmonne quelqu'un sur notre passage.

Du coin de l'œil, j'avise Nora. Hier encore je l'aurais évitée de mon mieux, mais aujourd'hui je me dirige droit vers elle. Delia Grace me suit comme mon ombre.

— Bonjour, lady Nora. Je ne sais pas si vous l'avez remarqué, mais certains membres de la cour font preuve de…

Je n'arrive pas à finir ma phrase.

— Oui, me répond Nora à voix basse. Il semblerait qu'un indiscret qui a participé à notre excursion hier se soit empressé de rapporter notre petite bataille. Les gens en font des gorges chaudes aujourd'hui. Personne ne semble m'en tenir rigueur, mais chacun sait que ce n'est pas *moi* la favorite du roi.

Je sens ma gorge se nouer.

— Sa Majesté a enchaîné les conquêtes cette année, sans se fixer. Il a sans doute l'intention de me trouver sous peu une remplaçante, alors je ne vois pas ce qu'on me reproche.

— Vous l'avez accompagné en dehors du palais. Il vous a fait asseoir sous l'oriflamme. Vous n'avez pas l'air de saisir la portée de ce qui s'est passé hier. Ce sont des privilèges auxquels nulle n'a eu droit avant vous.

Tout devient clair.

— Ce sont les lords qui ont lancé cette campagne de dénigrement, n'est-ce pas ? demande Delia Grace. Ceux qui siègent au Conseil ?

Nora confirme d'un discret hochement de tête. C'est bien la première fois que je les vois discuter sans s'écharper. À mon tour, je pose une question :

— Qu'est-ce que cela implique ? Pourquoi le roi se soucierait-il de leur opinion ?

Delia Grace, qui a toujours mieux compris que moi les méandres de la politique et du protocole, semble agacée.

— Les lords administrent leur province au nom du roi. Jameson dépend entièrement d'eux.

— S'il souhaite que l'ordre règne aux confins de son territoire, que les impôts soient prélevés en temps et en heure, il doit confier cette charge aux lords, complète Nora. Et si les lords sont en désaccord avec ses décisions, eh bien, disons qu'il peut y avoir un certain laisser-aller dans la façon dont ils gèrent leur province.

Je vois. Jameson pourrait perdre à la fois son revenu et son autorité s'il commettait l'erreur de s'afficher avec une demoiselle qui n'a pas l'agrément de ses conseillers. Une jeune lady qui serait tombée dans une rivière, par exemple, parce qu'elle en a attaqué une autre avec des myrtilles, et cela sous le regard d'une statue à l'effigie d'une des plus grandes souveraines de Corie.

Durant une fraction de seconde, je me sens broyée par l'humiliation. J'ai mal interprété les paroles de Jameson, ses marques d'attention. J'ai vraiment cru que je pouvais envisager de devenir reine.

D'un autre côté, j'ai toujours su que je ne l'épouserais pas.

Je ne dis pas qu'il serait déplaisant d'être la femme la plus riche de Corie, d'avoir des statues à mon image… mais il faut regarder les choses en face : tôt ou tard, Jameson va croiser la route d'une jeune beauté, encore une, et se laisser séduire. Il ne me reste plus qu'à profiter de sa compagnie avant qu'il n'offre son cœur à une autre.

Prenant Nora par la main, je la regarde bien en face.

— Merci. Pour la belle bataille d'hier et pour votre franchise aujourd'hui. À charge de revanche.

— Le Jour du Couronnement se profile à l'horizon. Si vous avez toujours les faveurs de Sa Majesté, j'imagine que vous créerez une danse en son honneur. Dans ce cas, laissez-moi danser à vos côtés.

Nombre de jeunes filles créent des chorégraphies à l'occasion du Jour du Couronnement, dans l'espoir d'attirer l'attention du roi. En admettant que Jameson ne m'ait pas oubliée d'ici là, je vais devoir moi aussi prouver que je sais danser. J'ai le souvenir que Nora s'est déjà illustrée par son élégance.

— J'aurai besoin de toutes les bonnes volontés, dis-je. Vous êtes la bienvenue.

Je prends congé de Nora et, de la main, j'invite Delia Grace à me suivre.

— Viens. Je dois remercier le roi.

— As-tu perdu la tête ? chuchote-t-elle, consternée. Tu ne vas pas la laisser danser avec nous, quand même !

— Elle s'est montrée très aimable envers moi. Et avec toi elle a été d'une politesse irréprochable. Ce n'est qu'une danse, et elle a le pied léger. Elle sera un atout.

— Cela ne rattrape pas les horreurs qu'elle a pu commettre ou dire par le passé.

— Nous devenons adultes. Les choses changent.

Je vois à la mine de Delia Grace que ma réponse ne la satisfait pas et c'est sans échanger une parole que nous nous frayons un chemin à travers la foule.

Jameson est installé sur une estrade en pierre au fond du Grand Salon. Cette zone, assez spacieuse pour recevoir une famille entière, n'accueille pour l'instant qu'un seul trône flanqué de deux fauteuils plus petits réservés aux invités de marque lors des visites officielles.

À la fois salle des pas perdus, salle de bal et salle de banquet où la cour soupe chaque soir, le Grand Salon remplit plusieurs fonctions. Le long du mur est, l'escalier qui mène à la galerie où prennent place les musiciens est pourvu de hautes fenêtres qui font entrer la lumière à flots. Mais c'est le mur ouest qui attire mon regard à chaque fois. Six vitraux qui relatent des épisodes tirés de l'histoire de Corie se déploient jusqu'au plafond, dans une explosion de couleurs chatoyantes.

Un vitrail décrit le couronnement d'Estus, un autre représente des femmes qui dansent dans un champ. L'un des panneaux, détruit pendant la guerre, a été remplacé par une œuvre plus récente qui montre le roi Telau rendant hommage, genou en terre, à la reine Thénélope. C'est sans doute celui que je préfère parmi les six. Je ne sais pas trop en quoi la reine Thénélope a marqué l'histoire de la Corie, mais cela lui a valu d'être immortalisée dans une salle où se joue quotidiennement l'avenir du royaume et cela mérite d'être souligné.

Les valets montent et démontent les tables du souper chaque soir, les courtisans apparaissent et disparaissent au rythme des saisons mais les vitraux et l'estrade, eux, ne bougent pas. Je détache mon regard des œuvres qui célèbrent les exploits des rois de jadis et je le pose sur le souverain actuel, en pleine discussion avec un membre de son Conseil. L'or de ma robe capte son attention, il se retourne, me reconnaît et congédie son conseiller sans autre forme de procès. J'exécute une révérence et m'approche du trône, où il me réserve le plus chaleureux accueil.

— Ma précieuse Hollis. Vous êtes comme le soleil. Vous resplendissez.

Son compliment me fait perdre tous mes moyens. Comment croire que je ne représente rien pour lui alors qu'il me lance des œillades enflammées ? Je n'ai pas étudié l'attitude qu'il avait adoptée avec les autres ladies ; à l'époque cela m'était totalement indifférent. Cette façon qu'il a de me caresser la main du pouce… il l'a déjà fait à une autre ?

— Votre Majesté est trop généreuse. En paroles, mais aussi en présents. Je viens vous remercier d'avoir transformé mes appartements en jungle luxuriante.

Ma plaisanterie lui arrache un petit rire et j'enchaîne :

— Je voulais également vous rassurer sur ma santé.

— Excellent. Alors rien ne vous empêche de dîner à ma table ce soir.

Le sol se dérobe sous mes pieds.

— Votre Majesté ?

— Vos parents aussi, bien entendu. Cela me fera le plus grand bien de changer de compagnon de repas.

— Si tel est votre souhait.

Derrière moi d'autres personnes s'impatientent, elles aussi réclament une audience ; je me retire précipitamment. J'ai la tête qui tourne et je cherche la main de Delia Grace.

— Tu vas t'asseoir à côté du roi, Hollis, souffle-t-elle.

— Oui.

J'ai du mal à respirer, j'ai l'impression d'avoir couru à travers les jardins du château.

— Avec tes parents, en plus. C'est une première pour Jameson !

Ma main se crispe sur la sienne.

— Je sais. Est-ce que… tu crois qu'il faut les prévenir ?

Je plonge mon regard dans celui de Delia Grace, elle qui voit tout, qui sent ma peur et ma joie, qui devine que je suis dépassée par les événements.

Ses yeux s'illuminent et elle affiche un sourire narquois.

— Je pense qu'une lady de ton calibre devrait leur faire porter une lettre, cela suffira amplement.

Nous quittons la salle en riant à gorge déployée, et tant pis si on nous regarde de travers ou si quelqu'un se permet un commentaire. Je ne suis pas encore convaincue des intentions de Jameson et je sais que les courtisans ne me tiennent pas en haute estime, mais rien de cela n'a d'importance à mes yeux. Ce soir, je dîne au côté d'un roi. Rien de tel pour me mettre de bonne humeur.

Nous voici, Delia Grace et moi, de retour dans mes appartements. C'est l'heure de notre séance de lecture quotidienne, mise en place à sa demande. Elle s'intéresse à quantité de sujets : l'histoire, la mythologie, les philosophes contemporains. Moi, je préfère les romans. En temps normal j'arrive à rester dans ma bulle mais, aujourd'hui, un rien me fait sursauter. L'oreille tendue, je jette de temps en temps un coup d'œil aux portes, certaine que mes parents vont les pousser d'une minute à l'autre.

À l'instant où je trouve enfin ma concentration, les deux battants s'ouvrent avec violence.

— Est-ce une plaisanterie ? me demande mon père.

Il n'a pas l'air furieux, simplement abasourdi.

— Non, Père. Le roi a lancé l'invitation ce matin. Comme vous êtes débordés, j'ai pensé qu'une lettre vous trouverait plus facilement.

Je jette un regard complice à Delia Grace, qui fait mine d'être captivée par son livre.

Ma mère, fébrile, ne tient pas en place.

— Nous soupons tous à la table du roi ce soir ?

— En effet, Mère. Vous, Père et moi-même. Je tiens à avoir Delia Grace à mes côtés, je me suis dit que sa mère pouvait se joindre à nous.

Là-dessus, ma mère se raidit. Mon père ferme les yeux, ce qui indique qu'il pèse soigneusement ses mots.

— J'aurais cru que la compagnie des membres de ta famille te suffirait pour un événement d'une telle importance, répond-il.

— Il y a assez de place à la table du roi pour accueillir tout le monde. Je ne pense pas que deux personnes de plus posent un quelconque problème.

Ma mère me fusille du regard.

— Delia Grace, tu veux bien nous laisser dire deux mots à notre fille ?

J'échange avec Delia Grace un regard blasé. Elle referme son livre, le pose sur la table et quitte la pièce.

— Mère, comment osez-vous !

Ma mère se précipite vers moi et me domine de toute sa hauteur.

— On arrête de s'amuser, Hollis. Tu t'es acoquinée avec une fille perdue de réputation et son déshonneur rejaillit sur toi. Au début c'était touchant, un peu comme si tu avais adopté un chien errant. Mais maintenant... il va falloir couper les ponts.

— Hors de question ! Elle est l'amie la plus proche que j'aie à la cour.

— C'est une bâtarde.

— Vous ne faites que relayer des rumeurs. Sa mère a juré sous serment n'avoir jamais trompé lord Domnall. S'il l'a accusée d'adultère – et s'il a attendu huit ans pour le faire, par ailleurs – c'était pour obtenir le divorce.

— Peu importe ! Une mère divorcée, cela suffit à faire de Delia Grace une pestiférée ! rétorque la mienne.

— Mais elle n'y est pour rien !

— Permettez que j'abonde dans votre sens, ma chère, renchérit mon père en m'ignorant superbement. Si la branche maternelle n'est pas pourrie, ce n'est pas le cas de celle du géniteur. C'est lui qui a rompu le contrat conjugal. Et qui a pris la fuite pour se remarier sans attendre qu'ait séché l'encre sur l'acte de divorce.

Je m'avoue vaincue. La Corie est un royaume régi par un ensemble de lois et de règles très strictes. La plupart concernent la famille et le mariage. L'adultère est puni d'exil pour les plus chanceux ou, pour ceux qui tombent sur un juge particulièrement sévère, d'un séjour dans les geôles royales. Le divorce est un fait si rare qu'aucun n'a été prononcé depuis que je suis installée au palais. Delia Grace, elle, a vécu en première ligne la séparation de ses parents.

Lord Domnall avait reproché à son épouse, lady Clara, d'avoir pris un amant et eu un enfant avec lui – le fruit de cette supposée liaison étant Delia Grace. Il avait alors réclamé, et obtenu, le divorce. Trois mois ne s'étaient pas écoulés qu'il s'était marié clandestinement avec une autre femme, qui allait faire main basse sur les titres dont Delia Grace était l'héritière légitime. Mais un titre ne vaut pas bien cher quand la réputation est à jamais entachée… Se remarier après un divorce étant vu d'un très mauvais œil, certains couples préfèrent vivre séparés plutôt que d'avoir recours à cette mesure jugée désespérée.

De souche aristocratique, lady Clara avait récupéré son nom de jeune fille et amené Delia Grace à la cour, où elle espérait l'éduquer au contact des esprits les plus brillants de l'époque. Elle avait très vite déchanté et fait face à de perpétuelles vexations.

J'ai toujours trouvé que les pièces du puzzle s'agençaient mal dans cette histoire. Si lord Domnall avait eu des doutes sur la fidélité de son épouse et sur sa paternité, pourquoi temporiser huit longues années avant de tirer les choses au clair ? Il n'avait apporté aucun élément, aucun argument qui puisse prouver l'adultère, mais cela ne l'avait pas empêché d'obtenir ce qu'il voulait. Delia Grace est d'avis qu'il devait être fou amoureux de sa future femme, s'il était capable de faire une croix sur sa première famille. J'ai essayé de lui enlever cette idée de la tête, mais je n'ai pas réussi à la convaincre. « Non. Il devait l'aimer plus que ma mère, plus que moi. Pourquoi partir quand tu es pleinement comblé par ce que tu possèdes déjà ? »

Comme elle campait sur ses positions, je n'ai jamais remis le sujet sur la table. C'était inutile, de toute façon. Sa situation faisait jaser la moitié du palais. Et si les courtisans n'osaient dire tout haut ce qu'ils pensaient d'elle, ils le pensaient si fort que cela se lisait sur leur visage. Mes parents étaient l'exemple parfait de cette hypocrisie.

Je commence à perdre patience :

— Vous allez un peu vite en besogne. C'est très généreux de la part du roi de nous convier à sa table, mais cela ne veut pas dire que cette invitation va déboucher sur autre chose. Et même si c'est le cas, Delia Grace – qui a toujours eu un comportement irréprochable – ne mérite-t-elle pas de rester à mes côtés ?

— Les gens colportent déjà les pires rumeurs sur tes escapades à la rivière, lance mon père. Souhaites-tu devenir la cible de leurs persiflages ?

J'esquisse un geste de découragement. Décidément, il est inutile de discuter avec mes parents. Comme si je pouvais espérer avoir le dernier mot… D'autant que Delia Grace n'est pas là pour me soutenir.

Assez !

Avec un soupir, j'abats ma dernière carte.

— Je comprends vos inquiétudes, mais peut-être faut-il écouter ce que l'autre personne a à dire.

— Je n'ai pas à respecter l'opinion d'une fille éclaboussée par le scandale, crache ma mère.

— Non, je parlais du roi.

Voilà qui leur cloue le bec.

— Explique-toi, Hollis.

— Ce que je veux dire, c'est que Sa Majesté s'est prise d'affection pour moi et c'est une pression que je n'arriverai pas à supporter sans Delia Grace. Par ailleurs, Jameson est beaucoup plus tolérant que son père et il comprendra sans doute que je veuille la garder près de moi. Avec votre permission, j'aimerais lui poser la question.

J'ai peaufiné mon argument avec le plus grand soin, parlé sans prononcer un mot plus haut que l'autre. Il n'y a rien dans mes paroles qui leur permette de dire que j'agis par caprice ou par immaturité et je vois mal comment ils pourraient prétendre que leur avis compte plus que celui d'un roi.

— Fort bien, dit mon père. Pourquoi ne pas lui demander ce soir ? Mais il est hors de question qu'elle dîne à la même table que nous. C'est tout bonnement inacceptable.

— J'envoie tout de suite un pli à Delia Grace pour lui expliquer la situation. Vous voulez bien me laisser seule ?

Sur ce, je sors un parchemin de ma table de travail et mes parents s'en vont, désarçonnés.

Lorsque la porte se referme derrière eux, je lâche un petit rire.

Delia Grace,

Tu m'en vois navrée, mais mes parents n'ont rien voulu entendre. N'aie crainte, j'ai un plan ! Viens me voir tout à l'heure, nous en discuterons.

Courage, ma chère amie !

Hollis

Remontant le couloir qui mène au Grand Salon, me voilà à nouveau la cible de coups d'œil et de murmures désapprobateurs mais je m'aperçois qu'ils me glissent dessus. Comment fait la pauvre Delia Grace, elle qui endure depuis l'enfance les regards indiscrets de la cour !

Quant à mes parents, indifférents à tout cela, ils se pavanent comme s'ils exhibaient une pouliche de course dont ils viennent d'hériter, ce qui leur vaut une attention encore plus appuyée.

Ma mère se retourne pour m'étudier d'un œil critique alors que nous nous approchons de l'estrade où Jameson nous attend. J'ai gardé ma robe de lamé et, comme elle m'a prêté l'un de ses diadèmes, j'ai des pierres précieuses mêlées à mes cheveux couleur de blé.

— On ne voit pas vraiment les joyaux, me souffle-t-elle. Je ne sais pas de qui tu tiens ces cheveux, mais ils ne mettent pas le diadème en valeur.

— Je n'y peux rien, je suis née comme ça.

C'est bien la vingt-cinq millième fois qu'elle critique mes cheveux. Je suis un peu plus blonde que la moyenne et, depuis toute petite, j'ai droit à des remarques.

— C'est à cause de ton père, s'agace-t-elle.

— Vous sautez un peu vite aux conclusions, ma mie, l'interrompt mon père.

La gorge nouée, je remarque que la tension monte entre eux. C'est une règle à laquelle on ne déroge jamais dans la famille : les querelles sont réservées à l'intimité de nos appartements. Pas d'esclandre, surtout. Mes parents se ressaisissent et ravalent de justesse leurs remarques fielleuses.

— Votre Majesté, bafouille mon père, un sourire faux sur le visage.

Jameson remarque à peine sa présence. Il me dévore des yeux. J'exécute une révérence, le regard fixé sur sa personne.

— Votre Majesté.

— Lady Hollis. Lord Brite, lady Brite. Vous m'avez l'air d'excellente humeur. Je vous en prie, prenez place.

D'un geste ample du bras, il montre les chaises installées derrière la table principale. Ma respiration s'accélère à l'instant où je m'assieds à côté de lui et je me retiens de verser des larmes de joie lorsqu'il me fait le baisemain. Je contemple le Grand Salon sous une perspective nouvelle. L'estrade m'offre un point d'observation idéal, elle me permet de voir qui occupe quelle place en fonction de son rang à la cour. Paradoxalement, les regards qui m'ont mise mal à l'aise tout à l'heure me procurent un frisson inédit. Je sais à présent ce qu'ils signifient : *J'aimerais tant être à sa place.*

Jameson se noie dans mes yeux. Au bout de quelques secondes, il prend une profonde inspiration et se tourne vers mon père.

— Lord Brite, on m'a rapporté que votre domaine est l'un des plus beaux de Corie.

Mon père bombe le torse.

— En effet, j'ai la prétention de le croire. Nous avons un parc magnifique et de bonnes terres, des terres fertiles. Permettez-moi de vous parler de ce chêne avec sa balançoire qui se dressait déjà près du manoir quand j'étais petit garçon. Un jour Hollis est montée jusqu'aux branches le long de la corde, raconte-t-il avant de grimacer, sans doute parce qu'il regrette d'en avoir trop dit, mais il enchaîne bien vite : Il est difficile d'y retourner quand Keresken offre un cadre aussi somptueux. Surtout lors des jours consacrés. Les célébrations du Jour du Couronnement à la campagne ne peuvent rivaliser avec ce qui se fait en ville.

— J'imagine. Quoi qu'il en soit, ce serait pour moi un immense plaisir de voir votre propriété.

— Et ce serait un plaisir plus grand encore d'y accueillir Votre Majesté, conclut mon père tandis que ma mère lui effleure le bras.

La visite d'un membre de la famille royale exige une préparation minutieuse et de grosses dépenses, mais c'est un privilège d'offrir l'hospitalité à un souverain.

Assez parlé avec mon père. Jameson reporte son attention sur moi.

— Donc vous avez escaladé les cordes de votre balançoire, si j'ai bien compris ?

Je souris, attendrie par ce souvenir.

— Oui. J'ai vu un nid dans l'arbre et, sur le moment, j'ai souhaité plus que tout devenir un oiseau. Ce serait formidable d'avoir des ailes, non ? Alors j'ai décidé d'aller vivre là-haut, avec toute la famille, et de demander à la maman oiseau de m'adopter.

— Et ?

— Et on m'a grondée parce que j'avais fait un accroc à ma robe.

Jameson éclate de rire, ce qui attire sur nous la curiosité de tous les convives. Je sens des dizaines de regards se braquer sur moi mais c'est celui de Jameson qui agit comme un aimant. De petites rides se dessinent au coin de ses yeux ; je suis ensorcelée.

J'arrive à le faire rire et peu de personnes peuvent se vanter de posséder ce talent, même si j'ai du mal à comprendre qu'une telle anecdote sans grand intérêt l'amuse autant.

En réalité, j'ai grimpé plus d'une fois le long des cordes de la balançoire sans jamais m'aventurer trop haut, en partie parce que j'ai le vertige, en partie parce que je craignais les reproches de mes parents. Mais je n'ai pas oublié la maman oiseau, qui donnait consciencieusement la becquée à ses petits. Elle semblait tellement inquiète pour sa nichée, tellement soucieuse de leur bien-être. Ce n'est que plus tard que je me suis posé des questions : est-ce que j'avais tellement manqué d'amour durant l'enfance qu'être adoptée par un oiseau me semblait un sort enviable ?

— Savez-vous quelle idée vient de me traverser l'esprit, Hollis ? Celle de demander à un secrétaire de ne pas vous quitter d'une semelle et de consigner par écrit chaque mot qui sortira de votre bouche. Chaque compliment que vous me faites, chaque histoire. Je ne m'ennuie pas un seul instant avec vous, et je veux que tout soit archivé.

— Dans ce cas, donnant donnant. Je veux tout savoir de vous.

Et j'appuie mon menton au creux de ma paume, attentive. Jameson affiche un sourire malicieux.

— Pas d'inquiétude, Hollis. Vous saurez tout de moi bien assez tôt.

4

— Tu n'as pas voulu descendre au dîner ? Qu'est-ce qui t'a retenue ? dis-je en serrant Delia Grace dans mes bras.

Les couloirs du palais sont déserts et, dans le silence, nos voix résonnent.

— C'était plus simple de ne pas me présenter au Grand Salon plutôt que d'expliquer à ma mère pourquoi je n'étais pas assise à côté de toi pour la première fois en dix ans.

— Mes parents… parfois je pense qu'ils ont honte d'être vus avec leur propre progéniture.

Delia Grace lâche un petit rire gêné.

— Ils t'ont interdit de me fréquenter, alors ?

— Ils peuvent m'interdire ce qu'ils veulent, leur parole n'a aucune valeur. Car Jameson demande expressément que tu restes toujours à mes côtés.

Le visage de mon amie s'illumine.

— Vraiment ?

— Après ton départ ils m'ont sorti les arguments habituels – comme si je pouvais trouver une amie qui t'arrive à la cheville ! Je leur ai calmement rappelé que tu m'es d'une aide inestimable au quotidien et que si cela convient au roi, cela devrait leur convenir aussi. Bien entendu, ma mère s'est empressée de mettre le sujet sur la table au cours du dîner en insistant lourdement sur ta réputation, comme si tu étais responsable de ce qui t'arrive.

— Cela ne m'étonne pas d'elle, rétorque Delia Grace, exaspérée.

— Attends, ne m'interromps pas ! Jameson m'a demandé : « Est-ce une amie qui vous est chère ? », ce à quoi j'ai répondu : « Pas aussi chère que Votre Majesté, mais pas loin » en battant des paupières.

— Cet homme ne résiste pas aux louanges.

— C'est ce que j'ai remarqué aussi. Il a enchaîné avec une autre question : « Vous me considérez vraiment comme votre ami, ma chère Hollis ? » À ce moment – je n'arrive toujours pas à croire que j'aie fait ça devant toute la cour – j'ai pris sa main dans la mienne et je lui ai fait le baisemain !

— Non !

— Si ! Et j'ai ajouté : « Il n'y a personne au monde qui me témoigne autant de respect et d'affection que vous… même si Delia Grace s'en approche. » Il m'a fixée du regard une seconde et, oh, Delia Grace, je crois qu'il m'aurait embrassée si nous avions été seuls. Il a fini ainsi : « Si cela rend lady Hollis heureuse, que Delia Grace reste à son service. » Voilà, l'affaire est close.

— Oh, Hollis !

Delia Grace se jette dans mes bras.

— J'attends de voir si mes parents auront l'audace de ne pas respecter une décision royale.

— Je suis certaine qu'ils chercheront un moyen. En tout cas, on dirait que Jameson est prêt à accéder à toutes tes requêtes.

— J'aimerais savoir précisément ce qu'il attend de moi. Et même si je le savais, j'ignore comment me faire des alliés, et ce sont des alliés qu'il me faut, surtout chez les lords du Conseil.

Delia Grace devient songeuse.

— Va te coucher. Je te rejoins dans ta chambre demain matin. Nous allons trouver une solution.

Elle a une idée en tête, je le sens. Delia Grace a toujours un coup d'avance. Je dépose une bise sur sa joue.

— Bonne nuit.

Le lendemain matin, au réveil, j'ai l'impression de ne pas avoir fermé l'œil de la nuit. Assailli de questions, mon esprit n'a pas trouvé le repos et je n'ai qu'une envie, tirer sur les fils qui me permettraient de dévider toutes les pelotes qui l'encombrent.

J'ai toujours du mal à croire que Jameson veuille faire de moi sa reine. Mais plus j'y pense et plus la fébrilité me gagne. Si seulement j'arrivais à convaincre les personnages influents du royaume que j'ai les compétences requises, je pourrais, moi aussi, rejoindre le panthéon des reines adorées du peuple. Des festivals organisés en mon honneur, des pèlerins qui embrasseraient les pierres que j'aurais bénies… Hormis la reine Thénélope, qui était de sang royal, les autres étaient de simples nobles avant leur couronnement. Toutes venaient de familles honorables, toutes avaient intégré la maison royale, toutes ont laissé leur marque dans l'histoire… peut-être que je vais connaître le même destin.

Je n'ai pas encore quitté mon lit que Delia Grace entre dans ma chambre chargée d'une pile de livres.

— Hollis, tu crois qu'avoir séduit Sa Majesté te donne le droit de te prélasser sous la couette toute la matinée ? plaisante-t-elle.

Je perçois néanmoins dans sa voix une pointe d'ironie.

— Je n'ai pas très bien dormi.

— Eh bien, j'espère que cela ne va pas t'empêcher de travailler. Nous avons du pain sur la planche.

Elle se poste devant la coiffeuse et m'adresse un petit signe de tête, sa façon de m'inviter à la rejoindre. Je me lève, je m'approche d'elle et je la laisse me recoiffer à la va-vite.

— Quel genre de pain ?

— Pour ce qui est de la danse et de la conversation, je pense qu'aucune lady ne t'arrive à la cheville. Mais ta maîtrise des relations internationales est limitée et si tu veux convaincre les membres du Conseil que tu représentes un choix crédible, tu dois parler politique avec eux.

J'avale difficilement ma salive.

— Je vois. Alors, quelle est la marche à suivre ? Si je dois écouter radoter un vieux précepteur couvert de toiles d'araignée, je n'y survivrai pas.

Avec sa dextérité habituelle, Delia Grace pique des épingles dans mes cheveux et me fait un chignon en deux temps trois mouvements.

— Je peux t'aider. J'ai rapporté des livres et, s'il nous manque des informations, le roi nous les fournira volontiers.

J'opine. Si Jameson a réellement l'intention de m'épouser, il voudra que je sois incollable sur les affaires internationales et les intrigues à la cour.

— Les langues étrangères, aussi, ajoute Delia Grace. Tu dois en apprendre une, au minimum.

— Je n'ai aucun don pour les langues étrangères ! Mais… tu as sans doute raison. Si jamais nous allons en visite officielle au Catal, je n'ai pas envie d'être complètement perdue.

— En géographie, tu as des bases solides ?

— Ça peut aller. Laisse-moi m'habiller.

Je sautille jusqu'à la penderie.

— Me permets-tu de suggérer une tenue rouge corien ? conseille Delia Grace.

— Excellente idée.

Je m'efforce de penser à d'autres détails astucieux qui me permettraient de gagner les faveurs de Jameson mais, comme Delia Grace l'a souligné, je suis meilleure danseuse que stratège. À l'instant où elle resserre le dernier ruban de mon corsage, on frappe à la porte. Elle apporte l'ultime touche à ma tenue et va ouvrir tandis que j'étudie mon reflet dans le miroir. Absolument parfait.

Lord Seema se tient sur le seuil, les traits grimaçants, comme s'il venait d'avaler un citron.

Il tient entre ses mains des papiers qu'il triture inlassablement. J'exécute une profonde révérence, essayant de camoufler ma stupeur.

— Mon lord. Que me vaut cet honneur ?

— Lady Hollis. Il n'a pas échappé à mon attention que vous avez l'oreille du roi depuis quelques semaines.

— Je n'irais pas jusque-là. Sa Majesté s'est montrée très généreuse à mon égard mais cela ne va pas plus loin, vraiment.

Il balaie la pièce d'un regard furtif, comme s'il cherchait le soutien d'un de ses pairs. Il n'y a que Delia Grace et moi. Il pousse un soupir et poursuit :

— Je n'arrive pas à déterminer si vous êtes d'une confondante naïveté ou si c'est un air que vous vous donnez. Quoi qu'il en soit, le roi vous écoute, c'est indéniable, et j'ai l'espoir que vous me rendiez une faveur.

Du regard, je consulte Delia Grace qui hausse les sourcils, comme pour dire : *Vas-y !* Je joins les mains, de façon à me composer une façade modeste et attentive. Si je dois plonger tête la première dans les intrigues de cour, autant m'y mettre tout de suite.

— Je ne peux rien vous promettre, mon lord, mais je vous en prie, dites-m'en plus.

Lord Seema déplie ses documents et me les confie.

— Comme vous le savez, le comté de Haute-Église se situe aux confins de la Corie. Pour y accéder, ou accéder à Royston ou à Berne, il faut emprunter des routes parmi les plus anciennes du royaume, celles que nos ancêtres ont percées à la sueur de leur front pour exploiter les forêts et les terres agricoles à la frontière.

— En effet.

Par chance, j'ai retenu ce passage-là de l'histoire de notre beau pays.

— À l'heure actuelle, continue lord Seema, ces routes sont dans un état déplorable. Mes équipages, qui sont pourtant d'une solidité à toute épreuve, ont le plus grand mal à circuler dessus. Imaginez l'effort qui est demandé aux indigents qui, pour une raison quelconque, auraient à se rendre à la capitale.

— Je l'imagine sans peine.

Lord Seema n'a pas tort. Chez moi, à Varinger, nous avons plusieurs familles d'agriculteurs qui exploitent nos terres et qui nous paient leur fermage en monnaie sonnante et trébuchante, mais aussi en nature. J'ai vu leurs chevaux épuisés, les carrioles qui menacent ruine. Cela représenterait pour eux un défi insurmontable de faire le trajet jusqu'au palais royal alors que notre province est plus proche que Haute-église.

— Vous avez un objectif en tête, mon lord ?

— J'aimerais procéder à un état des lieux de toutes les routes de Corie. J'ai tenté de souffler cette idée à Sa Majesté par deux fois cette année mais il l'a balayée d'un revers de main. Je me demandais si vous pouviez… l'encourager à en faire une priorité.

Je prends une profonde inspiration. De quelle façon pourrais-je m'y prendre ?

Je parcours les documents en diagonale, même si je n'y comprends goutte, avant de les rendre au lord.

— Si je fais en sorte que le roi se penche sur ce sujet, permettez-moi de vous demander une faveur en retour.

— Mais c'est tout naturel.

— Si ce projet est lancé, j'attends de vous que vous parliez favorablement de moi dès que quelqu'un mentionnera mon nom. Et si vous mentionnez notre échange aux autres lords, aurez-vous l'amabilité de leur dire que je vous ai reçu avec courtoisie ?

— Ma chère enfant, à vous entendre on dirait que vous me demandez de mentir, alors que ce ne serait que pure vérité. Vous avez ma parole.

— Dans ce cas, je vais m'attacher à faire avancer cette noble cause.

Satisfait, lord Seema me salue d'une révérence puis il quitte mes appartements. À l'instant où la porte se referme, Delia Grace éclate de rire.

— Hollis, tu te rends compte de ce que cela implique ?

— Qu'il faut que je trouve un moyen de parler à Jameson des nids-de-poule sur les routes ?

— Non ! Un lord du *Conseil privé* est venu te demander ton aide. Tu vois quel pouvoir tu détiens déjà ?

Je marque une pause, le temps de digérer l'information.

— Hollis, conclut Delia Grace avec un grand sourire, nous sommes en route pour les sommets !

Cette fois-ci, lorsque je pousse la porte du Grand Salon, Delia Grace m'accompagne. Jameson m'invite d'un geste à la table principale ; mes parents sont déjà assis à sa gauche et, comme ils monopolisent la conversation, cela me laisse le temps de réfléchir à la stratégie à adopter.

Tournée vers Delia Grace, je lui demande à voix basse :

— Comment vais-je pouvoir aborder le sujet de ces fichues routes ?

— Personne ne t'a demandé de régler ce problème aujourd'hui. Ne brusque pas les choses.

Comment lui expliquer que cette mission va au-delà de la promesse faite à lord Seema ? Je veux que Jameson me prenne au sérieux. Qu'il sache que j'ai l'étoffe d'une reine, que je suis capable de m'attaquer aux décisions importantes. S'il s'en rend compte… il aura moins de scrupules à me demander en mariage.

Tandis que mes parents radotent – ils parlent encore du diadème préféré de ma mère qui a disparu l'année dernière, avant le Jour du Couronnement, et elle espère que le voleur se dénoncera en le portant cette année –, je repense à notre conversation d'hier, à sa spontanéité. Comment aurais-je abordé un sujet qui me tient à cœur ? Une idée germe dans mon esprit et j'attends que ma mère arrête d'accaparer Jameson pour lui adresser la parole.

— J'ai eu une idée. Vous vous souvenez de cette vieille balançoire au manoir de Varinger ?

— Comment l'oublier ? me lance Jameson d'un air narquois.

— Je pense que j'aimerais retourner faire un tour dessus et que les mains les plus puissantes de Corie me poussent. Peut-être que, alors, j'aurais l'impression d'avoir des ailes.

— Quelle charmante perspective.

— Il y a tant d'endroits en Corie que j'aimerais voir avec vous, Votre Majesté.

— J'en suis convaincu, répond Jameson, soudain sérieux. Je songe de plus en plus qu'aucun aspect de l'histoire de Corie ne doit vous être étranger.

J'ajoute cette remarque à la longue liste d'indices qui me font croire que le roi a envie de me passer la bague au doigt.

— Il paraît que les montagnes du nord offrent un spectacle d'une splendeur telle qu'il vous émeut aux larmes, dis-je.

Jameson acquiesce de la tête.

— La brume enveloppe leur cime… C'est proprement irréel.

J'affiche un sourire rêveur.

— Quel plaisir ce serait d'assister à pareil spectacle. Peut-être que ce serait aussi l'occasion de sillonner le royaume et d'aller à la rencontre de vos sujets. De leur montrer les merveilles que vous possédez.

— J'en possède des quantités, même s'il y a un joyau que je brûle d'envie d'ajouter à mon trésor.

Ma liste s'allonge.

— J'irais n'importe où avec vous, Votre Majesté. Néanmoins…

Je me penche par-dessus la table pour m'adresser directement à mon père.

— Père, vous n'avez pas rencontré de difficultés durant le trajet la dernière fois que vous vous êtes rendu à Berne ?

Mon père doit avaler une énorme bouchée avant de répondre :

— Un essieu du carrosse s'est cassé. Les routes sont dans un état catastrophique.

— Vraiment ? s'étonne Jameson.

Mon père hoche gravement la tête, comme si tout ce qui franchissait ses lèvres était de la plus haute importance.

— Malheureusement oui, Votre Majesté. Pas assez de mains pour les entretenir. Je suis certain que la situation est généralisée.

— Eh bien, cela pose un vrai problème, dis-je. Il serait inacceptable que Votre Majesté soit blessée durant le voyage. Une autre fois, peut-être.

Jameson agite son index sous mon nez.

— Qui donc… Ah ! lord Seema ! lance-t-il à la cantonade.

Interpellé devant tous les convives, lord Seema quitte sa table et se précipite aux pieds du roi. Je me redresse sur mon siège.

— C'est vous qui m'avez parlé de l'état de la chaussée dans le comté de Haute-Église ?

Le regard de lord Seema passe de moi à Jameson.

— En effet, Votre Majesté. Les routes sont quasiment impraticables.

Jameson secoue la tête avec tristesse.

— J'ai l'intention d'emmener les Brite en voyage mais je ne m'y hasarderai pas si ma charmante voisine de table court le risque de s'échouer au bord de la route.

— Certainement, Votre Majesté. Avec votre permission, je peux réunir un comité et procéder à l'évaluation du réseau routier. Dans la foulée, j'établirai un budget conforme aux besoins, si telle est votre volonté. Il me tient à cœur que les citoyens de Corie soient en mesure de se déplacer sans encombre où ils le souhaitent, et je me chargerai volontiers de cette mission.

— Excellent, réplique Jameson. J'exigerai des rapports réguliers.

Lord Seema reste là, comme foudroyé.

— Oui. Oui, bien entendu, bredouille-t-il avant de regagner sa place, bouche bée.

— Merveilleux ! dis-je d'une voix chantante. Enfin, je vais avoir la chance de voir notre beau pays.

— De voir la Corie, répond Jameson. Le continent entier, si vous en formulez le souhait.

Décidément, ma liste ne cesse de s'allonger.

Je me radosse et jette un coup d'œil à Delia Grace.

Elle lève sa coupe, un sourire discret aux lèvres.

— Impressionnant, chuchote-t-elle.

— Merci.

Du regard, je cherche lord Seema dans la salle. Il incline la tête, je lui retourne la politesse. Peut-être qu'être reine, c'est dans mes cordes, après tout.

5

En quelques jours, ma vie est bouleversée. Jameson continue de m'envoyer des fleurs et des babioles chaque fois, semble-t-il, que son regard tombe sur quelque chose qui pourrait me plaire, mais il n'est pas le seul : d'autres courtisans me comblent de cadeaux. Et j'ai tellement de bijoux à ma disposition que le compliment de Jameson est plus que jamais d'actualité : je resplendis autant que le soleil. J'ai droit à deux caméristes et, désormais, je ne reçois que des sourires sur mon passage, même s'ils manquent parfois de sincérité. Je ne sais pas si je dois voir là-dedans la main de lord Seema ou si mes efforts pour paraître plus distinguée et plus affable finissent par payer, toujours est-il que j'en savoure chaque minute. Moi qui pensais qu'il n'existait rien de plus grisant que de conquérir le cœur d'un roi, je me rends compte que conquérir le cœur de dizaines de personnes à la fois, c'est mille fois plus galvanisant.

C'est soutenue par cette pensée que j'arrive avec Delia Grace dans le Grand Salon, où je salue poliment les courtisans et leur souhaite une belle journée. Jameson semble avoir un sixième sens : dès que j'entre dans une pièce il se tourne vers moi et m'accorde son attention pleine et entière. Il m'accueille avec un baiser sur la joue, à la vue des membres de la cour, comme il en a pris l'habitude. Je surprends quelques regards désapprobateurs mais à présent je les considère plus comme un défi que comme une contrariété.

— Précieuse Hollis, avez-vous reçu ma lettre ?

— Vous voulez parler de ce magnifique poème où vous me demandez de vous retrouver ce matin ? En effet, je l'ai reçu.

— Vous faites jaillir de moi des mots dont je ne soupçonnais pas l'existence, avoue Jameson sans se soucier d'être entendu. Dites-moi, comment vous portez-vous ? Et vos nouvelles domestiques ? les robes que j'ai fait confectionner sont-elles à votre goût ?

Je recule d'un pas pour qu'il admire celle qui vient de m'être livrée.

— Ce sont les plus belles toilettes que j'aie eu le plaisir de porter jusqu'ici. Et oui, les caméristes me sont d'une grande aide, merci. Vous êtes trop généreux.

— Ces gages d'affection vous sembleront dérisoires lorsque…, répond Jameson.

Il est interrompu par un bruit de pas précipités et nous nous retournons. Un noble d'un certain âge, l'un de ses nombreux conseillers, nous rejoint à toute allure.

— Que Votre Majesté me pardonne. Une famille originaire d'Isolte demande l'asile. Ils viennent plaider leur cause.

Sur notre continent, la coutume veut que les réfugiés qui quittent leur pays d'origine demandent au roi la permission de s'établir sur son territoire. Si une famille s'installe illégalement, elle sera reconduite à la frontière. Dans le meilleur des cas. J'ai vu de mes propres yeux le sort qui était réservé à ces malheureux à l'époque où le père de Jameson, Marcellus, était sur le trône.

Jameson accueille cette information par un soupir exaspéré.

— Fort bien, faites-les entrer. Ma chère Hollis, que diriez-vous d'assister à cette séance ?

D'un geste de la main, il montre le fauteuil voisin du trône. Le noble qui l'occupe, lord Mendel, nous jette un regard interloqué.

— Votre Majesté, je…

Assis à côté de lui, lord Seema lui donne un petit coup de coude. Lord Mendel quitte son fauteuil à contrecœur et nous salue d'une révérence, Jameson et moi. Je remercie lord Seema de la tête et je prends place.

Je coule un regard à Delia Grace, qui affiche une petite mine suffisante ; elle s'en doutait depuis le début, pas vrai ? J'entends des murmures indignés s'élever de la foule – oui, j'ai encore des cœurs à conquérir – mais je ne me laisse pas distraire pour autant. C'est l'occasion ou jamais de prouver à Jameson de quoi je suis capable. Je peux faire preuve de retenue et d'intelligence si la situation l'exige. Je me tiens aussi droite que possible, rentrant le menton, tâchant de ralentir ma respiration. Je veux dégager une impression de tranquille assurance, de compétence.

Un homme d'âge mûr avance jusqu'à nous, accompagné d'une femme. Quatre enfants, trois garçons et une fille, leur emboîtent le pas.

Les rejetons ont tous le teint pâle et les cheveux blonds alors que leurs parents commencent à grisonner. Le cadet a l'air nerveux ; il se cramponne à la main de sa grande sœur qui, elle, balaie la salle du regard, comme si elle cherchait quelque chose. On devine sans peine qu'ils viennent d'Isolte. Ce royaume est très venteux en été, tandis que l'hiver y dure plus longtemps qu'en Corie. Je ne serais pas surprise d'apprendre qu'il y a une fine couche de neige à l'amorce du printemps. Les Isoltiens passent beaucoup de temps enfermés chez eux et ils n'ont pas ce léger hâle que présentent les Coriens.

Le père se prosterne, se relève et s'approche du roi.

— Que me vaut votre visite ? lance Jameson, invitant ainsi le nouveau venu à prendre la parole.

— Votre Majesté, je vous implore de ne pas nous tenir rigueur de notre pauvre mise, vous devez nous prendre pour des gueux, mais nous sommes venus au palais sans prendre le temps de nous rafraîchir.

Des « gueux », ce n'est pas le terme que j'aurais choisi pour les décrire. Leurs habits sont taillés dans un velours somptueux et il y a une quantité d'étoffe impressionnante... Je dois pincer les lèvres pour réprimer un rire. Franchement, qu'est-ce que c'est que cet accoutrement ? Qui peut porter des horreurs pareilles ? Je pourrais me tailler une robe entière dans ces manches exagérément bouffantes. Et ces couvre-chefs ! À mon sens, la mode isoltienne est grotesque.

À la vérité, je n'ai jamais compris les Isoltiens. Le mot qui me vient quand je pense à eux, c'est « inintéressant ». évidemment j'ai entendu parler de leurs découvertes révolutionnaires en astronomie et en botanique et de la pharmacopée développée par leurs médecins, capables de véritables miracles. Mais la musique qu'ils composent est insipide, leurs danses sont calquées sur les nôtres et ce qu'ils qualifient d'œuvres d'art sont la plupart du temps de pâles copies de ce qui a été fait ailleurs. Certes ils se font remarquer par l'originalité de leur habillement, mais personne n'est assez stupide pour s'en inspirer.

— Nous implorons votre clémence et nous vous demandons l'autorisation de prendre asile sur vos terres afin de fuir le courroux de notre roi, poursuit l'homme, visiblement nerveux.

— Et d'où venez-vous, monsieur ? demande Jameson, même s'il connaît la réponse.

— D'Isolte, Votre Majesté.

— Quel est votre nom ?

— Je suis lord Dashiell Eastoffe, Votre Majesté.

Jameson reste silencieux un instant.

— Ce nom me dit quelque chose, murmure-t-il, les sourcils froncés.

La mémoire lui revient au bout de quelques secondes et c'est avec un mélange de soupçon et de pitié qu'il s'adresse à l'Isoltien.

— Oui, je vois ce qui pourrait vous inciter à fuir votre royaume.

Puis il se tourne vers moi, une lueur espiègle au fond des yeux.

— Hollis, vous arrive-t-il de remercier le ciel de m'avoir pour roi, plutôt que ce vieux barbon de Quinten ?

— Je remercie le ciel de vous avoir à chaque instant, Votre Majesté, dis-je en papillonnant des paupières.

Et c'est vrai, il m'est déjà arrivé de remercier le ciel. Jameson est plus jeune que les autres souverains du continent, plus puissant aussi, beaucoup plus généreux que son père et moins sujet aux sautes d'humeur.

Jameson dirige à nouveau son attention sur l'étranger.

— À votre place, mon bon monsieur, j'aurais sans doute pris le parti de fuir moi aussi. Ces derniers temps, la Corie a reçu un afflux de réfugiés.

Une famille d'émigrés isoltiens s'est établie au palais, il y a peu, mais je ne les croise jamais.

— Je me demande ce que ce bon vieux Quinten a encore inventé, pour inspirer une telle peur à ses sujets.

Lord Eastoffe préfère botter en touche en changeant de sujet.

— Nous avons également un présent pour Votre Majesté.

Il adresse un signe de tête à son aîné qui s'avance d'un pas et, avec une révérence, présente à Jameson un objet enveloppé dans du velours – du velours, encore.

Jameson descend de l'estrade, se dirige vers le jeune homme et rabat le pan d'étoffe, révélant ainsi une épée en or à la poignée incrustée de pierres précieuses. Il s'en saisit, la lame réfléchit le soleil du printemps et m'aveugle une fraction de seconde.

Jameson l'inspecte, se rapproche du jeune homme, attrape une longue mèche de cheveux blonds et la tranche. Impressionné par le fil de l'épée, il la brandit.

— Impressionnant, lord Eastoffe. Une arme exceptionnelle.

— Merci, Votre Majesté. Hélas, ceci n'est pas mon œuvre. J'ai reçu une éducation de gentilhomme, c'est mon fils qui s'est pris de passion pour l'art de la forge et qui a décidé d'en faire son gagne-pain, même s'il est de sang noble.

Jameson scrute celui qui vient de sacrifier une boucle de ses cheveux.

— C'est toi qui as fabriqué cela ?

Le jeune homme opine de la tête sans lever les yeux.

— Impressionnant, je le répète.

— Votre Majesté, reprend lord Eastoffe, nous sommes des gens simples, sans prétention, contraints d'abandonner notre patrie suite à des menaces proférées contre nos biens et notre personne. Nous demandons humblement à Votre Majesté de nous offrir l'hospitalité et faisons le serment de ne jamais être un poids pour la Corie et de vous servir au même titre que vos loyaux sujets.

Jameson pivote sur ses talons et son regard se pose sur moi. D'abord pensif, il esquisse un sourire, l'air très content de lui.

— Ma chère Hollis, ces braves gens nous demandent l'asile. Qu'avez-vous à leur répondre ?

Souriante, je me tourne vers les Eastoffe. Mes yeux passent sans s'attarder sur les enfants les plus jeunes et sur leur mère, puis ils atterrissent sur le fils aîné, lequel est toujours à genoux. Nos regards se croisent, s'entremêlent.

L'espace d'une fraction de seconde, la Terre arrête de tourner. Je me plonge dans ses yeux et m'y noie complètement. Un bleu à peine croyable – une couleur qu'on ne voit que rarement en Corie. Ce n'est pas le bleu de l'eau, ni celui du ciel. Je n'arrive pas à le décrire. Ce qui est certain, c'est qu'il exerce une attraction irrésistible.

— Hollis ? insiste Jameson.

— Oui ?

— Votre réponse ?

— Oh ! Eh bien, ils se présentent à nous sans la moindre arrogance, ils prouvent qu'ils apporteront une contribution précieuse à la société grâce à leur travail. Plus important encore, ils ont porté leur choix sur le plus beau royaume du continent et ils se mettent au service du roi le plus bienveillant qui existe. Si la décision ne tenait qu'à moi, je leur accorderais l'asile.

Jameson sourit. Il semblerait que j'aie passé l'épreuve haut la main.

— Eh bien, voilà votre réponse, annonce-t-il aux réfugiés. Vous pouvez rester.

Les membres de la famille Eastoffe échangent des regards incrédules, puis les enfants se jettent dans les bras des parents. Le jeune homme me salue d'un signe de tête, que je lui renvoie.

— Une famille dc votre… *calibre* doit absolument rester au palais, poursuit Jameson, et cette phrase sonne comme une mise en garde – j'ignore pourquoi, mais j'imagine que je le saurai bien assez tôt.

— Bien entendu, Votre Majesté. Quel que soit l'endroit que vous nous indiquerez, nous nous en accommoderons, répond lord Eastoffe.

Jameson fait signe à un garde.

— Conduisez ces personnes à l'aile sud.

Les réfugiés montrent d'un geste qu'ils se soumettent à la décision du roi puis ils quittent le Grand Salon en file indienne à la suite du garde.

— Hollis, me chuchote Jameson, vous avez été remarquable. Mais vous devez prendre l'habitude de réfléchir rapidement. Si je vous demande de vous exprimer, prenez immédiatement la parole.

— Très bien, Votre Majesté, dis-je en rougissant jusqu'aux oreilles.

Il me délaisse un instant pour deviser avec l'un de ses conseillers et, du regard, j'accompagne la famille Eastoffe à l'extérieur de la salle.

Je ne connais toujours pas le nom du fils aîné, mais il se retourne et me jette un sourire par-dessus son épaule.

Un nouveau frisson me parcourt, j'ai une envie irrésistible de suivre ces yeux où qu'ils me mènent. Pourtant, j'essaie d'en faire abstraction. Si j'ai appris quelque chose en tant que Corienne, c'est que le bleu isoltien n'est pas digne de confiance.

6

— Maintenant que nous en avons fini, j'ai quelque chose à vous montrer, me chuchote Jameson.

Il semble avoir de la peine à contenir son excitation et je me rappelle qu'il m'a convoquée ce matin dans un but précis. Cette distraction bienvenue va me permettre d'oublier cette étrange sensation qui fait accélérer les battements de mon cœur – même si j'ignore encore en quoi elle consiste.

À peine ai-je mis ma main dans la sienne qu'il affiche une mine soucieuse.

— Vous tremblez. Un problème ?

Démasquée, j'improvise une excuse.

— Sincèrement, je ne sais pas comment vous arrivez à supporter tous ces yeux braqués sur vous du matin au soir. Et vous devez prendre tant de décisions sans avoir le luxe de la réflexion.

— Par chance, j'ai suivi les leçons du meilleur des professeurs, mon père, m'explique Jameson en m'aidant à descendre les marches de l'estrade. Et je transmettrai son enseignement à ma future femme.

— C'est une lourde tâche, Votre Majesté.

— Certes. Mais les privilèges qui l'accompagnent la rendent largement supportable, répond-il d'un ton moqueur.

J'attends qu'il m'en dise plus, mais il se tait.

— Votre Majesté ?

La tête haute, sourire aux lèvres, Jameson m'ignore.

Nous quittons l'estrade et, à ma grande surprise, il me conduit vers le fond du Grand Salon, où se trouvent plusieurs portes dont l'accès est interdit aux courtisans. Nous échangeons un regard furtif lorsque les gardes nous laissent passer ; c'est la première fois que je franchis l'une d'elles. Le Grand Salon sert de sas entre les appartements privés du roi – son cabinet de travail, la chapelle et les bureaux réservés aux membres du Conseil – et le reste du palais. La disposition des pièces lui permet d'être remarqué de tous quand il fait son entrée dans le Grand Salon, mais aussi de pouvoir se mettre immédiatement en lieu sûr en cas de danger.

— Votre Majesté, où m'emmenez-vous ?

— Nulle part, me taquine Jameson.

— J'ai le plus grand mal à vous croire.

— Puisque vous insistez. Je vous conduis dans un endroit que j'ai l'intention de vous montrer depuis le soir de notre rencontre.

— Ce moment mémorable où je me suis couverte de ridicule devant toute la cour, vous voulez dire ?

Jameson éclate de rire.

— Ce moment où vous êtes devenue la personne la plus charmante de Corie, corrige-t-il.

— Je me réjouis de savoir que j'ai apporté de la joie dans votre vie. Elles doivent être rares, celles qui peuvent se flatter d'avoir fait rire un roi.

— Dans mon cas, pas une seule lady à la cour n'y est arrivée. À part vous, Hollis. Les autres ? Elles agissent uniquement dans leur intérêt. Mais vous, vous êtes d'une générosité inépuisable… et cela me procure un plaisir infini d'être généreux en retour.

Des sentinelles en faction nous saluent et Jameson s'arrête devant une porte. Un garde nous tend une clef ainsi qu'une torchère.

— Il y a des chandeliers à l'intérieur, me rassure Jameson, mais comme c'est une pièce aveugle, autant l'éclairer du mieux possible.

— Vous comptez me garder prisonnière dans un donjon ?

— Pas aujourd'hui, s'esclaffe-t-il. Venez. Je pense que cela deviendra très vite votre pièce préférée du palais.

Un sous-entendu, encore un, à ajouter à ma liste.

Je le suis à l'intérieur d'un pas hésitant. Mes yeux mettent un moment à s'accoutumer à la pénombre et, le souffle coupé, je finis par comprendre où je me trouve. La salle du Trésor.

— Certains de ces bijoux m'appartiennent, commence Jameson. Je suis persuadé que vous reconnaîtrez la chevalière que je portais le jour de mon accession au trône. Ces bagues ici, je les ai souvent portées. Et ceci…

— La Couronne d'Estus… elle est encore plus belle de près.

Frappée de stupeur, je contemple longuement ce joyau et les larmes montent au coin de mes yeux. Il y a un peu plus de sept générations, la Corie était déchirée par de sanglantes guerres intestines. Les souverains se succédaient, aucun n'arrivait à occuper le trône plus de quelques années, et, affaibli par ces querelles, le royaume offrait une proie rêvée aux pays voisins. Finalement le clan Barclay – ces mêmes Barclay dont

Jameson est le descendant direct – est venu à bout de ses ennemis et, malgré le nombre de victimes, le peuple s'est réjoui d'avoir enfin un dirigeant à sa tête. Une couronne spéciale a été forgée pour l'occasion, puis bénie par un cardinal, et tout le royaume s'est déplacé pour assister au couronnement du roi Estus Barclay et lui prêter allégeance.

La Couronne d'Estus ne quitte cette pièce qu'une fois par an, le Jour du Couronnement, et seuls ceux qui ont la chance de naître dans une famille noble peuvent espérer l'apercevoir.

— Votre Majesté, je vous remercie humblement. Vous devez placer en moi une immense confiance pour me permettre d'approcher un objet aussi précieux et je suis sensible à cet honneur.

Je n'arrive pas à trouver les mots pour exprimer mon émotion mais j'ai bien conscience que c'est un immense privilège que m'offre Jameson. Je me tourne vers lui, les yeux embués.

Il me prend la main, l'embrasse.

— J'ai confiance en vous, Hollis. Je le répète : vous êtes d'une immense générosité. En attention et en affection, en rires et en gentillesse. Vous avez déjà fait de moi l'homme le plus gâté au monde. Voilà pourquoi je dois vous dire que ce n'est pas la Couronne d'Estus que je vous offre… mais ceci.

D'un geste ample du bras, il montre le mur sur ma gauche, où sont exposés d'autres bijoux, des bijoux par dizaines. Rubans de saphirs, rivières de diamants… Pas besoin de fenêtres dans cette pièce : la faible lueur des bougies suffit à faire étinceler les gemmes de mille feux.

— Ces joyaux appartiennent à la reine, précise Jameson. Chaque année, les rois de Corie et d'Isolte se réunissent pour renouveler leur pacte de non-agression. Le roi Quinten arrive à la fin de la semaine et je veux que vous soyez à la hauteur de l'événement.

Je suis partagée entre l'envie de m'évanouir et celle de courir informer mes parents. Mais ce que je désire le plus au monde, c'est porter ce collier incrusté de diamants et de pierres aux reflets roses. J'ai presque peur de montrer du doigt l'une de ces merveilles.

— Vous êtes certain que cela ne pose aucun problème ? Ils sont d'une valeur inestimable.

— Si quelqu'un est digne de les porter, c'est bien vous. Et, pour être tout à fait sincère, depuis le bal, je ne cesse de vous imaginer avec ces splendeurs au cou.

Rassurée par ces paroles, j'effleure les pierres à la surface froide et lisse dont la teinte hésite entrc le rose et le rouge.

— Celui-là, alors.

— Parfait.

Le plaisir de savoir que je vais porter un bijou créé pour une reine me submerge et je me jette au cou de Jameson.

— Vous êtes trop bon pour moi.

— Êtes-vous heureuse ?

— Presque trop.

Soudain, je me rends compte que c'est la première fois que nous nous retrouvons en tête à tête, sans témoin, sans spectateur.

— Eh bien, répond Jameson avec un sourire, vous êtes une lady qui protège férocement sa vertu. Je suis surpris d'avoir réussi à vous entraîner jusqu'ici.

— Vous avez plus d'un tour dans votre sac, Votre Majesté.

Et parce que nous sommes si proches, et seuls, et heureux, lorsqu'il se penche pour m'embrasser, je me laisse faire. Mon premier baiser… avec un roi, qui plus est, difficile de faire mieux. Je suis au septième ciel. Jameson m'attire contre lui, me tient par le menton et se détache de moi quand il juge que le baiser a assez duré.

Un nuage semble passer sur son front et il s'adresse à moi sur un ton grave.

— Vous devez vous préparer, Hollis. De nombreux changements nous attendent.

— Nous, Majesté ? Vous et moi ?

De la tête il acquiesce.

— Dans les semaines qui viennent, j'ai l'intention de rendre publics les sentiments que j'éprouve pour vous. Cela aura des répercussions incalculables. Certains chercheront à s'attirer vos bonnes grâces ; d'autres maudiront jusqu'à votre nom. Mais rien de tout cela n'a d'importance, Hollis. Je veux faire de vous ma femme.

— Et j'en serais honorée… mais j'ai peur de ne pas être digne de vous.

— Vous n'êtes pas la première à le penser, mais n'ayez crainte. Pensez à mon arrière-grand-mère, Albrade. La légende raconte qu'elle était aussi pâle qu'une Isoltienne lorsqu'elle a épousé mon illustre aïeul, et regardez où le destin l'a portée.

J'essaie de sourire mais j'ai du mal à m'imaginer les armes à la main, comme Albrade.

— Je suis loin d'être une guerrière.

— Et ce n'est pas ce que j'attends de vous. Je vous demande simplement de rester telle que vous êtes. C'est, ma chère Hollis, pour cela que je vous aime.

Je vous aime, je vous aime, je vous aime…

Cet aveu résonne dans mon cœur et je regrette de ne pas pouvoir le préserver pour l'éternité, le sceller dans une bouteille. Prévenant, Jameson me laisse un moment pour reprendre mes esprits, puis il poursuit :

— Je suis fils unique. Mes parents sont morts trop tôt pour me donner un frère ou une sœur. Avant de vous rencontrer, je croyais devoir finir dans la solitude la plus complète. Je ne vous demande rien d'autre que de me rejoindre sur le chemin de la vie. Le reste ne compte pas. Si vous pensez que devenir ma compagne vous rendra heureuse, alors je serai comblé.

Il y a tant de sincérité dans sa voix, tant d'émotion, que j'ai du mal à ne pas éclater en sanglots. Son affection me submerge et je puise au fond de ses yeux assez de force pour savoir que rien ne peut m'arrêter – pas tant que je suis près de lui.

C'est une sensation étrange, nouvelle. À cet instant, je comprends que je suis amoureuse de lui. Il n'y a pas que mes genoux qui flageolent, il y a aussi la volonté inébranlable qu'il insuffle en moi… seul Jameson peut m'inspirer cela.

— Je vous demande de garder le secret pour le moment, ajoute-t-il. Les lords essaient encore de me convaincre d'épouser la princesse de Bannir, ce qui serait une victoire diplomatique pour la Corie, mais je ne puis m'y résoudre. Il me faut du temps pour les persuader que, vous et moi, nous pouvons régner ensemble.

— Je m'y emploierai aussi de mon côté.

— Je dois vous reconduire au Grand Salon avant que la cour ne jette le discrédit sur votre honneur. Venez, ma chère Hollis, retournons à la folie ambiante.

Lorsque les portes du Grand Salon s'ouvrent, toutes les têtes se tournent et le rouge me monte aux joues. Mon cœur s'emballe.

C'est leur future reine qu'ils regardent.

7

Les jours suivants, Delia Grace ne me laisse pas un moment de répit. Il m'arrive de fredonner pour lui faire croire que je n'entends pas ses questions ou je m'absorbe dans mes tâches, toujours avec le sourire. Aujourd'hui je travaille sur la broderie d'une robe quand elle revient à la charge.

— Pourquoi ne me dis-tu pas ce qu'il t'a montré ?

— C'était une enfilade de pièces, rien d'autre. Et le hasard veut que ce soient les appartements privés de Jameson.

— Et qu'est-ce qui vous a retenus aussi longtemps ?

Je tire sur le fil d'or, suivant scrupuleusement le canevas.

— Nous avons été absents cinq minutes, pas plus.

— Un gros quart d'heure ! s'exclame Delia Grace.

Je lui lance un regard interloqué.

— Impossible.

— J'étais là, à attendre avec les autres courtisans. Crois-moi, nous avions tous les yeux braqués sur l'horloge.

— Tu sauras tout très bientôt.

— Il t'a épousée ?

Je manque de m'enfoncer l'aiguille dans le doigt.

— Tu me prends pour qui ? Se marier sans témoin, c'est aussi grave que se marier clandestinement, qu'on soit roi ou non. Tu crois vraiment Jameson capable de salir ma réputation ?

Au moins elle a la décence de paraître gênée.

— Non. Excuse-moi, Hollis. Dans ce cas, pourquoi tu refuses de me dire ce qui s'est passé ?

— Je n'ai pas le droit de préparer une petite surprise de temps en temps ? ni d'avoir mes secrets ? C'est déjà assez compliqué avec toutes ces oreilles qui traînent.

— Ce n'est pas moi qui vais dire le contraire.

Delia Grace pousse un soupir, s'approche de moi et pose ses mains sur mes épaules.

— S'il t'arrive quelque chose d'important, tu me mettras dans la confidence, n'est-ce pas ?

— Crois-moi, je ne me tais pas de gaieté de cœur.

Je retourne à mon ouvrage. Le résultat est plutôt correct et je suis contente de me changer les idées.

— Dis-moi simplement : est-ce que tout se passe comme je l'avais prévu ? me demande-t-elle.

Les lèvres pincées, je lui lance un regard par en dessous. Son visage se fend d'un large sourire.

— Très bien. Dans ce cas il va te falloir des dames d'atour.

— Non. Je ne veux pas m'entourer d'hypocrites. La plupart des filles me lancent des regards meurtriers depuis le bal ; j'aimerais autant éviter de subir leur compagnie du réveil au coucher.

— Mais tu vas être obligée de prendre des gens à ton service.

— Non. Je ne suis pas reine. Je n'ai pas ce titre… pas encore.

— Hollis.

— Par ailleurs, si je commence à faire appel aux unes et aux autres, ce sera le début des commérages et des racontars. Déjà que je ne fais pas l'unanimité auprès des lords, je ne veux rien faire qui puisse mettre Jameson dans l'embarras.

— Je comprends. Mais si tu devais recruter l'une des ladies, laquelle aurait ta préférence ?

Pour l'amour d'Estus, pas Anna Sophia j'espère, avec le groin qu'elle a à la place du nez.

— Tu veux bien me laisser le temps de réfléchir ?

— Oui, mais pas trop longtemps. Ce n'est pas un jeu, Hollis.

Je repense avec nostalgie à mon insouciance d'il y a encore quelques semaines. Delia Grace a raison : j'arrive à un carrefour de ma vie et je ne peux pas me permettre de me tromper. Ce n'est pas un jeu, non.

— J'arrive à la fin de la bobine. Tu sais où je peux trouver du fil ?

— Chez la couturière royale. J'y vais.

— Non, non. Reste ici. Je suis certaine que tu as tout un tas de plans à concocter pour ma vie future.

Je quitte les appartements attribués à ma famille par une porte dérobée qui relie ma chambre au cœur du palais. Je prends un instant pour admirer les lieux. Même si cela fait quelque temps que j'habite au château, je ne me suis pas encore lassée de sa beauté.

Les larges couloirs m'impressionnent par leurs dimensions, leur décor somptueux et l'harmonie qui s'en dégage ; les architectes ont fait construire des arches en pierre qui forment des voûtes spectaculaires rappelant des ponts renversés. On a l'impression de pouvoir les toucher du doigt. De monumentaux escaliers en spirale raccordent les trois étages supérieurs et j'ai entendu dire que la collection de sculptures et d'œuvres d'art ne manque d'éblouir les émissaires de tous les royaumes du continent.

Nos appartements se trouvent à l'entrée de l'aile est, un emplacement que bien des courtisans nous envient. Les familles les plus anciennes occupent l'aile nord et même si le cadre est plus modeste, elles sont plus proches du Grand Salon, donc du roi. Des chambres vides dans l'aile nord accueillent les ambassadeurs et les dignitaires de passage. C'est là, par exemple, que le roi Quinten sera logé durant sa visite officielle.

Les notables et les personnages éminents du royaume occupent les appartements les mieux situés des ailes est et ouest. Moins l'arbre généalogique est prestigieux, plus on s'éloigne du couloir central – et du pouvoir. Autant dire que les familles reléguées aux extrémités des ailes n'ont aucune influence sur la vie de la cour. L'étage du haut accueille le tout-venant et les domestiques sont, eux, assignés aux sous-sols.

À l'arrière, le long de la crête sur laquelle le palais a été bâti, se dressent les dépendances, les garde-manger, les celliers, tous ces bâtiments où le petit peuple besogne et fait tourner cette vaste machine. C'est là que j'espère trouver l'atelier de la couturière.

Je tourne un coin de mur un peu trop vite et évite de justesse deux artisans qui arrivent en face.

— Attention !

Ils me regardent, puis ils exécutent une profonde révérence. Je devine immédiatement à leurs cheveux de qui il s'agit : les réfugiés d'Isolte. Ils ont troqué leurs habits de velours contre ces blouses amples que les nobles coriens portent sous leur pourpoint et ils sont tous deux chargés d'une besace en cuir pleine d'outils.

— Allons, pas de courbettes entre nous, c'est tout à fait inutile.

Le jeune homme aux yeux d'un bleu saisissant relève la tête.

— Pas autant que vous le pensez, lady Brite.

— On vous a mal renseignés. Lady Brite, c'est ma mère. Appelez-moi Hollis, tout simplement.

Je leur souris. L'aîné se met debout. Pas une seconde il ne détache ses yeux de moi.

— Hollis.

Nous restons là un instant, sans parler, et je me retrouve à nouveau comme subjuguée par son regard. Il finit par briser le silence.

— Je m'appelle Silas. Voici mon frère, Sullivan.

Le cadet incline la tête, muet. Silas pose une main sur son épaule.

— Va donc rapporter nos outils à la forge. Je te rejoins dans une minute.

Sullivan bâcle une autre révérence et nous fausse compagnie. Il n'a pas prononcé un seul mot.

— Veuillez l'excuser. Sullivan est d'une timidité maladive avec les étrangers. Avec tout le monde, en fait.

— Eh bien, vous lui transmettrez mes excuses également. Je n'avais pas l'intention de vous effrayer.

— Depuis quand une demoiselle de votre qualité a-t-elle des excuses à faire ? Tous disent que vous êtes la prochaine reine.

J'ouvre grand les yeux.

— Pardonnez ma brutalité. Je ne voulais pas vous mettre mal à l'aise. Ce sont les rumeurs qui circulent à votre propos.

— Ceux qui font circuler ces rumeurs… vous semblent-ils déçus, ou contents ?

— Contents, en majorité. Les demoiselles qui ont le même âge que nous, à quelques années près, n'arrivent pas à cacher leur dépit en revanche.

— Je comprends. Disons qu'aucune bague de fiançailles ne vient officialiser la chose, ce qui ouvre le champ aux spéculations.

— Si ces rumeurs sont fondées, je vous souhaite à tous les deux beaucoup de bonheur. Isolte a une reine à sa tête mais elle ne mérite pas ce titre, elle n'en a ni la force ni la grandeur d'âme, ce n'est un secret pour personne. La Corie a de la chance de vous avoir.

Gênée par ce déluge de compliments, j'observe la pointe de mes ballerines puis je porte mon attention sur les outils qui dépassent de sa besace.

— Pardonnez-moi, mais pourquoi continuez-vous à travailler ? Vous avez quitté Isolte – sans doute la décision la plus intelligente à prendre –, alors pourquoi ne pas repartir de zéro et vivre comme votre père, de vos rentes ? Ce serait sans doute plus digne de votre rang.

— Je suis fier de ce dont mes mains sont capables. Ma spécialité, ce sont les armes mais, si Sullivan accepte de m'aider, je peux fabriquer des bijoux. Après avoir fait cadeau de cette épée à votre roi…

— Ah, mais c'est aussi votre roi maintenant.

Silas opine.

— Pardonnez-moi. C'est le temps de m'acclimater, et j'ai encore du mal à accorder ma confiance aux puissants.

Il marque un temps d'arrêt avant de reprendre le fil de la conversation.

— Depuis que nous avons fait cadeau de cette épée au roi, plusieurs courtisans nous en ont commandé une et je crois que ma mère a réussi à convaincre l'un d'eux d'ajouter un collier à sa commande.

— Moi qui croyais que les Isoltiens n'avaient pas la fibre artistique. C'est une compétence fort utile. Où avez-vous appris à manier le marteau et l'enclume si vous avez vécu à la cour ?

— Notre manoir était situé à proximité du palais royal et, comme il nous était facile de faire des allers-retours, nous passions le plus clair de notre temps sur notre domaine. Le grand regret de mon père, c'est d'avoir négligé les compétences pratiques dans sa jeunesse et, quand j'ai exprimé un intérêt pour la ferronnerie, il a tout mis en œuvre pour que je puisse l'apprendre. Ma première épée, je l'ai forgée pour mon cousin Etan, me confie-t-il sur un ton qui suggère que je devrais savoir de qui il parle. Il participait à un tournoi, il lui fallait une bonne épée. Malheureusement la poignée avait trop de jeu et au premier choc un éclat de métal s'est détaché de la lame, mais il l'a quand même gardée jusqu'à la fin des combats.

Silas me raconte cela comme s'il revivait la scène.

— C'était il y a trois ans, enchaîne-t-il, et j'ai beau être fier des compétences que j'ai acquises, j'essaie toujours de m'améliorer. Comme tous les membres de ma fratrie. Même ma sœur s'y est mise, elle se charge des tâches plus minutieuses, des finitions sur les bijoux que je fabrique avec Sullivan. Nous n'avons pas les doigts assez fins, conclut-il en levant les mains.

J'étudie ces mains calleuses, ces ongles incrustés de suie. Il est peut-être d'origine aristocratique mais ce sont des mains d'ouvrier, de travailleur. J'ignore pourquoi, je les trouve d'une beauté saisissante. Je cache les miennes derrière mon dos.

— C'est merveilleux.

Il chasse mon compliment d'un haussement d'épaules.

— Ce n'est pas l'opinion qui prévaut à Isolte. On n'y attache pas beaucoup d'importance à l'artisanat.

— Est-ce qu'il y fait aussi froid qu'on le raconte ?

— Si vous parlez du climat, oui, les vents y sont parfois impitoyables. Et si vous parlez des habitants… j'ai découvert que la température peut baisser de plusieurs degrés quand vous vous trouvez en présence de certaines personnes. Vous ne connaissez pas Isolte ? Vous n'y êtes jamais allée ?

Il est surpris, et c'est tout à fait compréhensible. Rien de plus facile pour un Corien que d'aller faire du tourisme à Isolte… bien que ce ne soit pas une destination qui fasse rêver.

— Non, hélas. Mon père ne pense qu'au travail et, s'il lui arrive de voyager, c'est seul ou avec ma mère. J'ai toujours voulu aller à Eradore – il paraît que les plages y sont à couper le souffle – mais j'ai beau insister, ils ne m'y ont jamais emmenée.

Je ne lui dis pas que j'ai arrêté de réclamer il y a des années, quand j'ai fini par comprendre qu'ils m'auraient emmenée au bout du monde si j'avais eu la bonne idée d'être un garçon, ou de naître après un grand frère. Mais non, je ne suis qu'une fille et, bien que je n'en sois pas responsable, mes parents ont décidé de rejeter la faute sur moi.

J'ai Delia Grace de toute façon ; sans elle à mes côtés, un long voyage enfermée dans un carrosse n'aurait que peu d'attrait, quelle que soit la destination. On se console comme on peut.

Silas recale sa besace sur sa hanche.

— Je suis prêt à parier que Sa Majesté vous emmènera partout où vous le souhaitez. Après tout, il vous a bien sortie d'une rivière glacée, plaisante-t-il.

— Vous n'étiez pas encore là quand c'est arrivé ! Et l'eau n'était pas glacée ! Et c'était de la légitime défense ! Je n'ai qu'un regret : avoir abandonné prématurément le combat.

— J'aurais donné cher pour voir cela. À Isolte, les dames de la cour n'osent même pas effleurer la surface de l'eau, alors il n'y a aucun risque que l'une d'elles bascule dans une rivière.

— Et elles ont raison. J'y ai laissé une paire de ballerines auxquelles j'étais très attachée.

Silas éclate de rire.

— Bon, j'imagine que je ferais mieux de rejoindre Sullivan. Les intendants ont eu la gentillesse de nous trouver un endroit où nous pourrons travailler, ce sera agréable de se sentir… utile.

— Je comprends tout à fait. J'y pense, savez-vous s'il y a un atelier de couture ou de confection dans les environs ? Je cherche du fil à broder.

— Oui. Prenez l'escalier et montez d'un étage. Il n'y a pas de porte, vous devriez trouver sans problème.

— Ah. Eh bien, merci beaucoup, Silas.

— À votre service, lady Hollis.

Il reprend sa route et je regagne l'escalier en me faisant la remarque que cette partie du palais est beaucoup plus sombre que les salons auxquels je suis habituée. Montant les marches, je repense aux innombrables visites officielles – de têtes couronnées, dignitaires, diplomates, ambassadeurs – qui ont été organisées depuis que mes parents ont fait de Keresken notre résidence principale. J'ai vu des personnes venues des quatre coins du continent. Et pourtant, il m'a fallu attendre cet échange avec Silas Eastoffe au détour d'un couloir pour adresser la parole à un étranger.

Il n'est pas très différent de moi, en fin de compte, et il se sent au palais comme un poisson dans l'eau.

8

Le lendemain matin, on frappe à la porte. Pile à l'heure.

— Quoi encore ? s'interroge Delia Grace à voix haute. Des cadeaux envoyés par Sa Majesté, un lord qui vient te demander un service ?

J'évite son regard. Je sais qui doit venir et j'appréhende sa réaction.

— Ni l'un ni l'autre.

La camériste va ouvrir et annonce mon invitée, qui fait son entrée.

— Lady Nora Littrell.

— Elle ? Qu'est-ce qu'elle vient faire ici ? s'indigne Delia Grace.

— Je l'ai convoquée, dis-je en me mettant debout. Merci d'être venue, lady Nora.

— Merci de m'avoir invitée. En quoi puis-je vous être utile, lady Hollis ?

— Je vous ai demandé de venir pour vous proposer de devenir ma dame d'atour.

Comme je le craignais, Delia Grace blêmit.

— Quoi ? Pourquoi elle ? bafouille-t-elle.

— Parce qu'elle a eu la courtoisie de présenter des excuses après sa sottise, et l'élégance de ne pas retenir mes sottises contre moi. Notre influence à la cour est limitée, Delia Grace. Nora connaît des gens que nous ne connaissons pas et elle est intelligente. Comme tu l'as toi-même souligné, je vais avoir besoin d'aide.

Delia Grace baisse la tête, écarlate, les mâchoires serrées. Je me tourne de nouveau vers Nora.

— Rien n'est encore officiel, évidemment, mais si l'idée vous séduit, j'aimerais vous attacher toutes les deux à mon service. Delia Grace, tu seras ma première dame d'atour, et lady Nora te secondera – à condition qu'elle accepte le poste. Si les choses avancent comme je l'espère, et si Jameson demande ma main, je vous chargerai, Nora, de rassembler des gens fiables, afin que nous puissions travailler ensemble dans la bonne humeur. Et, naturellement, si des privilèges me sont octroyés, vous aurez aussi droit à votre part.

Nora s'approche et prend mes mains dans les siennes.

— Quel privilège ce serait ! Hollis, merci !

Son sourire est sincère et, si elle m'en a voulu autrefois d'avoir conquis le cœur de Jameson, c'est visiblement du passé.

Delia Grace, de son côté, fulmine. Je pose sur elle un regard calme.

— Cet arrangement ne pourra fonctionner que si vous travaillez main dans la main. Vous êtes toutes deux très différentes, vous avez des talents et des tempéraments complémentaires et votre aide me sera très précieuse. C'est un service que je te demande en tant qu'amie.

Les bras croisés, Delia Grace affiche une mine qui me dit que je viens de commettre la pire des trahisons.

— J'allais de toute façon enrôler d'autres personnes. C'est toi-même qui me l'as suggéré.

— Je sais. Simplement, je ne pensais pas… Elle devra me rendre des comptes, c'est bien ça ? insiste Delia Grace.

— C'est toi qui donneras les ordres, assure Nora sans me laisser le temps de répondre. Tout le monde devra te rendre des comptes.

— J'attends de toi que tu sois juste, dis-je, mais oui, ce sera toi la responsable de ma maison.

Delia Grace pousse un soupir et me regarde, une immense déception au fond des yeux.

— Fort bien. Si vous voulez m'excuser, j'ai une migraine atroce. Et tu as quelqu'un d'autre pour te porter assistance, il me semble.

Là-dessus elle quitte la pièce comme une furie, claquant la porte derrière elle.

— J'imagine qu'à sa place j'aurais réagi de la même façon, reconnaît Nora.

— Ce n'est pas en un jour qu'on guérira le passé.

— Oui. Je dois dire que, comme nous avons établi une certaine… distance avec Delia Grace, je suis étonnée que vous vouliez me donner ma chance.

— Je crois beaucoup aux secondes chances, en fait. J'espère que Delia Grace enterrera la hache de guerre, elle aussi. Et que vous essaierez de prendre un nouveau départ.

Nora n'arrive pas à camoufler son trouble. Elle puise en elle le courage de me faire une réponse franche.

— Ce serait sans doute la meilleure solution. Parfois… la vie à la cour est moins pesante quand on n'est pas celle qui est au centre de toutes les discussions, si vous voyez ce que je veux dire.

— Oui. Oui, bien sûr.

— Ma famille a elle aussi des squelettes dans son placard – quelle famille n'en a pas –, mais savoir qu'une autre fille était la cible des commérages a rendu le quotidien plus facile.

— Je comprends. Mais tout cela, c'est derrière nous. Tôt ou tard, il va falloir que vous lui présentiez des excuses. J'ai besoin de votre aide mais je ne peux pas non plus me passer d'elle.

— Vous pouvez compter sur moi, lady Hollis. C'est un honneur que vous ayez pensé à moi. Vous allez marquer l'histoire de la Corie. En avez-vous conscience ?

J'affiche un pâle sourire.

— Oui… Je crois que c'est ce qui me rend nerveuse.

Nora m'embrasse sur la joue.

— Ne vous faites pas de mauvais sang. Vous avez Delia Grace, et maintenant vous m'avez moi.

Pas le temps de la remercier : ma mère ouvre la porte, aussi furieuse qu'un taureau excité par un mouchoir rouge. Elle étudie la scène et braque sur moi un index accusateur.

— As-tu vraiment proposé à lady Nora d'entrer à ton service ?

— Vous avez croisé Delia Grace, je présume ?

— En effet.

— Je me demande ce qui vous a poussée à la prendre au sérieux cette fois-ci. Vous êtes vexée parce que vous n'avez pas votre mot à dire sur la question ?

Ma mère n'objecte pas. Pas plus qu'elle n'essaie de me convaincre qu'elle désire ce qu'il y a de mieux pour moi, ni qu'une idée géniale lui est subitement apparue. Ce qui l'agace, c'est que j'échappe à son contrôle.

— Qu'est-ce qui te fait croire, ma fille, que tu as les compétences requises pour t'entourer des bonnes personnes ? crache-t-elle. Je savais que tu allais garder Delia Grace à ton service ; je m'y étais résignée.

Elle lève les yeux au ciel, amère de ne pas avoir réussi à m'arracher la seule amie que j'ai au palais.

— Et je te donne mon aval pour Nora, parce qu'elle vient d'une famille à la réputation sans tache, mais à partir d'aujourd'hui c'est ton père et moi qui choisirons tes dames d'atour. Est-ce clair ?

C'est exténuant d'avoir à supporter ses incessantes récriminations. Cela ne lui suffit pas que le roi ait jeté son dévolu sur moi ? Ce n'est pas un fils qui aurait pu lui apporter cette fierté.

Piquée au vif, elle sort aussi vite qu'elle est entrée.

— Pas d'inquiétude, chuchote Nora. J'ai une idée.

Delia Grace a trouvé refuge dans le jardin, où elle s'amuse à effeuiller des fleurs dont elle jette les pétales dans l'herbe. Le jardin est un endroit que nous apprécions, elle et moi, et nous y fuyons souvent l'agitation de la cour. Dans un monde où tout va trop vite, où les gens courent toujours après quelque chose, c'est notre havre de paix.

Correction : c'*était* notre havre de paix.

Je traverse la pelouse à grandes enjambées.

— Comment as-tu pu aller te plaindre auprès de ma mère ? Maintenant elle exige d'avoir un droit de regard sur mes choix. Tu ne crois pas que les siens pourraient être catastrophiques ?

Delia Grace a un geste d'agacement.

— Ta mère a beaucoup de bon sens. Contrairement à toi.

— Nous ne pouvons pas rester éternellement seules dans ma chambre ! Il va bien falloir découvrir à qui faire confiance, et de qui nous méfier.

— Et tu crois que j'ai envie de commencer avec la harpie qui a fait de ma vie un enfer ces dix dernières années ?

— Nora a mal agi, elle l'a reconnu. Je crois qu'elle a trop honte pour te présenter ses excuses dans l'immédiat, mais elle sait qu'elle a beaucoup à se faire pardonner.

— Mais oui, et la perspective de devenir ta dame d'atour n'a absolument rien à voir avec ce revirement.

— Même si cela pèse dans la balance, pourquoi lui tourner le dos ? C'est pour cette raison précise que je ne t'en ai pas parlé avant. Nora est la seule lady qui pourra m'aider, en dehors de toi. Mais je savais que tu me mettrais des bâtons dans les roues.

Delia Grace reste là, à secouer la tête.

— Ce n'est pas toi qui voulais que je me fasse des alliés ? Que je m'éduque, que je m'améliore ?

Elle se met debout, prend de profondes inspirations et s'essuie le front, comme pour effacer les marques d'inquiétude.

— Tu veux bien arrêter de me renvoyer mes idées à la figure ? Et tu veux bien me prévenir la prochaine fois ? Pour que je me prépare au pire.

Je prends ses mains entre les miennes.

— Tu dis cela comme si j'avais voulu te faire du mal. C'est faux, je t'assure. J'ai pensé qu'enrôler Nora nous serait bénéfique. Et je crois qu'elle est sincèrement désolée pour la façon dont elle s'est conduite.

— C'est une actrice hors pair. Tu es trop naïve pour lire dans son jeu, déclare Delia Grace, toujours sceptique.

J'encaisse la gifle de l'insulte.

— Eh bien, je suis peut-être naïve, mais je suis à la droite du roi. Donc j'ai besoin que tu me fasses confiance. Et j'ai aussi besoin de ton soutien. Tu sais que je ne peux pas m'en sortir seule.

Elle réfléchit, les mains sur les hanches. Une fraction de seconde, je m'imagine qu'elle va m'abandonner à mon sort.

— Tu vas t'assurer qu'elle reste à sa place, d'accord ? me lance-t-elle enfin.

— Rien ne t'oblige à devenir amie avec elle.

— Tant mieux. Parce qu'à ce stade je n'ai pas envie de ton amitié non plus.

Sur ces entrefaites elle me plante là avec mes pensées.

9

La camériste est partie me chercher de l'eau et tisonner le feu, j'attends son retour blottie sous la couette. Lorsqu'elle revient, elle m'annonce d'une voix chevrotante :

— Lady Hollis, Sa Majesté réclame votre présence de toute urgence au Grand Salon.

J'ouvre un œil et j'avise un garde derrière elle. Pas étonnant qu'elle soit dans tous ses états, la pauvre. Pourquoi m'envoie-t-on un garde, d'ailleurs ? Mauvais signe. Je fais mon possible pour ne pas céder à la panique.

— Si Sa Majesté l'exige, je suis prête. Mon peignoir, s'il te plaît.

La jeune fille m'aide à m'habiller et me coiffe à la va-vite. Je regrette que Delia Grace ne soit pas là. Elle aurait su me rassurer, elle, parce qu'il lui aurait suffi de quelques secondes pour échafauder un plan. Je m'asperge le visage d'eau fraîche, histoire de me réveiller, et je prends une profonde inspiration.

— Je vous suis, dis-je au garde, comme si j'avais besoin qu'on me guide jusqu'au Grand Salon.

Les couloirs, déserts, sont peuplés d'échos. D'ordinaire c'est une musique que j'apprécie. Pas ce matin ; ce matin, entre le soldat et la convocation au saut du lit, l'ambiance est pesante.

À mon arrivée, je vois Jameson assis sur son trône, une lettre à la main, l'air furieux. Mes parents sont là eux aussi, sous la surveillance d'un autre garde, et ils me lancent un regard noir, comme si j'étais responsable de ce réveil en fanfare. Leur présence ne m'étonne pas ; ce qui m'étonne, en revanche, c'est que la famille Eastoffe au grand complet a été convoquée. Personne n'a eu le temps de se mettre en tenue décente, Jameson pas plus que les autres. Même si je dois reconnaître qu'il a beaucoup de charme, dépeigné et la chemise ouverte.

Je le salue d'une révérence.

— Votre Majesté. Vous m'avez fait mander ?

— Chaque chose en son temps, Hollis. D'abord, quelques questions.

Il parle d'un ton froid, calculateur. Son regard se pose sur chaque visage à tour de rôle, comme s'il se demandait qui interroger en premier.

— Vous, dit-il en montrant les Eastoffe de l'index.

— Votre Majesté, lâche lord Eastoffe en mettant un genou en terre.

— Avez-vous gardé contact avec votre ancien roi ?

— Non, Votre Majesté, en aucune façon.

— J'ai beaucoup de mal à vous croire après avoir reçu ceci, ajoute-t-il en brandissant la lettre. Les rois de Corie et d'Isolte se réunissent une fois par an, vous n'êtes pas sans le savoir. On m'a rapporté que vous avez vécu à la cour de ce bon vieux Quinten de très longues années.

Lord Eastoffe confirme d'un hochement de tête.

— C'est la seconde fois que je le rencontre depuis que je suis monté sur le trône, mais ne trouvez-vous pas curieux que, cette fois-ci, il ait décidé de venir accompagné de son épouse ? Quelle mouche l'a piqué, à votre avis ?

— Je l'ignore, Votre Majesté. Vous le savez, c'est un homme impulsif et, par malheur, le temps n'arrange pas ce trait fâcheux de son caractère.

Je suis tout aussi surpris que vous, la reine ne le suivant que très rarement lors des visites officielles.

Le pauvre, il transpire à grosses gouttes.

— Je pense que quelqu'un à la cour le tient informé de mes sentiments, assène Jameson. Je pense qu'il sait que j'ai l'intention de donner une reine à la Corie et qu'il amène sa mégère en vue de la comparer à la perle de mon royaume.

Il parle d'une voix calme, mais on dirait qu'il hurle, et j'en suis à un point où je n'arrive pas à dire s'il vient de me faire un compliment ou de m'insulter. J'ai du mal à comprendre, aussi, pourquoi on m'a tirée du lit. Qu'est-ce que je peux y faire, si Quinten a décidé d'inclure sa femme à sa délégation ? J'essaie de ne pas penser au côté négatif de l'affaire : à côté d'une vraie reine, j'aurai l'air d'une oie et le soutien des lords me sera perdu à jamais.

J'écoute religieusement Jameson, les yeux baissés.

— Ce qui m'intrigue, c'est la coïncidence. Il apprend l'existence de lady Hollis la semaine qui suit votre arrivée, poursuit Jameson en se carrant dans son trône. Je connais Quinten depuis tout petit. Il n'a qu'une idée en tête, rabaisser ma future épouse de toutes les façons possibles, et j'en sais quelque chose puisqu'il a déjà tenté de m'humilier.

— Votre Majesté, peu importe ce qu'il pense…

— Silence !

Lord Eastoffe s'incline plus bas encore, puis il essuie la sueur qui perle à son front. Derrière lui, sa femme attrape la main de leur fille et la serre très fort.

Jameson se met debout et arpente l'estrade comme un lion qui cherche la faille dans les barreaux de sa cage.

— Lord et lady Eastoffe, je vous donne l'ordre d'être aux premières loges de toutes les célébrations et, en tant que Coriens naturalisés de fraîche date, d'avoir un comportement irréprochable. Si d'aventure Quinten trouve à se plaindre de vous, je ne donne pas cher de votre tête.

— Oui, Votre Majesté, répond en chœur le clan Eastoffe.

— Il me semble que vivent au palais trois ou quatre autres familles isoltiennes de haut rang. Vous leur transmettrez mes consignes. Si vous voulez rester ici, j'attends de vous une loyauté sans faille.

— Entendu, Votre Majesté.

— Lady Eastoffe, je vous charge d'enseigner l'étiquette isoltienne à lady Hollis. Je veux qu'elle éclipse en tous points la greluche que Quinten a épousée.

— Certainement, Votre Majesté.

Lady Eastoffe, que je n'ai vue qu'une fois, m'adresse alors un sourire discret mais rassurant. Quelque chose dans son attitude me dit que je peux compter sur elle.

Jameson se tourne ensuite vers mes parents.

— Lord Brite, lady Brite, je vous charge d'éduquer votre fille sur les événements dans le Haut-Marais et dans le Grand Perrin, pour qu'elle ait un avis éclairé sur le sujet si on l'interroge.

Mon père pousse un soupir las.

— Cela fait beaucoup à couvrir, Votre Majesté.

— Et je vous tiendrai pour responsable de ses lacunes, cher ami, si lacunes il y a. Je sais parfaitement de quoi lady Hollis est capable et je ne souffrirai aucune négligence de votre part, gronde Jameson.

— Bien, Votre Majesté.

— Des questions ? lance Jameson à la cantonade.

Je lève une main hésitante, il me donne la parole.

— Comme les Eastoffe sont habiles de leurs mains, pourquoi ne pas leur demander de fabriquer quelque chose qui marquerait l'événement ? Deux objets identiques, l'un pour vous, l'autre pour le roi Quinten, qui serviraient à renforcer votre lien. Il doit être intimidé par votre jeunesse et votre vigueur, ce qui explique pourquoi il se sent obligé d'exhiber son épouse. Ce serait… une offre de paix, un rameau d'olivier en quelque sorte.

Je jette un coup d'œil furtif à Silas, qui n'a pas eu le temps de peigner ses longs cheveux. Comme sa mère, il me rassure du regard.

Jameson sourit, un sourire plus froid qu'à l'ordinaire.

— Vous voyez, lord Brite ? Votre fille a l'esprit plus vif que vous, même dans un bon jour.

Il se tourne alors vers les Eastoffe.

— Faites ce qu'elle dit. Et hâtez-vous. La délégation arrive vendredi.

Je sens mon estomac se nouer. Vendredi ? C'est… c'est *demain*. Pourtant, d'après Jameson, la visite était prévue à la fin de la semaine… Comment ai-je pu perdre la notion du temps ? Et, pire, comment suis-je censée me préparer en une seule journée ?

Jameson met fin à cette réunion de crise et tout le monde se disperse. Je le regarde quitter le Grand Salon, furieux. Je me sens complètement perdue. En dehors du fait que nos deux royaumes se font la guerre depuis des temps immémoriaux, je ne sais pas grand-chose d'Isolte. Apprendre l'étiquette isoltienne ? Devenir une spécialiste des relations internationales ? Pas assez de temps. Même Delia Grace en serait incapable.

— À quelle heure souhaitez-vous me voir, lady Hollis ? me demande lady Eastoffe d'une voix douce.

Elle accompagne sa question d'une révérence et je m'aperçois que je ne suis pas encore habituée à ces témoignages de respect.

— J'imagine que vous avez le ventre vide. Prenez donc votre petit déjeuner tranquillement et rejoignez-moi dans mes appartements dès que vous serez prête.

Elle acquiesce et s'en va, emmenant avec elle sa famille. Le cadet renifle tant et plus. Lord Eastoffe s'agenouille pour lui parler.

— Tu n'as rien à craindre, Saul. C'est un autre roi, un roi plus gentil. Tu as vu, il nous a demandé notre aide ! Tout va bien se passer.

Silas et Sullivan ébouriffent les cheveux de leur petit frère, tentant à leur tour de le rassurer.

Silas pose ses yeux sur moi et m'offre un autre sourire, les yeux brillants. Pour parler franchement, ses yeux m'évoquent des étoiles.

À cet instant mon père passe devant moi et m'arrache à ma rêverie.

— Tu as intérêt à te montrer à la hauteur, gronde-t-il. Hors de question que tu nous humilies une fois de plus devant les lords.

Soupir. Me voilà projetée sur le devant de la scène, qui plus est à l'occasion de la visite d'un souverain qui est capable de déclarer la guerre au moindre incident diplomatique. Je me souviens que la mère de Jameson endossait des dizaines de responsabilités durant ces visites officielles. Est-ce aussi ce qu'on attend de moi ? Non. Je ne peux pas m'en sortir seule – pas sans mes dames d'atour.

10

Nora sort une autre robe de la penderie.

— Non, dis-je. Trop triste.

— Elle a raison, approuve Delia Grace à contrecœur. Peut-être que la couturière pourrait faire quelques retouches. Les Isoltiens ont des manches complètement différentes.

— Mais je risquerais de balayer tous les verres sur la table !

Nous éclatons de rire à l'unisson.

— Et tu aurais l'air d'un saltimbanque, renchérit Delia Grace.

— Je veux simplement avoir l'air d'une reine. Je veux montrer à tout le monde que ma place est au côté de Jameson.

— À mon avis tu devrais porter du doré, c'est la couleur qui te va le mieux. Et plus tard, pendant le tournoi, la robe rose. Elle rendra bien au soleil.

Nora semble d'accord.

— Le rose vous va très bien au teint. Et je vais voir si nous avons des tenues coordonnées, Delia Grace et moi. Mais ne vous inquiétez pas, nous n'allons pas vous voler la vedette.

Delia Grace semble agacée qu'une autre personne exprime son point de vue. Elle contre-attaque :

— Je pense que l'écru fera l'affaire. Ou le rouge corien, évidemment. Comme tu préfères, Hollis.

On frappe à la porte. Delia Grace va ouvrir et je l'accompagne, parce que je sais que c'est lady Eastoffe. Sa fille est venue avec elle ; toutes deux me saluent d'une révérence.

— Lady Hollis, permettez-moi de vous présenter ma fille, Scarlet.

— Ravie de faire ta connaissance, Scarlet. Entrez donc, je vous en prie.

Lady Eastoffe joint les mains.

— Par quoi souhaitez-vous commencer ?

— Je ne sais pas trop. Je… Je ne suis pas une élève particulièrement brillante. L'objectif serait d'éviter que je passe pour une inculte.

Lady Eastoffe choisit ses mots avec soin, une expression mi-amusée, mi-sérieuse, sur le visage.

— Chaque femme dans votre position arrive à un moment où son heure sonne, pour ainsi dire. Nous ferons tout notre possible pour vous aider à briller en société.

Je sens un poids immense quitter mes épaules. Il lui a suffi de quelques mots pour me rassurer.

— Merci.

Je les invite à s'asseoir à ma table. Lady Eastoffe prend place à côté de moi.

— Nous n'avons que très peu de temps, évacuons les sujets les plus importants. Il faut que je vous parle de Quinten. Il s'agit d'un homme dangereux. Vous savez peut-être que la lignée Pardus est quasiment aussi longue que la lignée Barclay.

Je confirme d'un signe de tête, même si je n'en ai que de vagues notions. Jameson est descendant au septième degré du roi Estus et personne sur le continent ne peut se réclamer d'une dynastie aussi ancienne. Cela, je le sais.

— Comme dans tous les pays, nous avons eu des bons rois et des rois incompétents, mais il y a quelque chose de… sombre chez Quinten. Il a toujours été assoiffé de pouvoir, mais il est capricieux et immature. En vieillissant, il s'est laissé gagner par la peur et la paranoïa. Sa première femme, la reine Vera, a fait plusieurs fausses couches, jusqu'à nous quitter il y a six ans. Le prince Hadrian est son unique enfant, c'est un garçon de constitution fragile. Quinten a épousé il y a peu de temps une très jeune femme dans l'espoir qu'elle lui donne d'autres héritiers…

— Valentina ?

— Valentina, c'est cela. Pour l'instant, ses efforts n'ont pas porté leurs fruits. Tous ses espoirs reposent sur le prince Hadrian – qui, d'après les rumeurs, doit épouser une princesse peu enthousiaste à cette perspective. Le pauvre petit donne l'impression de pouvoir tourner de l'œil à tout moment.

— Il est vraiment malade à ce point ?

Lady Eastoffe adresse une grimace à sa fille, qui répond à sa place.

— Il a tenu bon jusqu'ici, alors pourquoi pas encore quelques années ? Peut-être qu'il est naturellement vert de peau.

Je réponds par un petit sourire avant de me laisser retomber sur ma chaise.

— Donc votre roi est inquiet parce que sa dynastie va s'arrêter avec lui, ou avec son fils ?

— En effet.

— Et il n'y a personne pour prendre sa suite et maintenir la paix ?

Lady Eastoffe hésite un instant.

— Il a tendance à éliminer ceux qui pourraient le chasser du trône.

— Oh… Mais… je ne suis pas certaine de comprendre. Quel est l'intérêt pour lui ?

— Aucune personne dotée d'un minimum de bon sens ne peut répondre à cette question, réplique hâtivement Scarlet. Mais la peur lui fait perdre la tête et mieux vaut garder ses distances.

Lady Eastoffe confirme d'un signe de tête avant de reprendre la parole.

— Bien entendu, vous devez obéir à votre roi. Montrez-vous sous votre meilleur jour. Mais restez aussi loin que possible de Quinten.

— Et Valentina dans cette histoire ?

— J'en suis désolée, mais nous ne la connaissons pas très bien, répond Scarlet après avoir échangé un regard soucieux avec sa mère. Elle est un mystère pour beaucoup de monde. Mais elle est jeune donc si vous arrivez à la divertir, vous pourriez peut-être vous la concilier.

— Divertir les invités, c'est un de mes grands talents. Mais je ne connais pas ses centres d'intérêt, je ne vois pas ce que je pourrais lui proposer.

Je me tourne vers mes dames d'atour. Nora a l'air de se creuser la tête.

— Peut-être une balade en ville, pour faire le tour des échoppes ?

— Excellente idée. Et nous en aurons d'autres plus tard, je vous le promets, lady Eastoffe.

— Moi aussi je vais y réfléchir, ajoute Scarlet. Si quelque chose me revient, je vous le signalerai. Et comme beaucoup de courtisans arriveront dans le sillage du roi, nous pourrons leur demander de nous souffler quelques suggestions.

— Merci. Toute ma vie j'ai entendu dire que les Isoltiens manquaient de chaleur. Il semble qu'on m'ait mal informée.

— Attendez de rencontrer le roi avant de changer définitivement d'avis, plaisante lady Eastoffe.

Spontanément j'éclate de rire, Scarlet et sa mère m'imitent. Leur présence me réconforte.

— Je vous admire, avoue lady Eastoffe. Si jeune et déjà si courageuse.

— Courageuse ?

— Ce n'est pas une mince affaire de devenir reine. J'admire aussi Valentina, même si je ne la porte pas dans mon cœur.

— Je mentirais si je disais que cette visite ne me rend pas nerveuse.

— C'est tout à fait naturel. Mais vous en faites déjà beaucoup : vous encouragez votre roi à enterrer la hache de guerre. C'est plus que n'en font la plupart des gens.

Je hoche la tête. Lady Eastoffe est adorable mais ses paroles ne m'empêcheront pas de penser que je suis le maillon faible, que je peux commettre une bourde à chaque instant.

— Le roi Jameson semble très épris de vous, déclare Scarlet. Comment avez-vous réussi à attirer son regard ?

Du coin de l'œil, je vois Delia Grace poser une main sur sa hanche, un sourire narquois aux lèvres.

— Par un pur hasard. Il avait déjà fait la cour à plusieurs demoiselles et tout le monde ou presque s'accordait à dire qu'il n'y avait rien de sérieux entre eux. Cela faisait un an et demi qu'il avait enterré son père, le roi Marcellus, et sa mère trois mois plus tard.

— C'est bien cela, confirme lady Eastoffe. Mon mari et moi, nous sommes venus assister les deux fois aux funérailles.

Sa remarque me prend au dépourvu. La famille Eastoffe devait jouir d'un grand prestige si elle accompagnait Quinten lors des grands événements internationaux.

— Un soir, il y avait bal au Grand Salon et je dansais avec Delia Grace. Nous nous tenions par les poignets, nous nous sommes lâchées,

Delia Grace est tombée dans les bras des autres danseuses et moi, dans ceux de Jameson.

Je m'interromps quelques secondes pour rire sous cape. Elle manque un peu de romantisme, la façon dont j'ai conquis le cœur de Jameson. Lady Eastoffe lâche un soupir attendri et Scarlet appuie son menton dans sa paume, captivée.

— Comme je riais aux éclats, je ne me suis pas rendu compte tout de suite que c'était le roi qui m'avait rattrapée. Lorsque je me suis relevée pour le remercier, il riait lui aussi. À la cour, on raconte que c'était la première fois qu'il riait depuis le décès de ses parents et je n'ai qu'un objectif à présent, lui redonner définitivement le sourire. Je crois que personne ne s'attendait à ce qu'il s'attache à moi…

— Pas personne, me rappelle Delia Grace.

— Presque personne, me coupe Nora avec un clin d'œil.

Je lui réponds d'une grimace espiègle avant de me tourner vers Delia Grace.

— C'est vrai, tu as toujours cru en moi, plus que je ne croyais en moi-même. Mais vraiment, c'est le hasard que je dois remercier. Il aurait suffi d'un quart de tour pour que j'atterrisse sur les fesses. Un demi-tour, et c'est Delia Grace qui serait tombée entre les bras de Jameson, moi qui serais devenue sa dame d'atour.

— En admettant qu'elle ait voulu de vous, plaisante Nora.

— Ce serait une chance de t'avoir à mon service, j'imagine, rétorque Delia Grace sur un même ton amusé.

— C'est une excellente chose que vous soyez entourée de vos amies, me dit lady Eastoffe, et très sage de savoir en qui vous pouvez placer votre confiance. Même la reine Valentina n'a qu'une seule dame d'atour.

— Vraiment ? Il va falloir qu'elle m'explique tout cela. Je préférerais n'avoir qu'une poignée de personnes à mon service. Quand je serai reine, je veux dire.

— Vous allez devoir vous armer de patience si vous souhaitez lui parler, déplore lady Eastoffe.

— Pourquoi ?

— Le protocole. Le maître de maison prend la parole en premier. Comme vous n'êtes pas mariée, c'est à vos parents qu'incombe la responsabilité de vous présenter au couple royal, mais Quinten peut aussi prendre les devants. En règle générale, la personne qui occupe une position dominante démarre la conversation et si elle ne fait pas cet effort…

Un silence interminable. Ne me dites pas qu'il est possible que je n'adresse jamais la parole à la reine Valentina ?

— Si vous avez le moindre doute, poursuit lady Eastoffe, traitez Quinten et Valentina comme s'ils étaient hors d'atteinte. Même si ce n'est pas le cas, ils seront sensibles à la flatterie et feront preuve de bienveillance.

— Fort bien. Et pour ce qui est des repas ? Je suis assise à la droite de Jameson, mais j'imagine que cette place reviendra à Quinten. Dois-je lui céder ma…

C'est à ce moment que mes parents entrent, sans prendre la peine de frapper, comme deux tornades. Mon père est chargé de livres et de parchemins.

— Laissez-nous seuls avec notre fille, lance ma mère.

— Mère, Père. Lady Eastoffe est mon invitée. Par pitié, soyez plus…

— Le roi m'a confié une tâche, me coupe mon père. Tu me suggères de lui désobéir ?

Avec un sourire, lady Eastoffe quitte sa chaise.

— Appelez-moi quand vous le souhaitez, lady Hollis. Si une idée nous vient pour la reine, nous vous tiendrons au courant. C'est un plaisir, lord Brite, lady Brite.

Mon père repousse un vase et déroule une carte sur la table.

— Assieds-toi. Nous avons beaucoup de sujets à aborder. Le Grand Perrin est au bord de la guerre civile et je ne sais même pas par où commencer avec le Haut-Marais.

Je pousse un soupir, les yeux fixés sur les mappemondes aux couleurs ternes. Peu importe que ce soit mon père ou un autre qui me fasse la leçon : au bout de vingt minutes, mon cerveau arrive à saturation. Entre les points de protocole et l'actualité internationale, il ne reste pas beaucoup de place pour le reste. Le pire, c'est que je suis loin, très loin, d'être au point pour demain.

11

Mes parents s'en vont, Nora et Delia Grace passent le reste de la journée à me questionner sur ce que j'ai eu le plus grand mal à retenir. Chaque fois que je tombe juste, j'ai droit à une bouchée de tarte et, naturellement, j'ai l'estomac dans les talons quand arrive l'heure du dîner.

Alors que nous nous présentons au Grand Salon, Nora me chuchote :

— Essayez de vous dérider. C'est un immense honneur.

— Je n'y peux rien. Je ne vais jamais y arriver, j'ai trop de choses à apprendre et trop peu de temps devant moi.

— Nora a raison, insiste Delia Grace. Souris. Rien de tout cela n'a d'importance, ce qui compte, c'est de rendre Jameson heureux.

Avec un soupir je me redresse tandis que les courtisans me saluent qui d'une révérence, qui d'un sourire poli. Jameson est ravi de me voir, comme à son habitude. Je repense à ses paroles dans la salle du Trésor. Il veut que je reste moi-même, c'est ce qu'il m'a dit. Comment trouver l'équilibre entre ma personnalité et les attentes que tous placent en moi ? Si je me couvre de ridicule devant un quasi-ennemi, les sentiments de Jameson s'émousseront, j'en ai bien peur.

En même temps, serait-ce une catastrophe ? Je n'en suis pas sûre.

Je secoue la tête. Ressaisis-toi, voyons. Seule une gourde renoncerait à un roi.

Jameson m'accueille par un baiser sur la joue. Il ne se cache même plus.

— Ma perle. Avez-vous passé une bonne journée ?

— J'ai retenu tellement peu de choses de mes cours accélérés qu'il ne reste plus qu'à espérer que le roi Quinten soit dur de la feuille.

Jameson s'esclaffe sans retenue. J'aimerais moi aussi y trouver matière à rire.

— C'est on ne peut plus normal de trembler devant Quinten, dit-il sur un ton nonchalant. Enfant, il me terrifiait. J'ai dû contenir ma peur quand je suis monté sur le trône.

— De quoi donc aviez-vous peur ? Vous êtes roi.

— Je ne l'étais pas lors de notre première rencontre, non. Il m'a toujours fait penser à un ogre de conte de fées. Et après l'avoir vu en action, j'ai compris que certains ogres étaient plus sympathiques que lui.

Soudain, j'ai l'appétit coupé.

— Quelle horreur. Qu'a-t-il donc pu faire pour justifier cette opinion ?

Jameson ne répond pas tout de suite ; il pèse chacun de ses mots.

— Rien en particulier. C'est un ensemble de choses. Il se comporte comme si l'univers l'avait gravement insulté et il consacre son temps à se venger.

— Se venger de qui ? De quoi ?

— Nul ne le sait, ma chère. Mon père était à couteaux tirés avec lui et, sans ma mère, ils en seraient venus aux armes d'innombrables fois. Mais si je dois un jour lui déclarer la guerre, ce sera pour une raison valable, pas à cause d'une stupide bisbille. Je suis certain que ce jour viendra, c'est inévitable, mais je favoriserai la paix jusqu'au bout.

Je lui souris, en adoration totale.

— Vous êtes un roi extraordinaire. Je le pense du fond de mon âme.

Il me prend la main, dépose dessus un baiser fougueux.

— Je le sais bien. Et vous ferez une reine extraordinaire, je n'ai aucun doute là-dessus.

Mon cœur se met à battre la chamade. J'ai encore du mal à imaginer qu'il a l'intention de faire de moi sa femme.

— Cela me rappelle, ma divine Hollis, que j'ai une surprise pour vous.

— Ne me dites pas que vous avez invité un autre roi et que je dois apprendre par cœur tout un tas de règles protocolaires d'ici demain, sinon je retourne me jeter dans la rivière. Et je resterai au fond cette fois-ci, je ne plaisante pas !

Jameson rit de plus en plus fort. Je ne sais pas si cela l'amuse de me voir aux cent coups, ou s'il est sensible à ma boutade.

— Non, rien de tout cela. Au contraire. Mais il va me falloir des assistantes.

Il regarde Nora et Delia Grace et agite sa serviette.

12

— Je vous interdis de regarder, insiste Jameson.

Il s'assure que le bandeau n'a pas glissé de mes yeux.

— Promettez-moi de ne pas me lâcher !

— Ne t'inquiète pas, chuchote Delia Grace qui, elle, me tient par la main. Je garde l'œil sur toi. Comme toujours.

C'est très vrai. Malgré les soubresauts qu'a connus notre relation, je peux compter sur elle. Je lui serre la main un peu plus fort tandis que nous gravissons un escalier en spirale.

— Votre Majesté, où donc m'emmenez-vous ?

— Encore quelques pas, me dit Jameson au creux de l'oreille, et son souffle me chatouille la nuque. Lady Nora, vous voulez bien ouvrir la porte ?

J'entends Nora lâcher un petit cri assourdi – un cri d'admiration et de respect – et je sens Delia Grace se figer à côté de moi, sa main se crisper sur la mienne. Je m'accroche fermement à la veste en velours de Jameson.

— Très bien, Hollis. Par ici.

Delia Grace met quelques secondes à me placer au bon endroit. D'un geste vif, Jameson retire mon bandeau. Ce que je vois en premier, c'est lui. Et je ne suis pas déçue, au contraire.

Oh, ces yeux couleur de miel qui pétillent tant que même les étoiles sont jalouses. À la fin de cette journée désastreuse, regarder ce sourire et savoir que c'est moi qui en suis à l'origine suffit à me remonter le moral.

Ensuite, mon regard balaie la pièce dans laquelle nous nous trouvons. Les appartements de la reine. Je suis tellement émue que mon cœur menace de lâcher.

— Les quatre dernières reines de Corie ont dormi dans cette chambre. Demain vous recevez la reine Valentina et sa suite, il est dans l'ordre des choses que vous dormiez ici à votre tour.

— Votre Majesté… c'est trop.

— Peut-être qu'une vue imprenable sur la Colvard vous fera passer l'envie de vous jeter dedans.

Jameson me conduit à la fenêtre. La lune est pleine ce soir, proche de l'horizon ; elle fait scintiller la surface de la rivière et enveloppe Tobbar de sa clarté. Je me souviens qu'un soir, Delia Grace et moi, nous nous sommes introduites dans une chambre vide un ou deux étages plus haut. Emmitouflées dans une couverture et réchauffées par une bouteille d'hydromel, nous avons attendu tout en causant que l'aube arrive. La rivière a alors reflété les rayons du soleil levant et recouvert la ville d'une couche d'or. À l'époque je pensais qu'aucune autre chambre du palais ne pouvait offrir un spectacle aussi somptueux. J'avais tort.

— J'ai fait bien entendu changer la literie, ajoute Jameson. Et les tapisseries sont neuves, elles aussi. Elles étoufferont les courants d'air.

Submergée de bonheur, je m'appuie à lui.

— Votre Majesté… je ne suis pas reine.

Jameson sourit, ravi de son effet.

— Pas encore, rétorque-t-il en me baisant la main. Je vous donne simplement ce qui vous appartient de droit… avec quelques mois d'avance.

— Vous êtes trop généreux, Votre Majesté.

— Ce n'est rien, chuchote-t-il. Quand vous serez reine je vous noierai sous une pluie de compliments, de cadeaux et de bijoux, vous en aurez tellement que vous crierez grâce. Ce qui ne m'empêchera pas de continuer. Prenez vos marques. Mettez-vous à l'aise. Mes domestiques vous apporteront toutes vos affaires demain matin, avant l'arrivée de Quinten.

Je dois me pincer pour le croire. Jameson m'a installée dans les appartements de la reine. C'est devenu mon chez-moi.

— Cela paraît absurde de souhaiter une bonne nuit à mon soleil, mais je vais le saluer quand même. Bonne nuit, lady Hollis. À demain matin, conclut Jameson.

À la seconde où les portes se referment Delia Grace et Nora s'attrapent par les mains et bondissent sur place en poussant des cris de joie comme si c'étaient elles, pas moi, que Jameson avait distinguées. Leur premier moment de complicité.

— Incroyable, non ? s'exclame Delia Grace.

Elle me saisit par la main et m'entraîne hors de l'antichambre, dans la chambre à proprement parler. À droite de l'immense lit à baldaquin se trouve une baie vitrée qui surplombe la ville et la rivière et, à gauche, un passage vers une autre chambre, plus petite, où dorment les dames d'atour. Juste derrière le lit, une autre porte qui ressemble presque à un passage secret.

Nora et Delia Grace me suivent, frappées de stupeur, tandis que je la pousse. Derrière, une enfilade de pièces. Un cabinet de travail, des petits salons pour des réunions confidentielles et, dans une autre antichambre, une collection d'armoires qui n'attendent plus que mes robes.

Soudain, j'ai la tête qui tourne – l'impression que les lames du parquet sont posées à même la surface de la rivière et tanguent au gré des remous.

— Delia Grace, tu veux bien me ramener à la chambre ?

Je tends le bras. Elle se précipite vers moi et me soutient, la mine soucieuse.

— Hollis ?

— Par ici, fait Nora.

Elle écarte les rideaux du lit à baldaquin. Assise dessus, j'inspire et j'expire profondément.

— Tu n'es pas heureuse ? s'étonne Delia Grace. Tu as obtenu tout ce dont rêve chaque fille du royaume !

— Bien sûr que je suis heureuse. C'est juste... cela fait beaucoup en peu de temps. Je dois accueillir une reine, devenir incollable en diplomatie et déménager ! En une seule journée ! Ils arrivent demain !

— Nous sommes là pour vous aider, offre Nora.

Alors, je fonds en larmes.

— Je ne suis pas sûre d'être prête.

— Ce qu'il te faut, c'est une bonne nuit de sommeil, rétorque Delia Grace avant de s'adresser à Nora : Enlève-lui ses ballerines.

Depuis quand se permet-elle de tutoyer lady Nora ? le rapport de force s'est inversé, je vois.

— Et je n'ai même pas de chemise de nuit, dis-je en reniflant.

— Je vais vous en chercher une. Restez calme.

Nora s'éclipse et je reste seule avec Delia Grace, qui entreprend de me déchausser.

Le broc est vide, l'âtre froid. Les draps sont propres et on a apporté des bougies pour rendre la chambre accueillante, mais je ne m'y sens pas encore chez moi.

— Retournons dans ma chambre, dis-je dans un murmure. Tout cela peut attendre demain matin.

— Hors de question ! s'énerve Delia Grace en me repoussant sur le lit. Le roi risquerait de se sentir insulté. On te donne les appartements les plus somptueux du palais et tu fais la fine bouche parce que tu as laissé des vieilleries dans ta chambre ? Tu as complètement perdu la tête ?

Elle a raison, je le sais, mais je me sens débordée.

Je m'allonge sur le côté et Delia Grace dégrafe prestement mon corset. Nora revient avec une chemise de nuit, mon peignoir et mes pantoufles. Elle a pensé à prendre ma brosse à cheveux et un petit vase.

— Je me suis dit que cela vous ferait plaisir de retrouver vos petites affaires, déclare-t-elle. Voulez-vous que je les pose sur la coiffeuse ?

Je la remercie d'un signe de tête, j'arrive même à ébaucher un sourire. Delia Grace m'aide à me redresser et Nora va jeter un coup d'œil dans l'antichambre.

— Assez de place pour quatre ou cinq personnes, s'il vous prend l'envie d'enrôler d'autres dames d'atour.

— S'il faut renforcer l'équipe, autrement dit. Pas aujourd'hui.

— Nora, va donc voir si tu peux mettre la main sur des femmes de chambre, ordonne Delia Grace. Moi, je m'occupe de la coucher et de rendre la chambre plus confortable – je vais allumer un feu, arranger les fleurs.

— Dois-je rapporter d'autres affaires ?

— Le roi a dit qu'il s'en chargerait demain matin. Cela peut attendre.

Elles discutent comme si je n'étais pas là, comme si je n'existais pas, comme si tout cela n'était pas arrivé pour et grâce à moi. Et je suis tellement fatiguée que je les laisse parler. Delia Grace tire les rideaux et je me retrouve dans un petit espace calme et douillet où les bruits ambiants me parviennent assourdis ; j'entends les femmes de chambre qui se déplacent, qui mettent des bûches dans le foyer.

Je reste éveillée. J'attends que Delia Grace et Nora s'endorment, j'enfile mes ballerines et je quitte la chambre sur la pointe des pieds.

13

À cette heure de la nuit, je sais que le clair de lune se déversera par les vitraux du Grand Salon. Je passe devant des alcôves où des couples chuchotent et rient sous cape et je suis saluée par les sentinelles et les domestiques qui ne trouvent pas de repos, même la nuit.

Des braises rougeoient dans la cheminée monumentale du Grand Salon et un valet les tisonne, récupérant toute leur chaleur. Je me poste au milieu du passage voûté et j'admire l'explosion de couleurs au sol. Bien entendu, rien ne peut rivaliser avec le spectacle qu'offrent en journée les rayons du soleil mais, la nuit, l'ambiance est différente, presque mystique. Les motifs ne changent pas, les dessins non plus, mais il y a une atmosphère de douceur et de recueillement.

— Est-ce vous, lady Hollis ?

Je pivote sur mes talons. L'homme que j'ai pris pour un valet n'est autre que Silas Eastoffe.

Pourquoi ne suis-je pas étonnée ? À l'instant où j'envisage d'abandonner mon roi, je croise quelqu'un qui a abandonné le sien. Deux criminels, l'un en pensée, l'autre en acte. Je n'aurais pu tomber sur pire. Pas seulement parce qu'il a cédé à la tentation de trahir son souverain, mais également parce qu'il y a un je-ne-sais-quoi dans ces yeux bleus qui m'incite à méditer… sur quoi, je ne saurais le dire.

J'essaie de prendre un air digne, comme si je n'étais pas en peignoir. C'est délicat sous le poids de ce regard.

— Oui, c'est bien moi. Que faites-vous ici en pleine nuit ?

— Je pourrais vous retourner la question.

— Je l'ai posée en premier, dis-je en me tenant plus droite.

— Vous avez déjà les réflexes d'une reine, plaisante-t-il. Eh bien, une certaine personne a jugé bon de me demander de fabriquer deux objets similaires pour deux rois en moins de vingt-quatre heures… Sullivan et moi avons quitté la forge il y a vingt minutes à peine.

Je me mords la lèvre, mortifiée.

— Je suis vraiment désolée. Quand cette idée m'est passée par la tête, j'avais complètement oublié la date de la visite. J'ai été la première surprise.

— Vraiment ? Par ailleurs, ma mère m'a dit que vous étiez une élève très appliquée.

Appuyé au mur, les bras croisés, il donne l'impression que c'est la chose la plus naturelle au monde de nous croiser ici, de converser au clair de lune.

— Appliquée, certes, mais douée ? Cela reste à voir. À la cour je ne me suis jamais distinguée par mon intelligence. Delia Grace s'arrange pour que je ne l'oublie pas. Mes parents me le rappellent souvent, eux aussi. Mais votre mère et Scarlet ont été d'une patience d'ange avec moi. Je vais sans doute leur demander de revenir me faire la leçon demain. Aujourd'hui, je veux dire.

— Je peux leur transmettre le message, si vous le souhaitez.

— Vous allez aussi devoir leur dire que j'ai déménagé.

— Déménagé ? En une journée ?

— En une heure.

Je me recoiffe, tâchant de ne rien montrer de mon agacement.

— Ce soir le roi Jameson m'a installée dans les appartements de la reine. Je me demande même si mes parents en ont été informés. Je ne sais pas non plus comment le Conseil va accueillir cette nouvelle une fois qu'elle sera rendue publique. Le roi veut que j'endosse pleinement mon rôle avant l'arrivée de Quinten. Il va me faire livrer des bijoux. De nouvelles toilettes. En plus du déménagement… cela fait beaucoup, vraiment.

— Mais ce n'est pas ce que vous vouliez ? Vous allez devenir la femme la plus choyée du royaume.

Je pousse un gros soupir.

— Je le sais bien. Du coup, ma réaction m'étonne…

Je m'interromps. J'en ai déjà trop dit. Je ne connais pas cet homme, il n'est même pas de Corie. Il ne manque pas de culot pour poser des questions aussi indiscrètes ! En même temps, je me rends compte que, parmi les gens que je côtoie au quotidien, c'est lui que je choisirais comme confident.

— Ce ne sont pas les cadeaux que je reçois qui me mettent mal à l'aise, je l'admets, mais la vitesse à laquelle ils me tombent dessus. Vous avez raison, j'ai tout ce dont j'ai toujours rêvé, et même plus.

— Bien, répond Silas avec un sourire figé.

L'atmosphère est devenue pesante, je change rapidement de sujet.

— Et comment se passe l'installation de votre famille ? La Corie vous réserve-t-elle bon accueil ?

— Je savais que la nourriture ne serait pas la même, que l'air aurait un parfum différent, que les lois seraient différentes. Je ne veux pas paraître ingrat, je serai éternellement reconnaissant à Sa Majesté de nous héberger. Mais il m'arrive d'être triste, parce que je sais que je ne remettrai plus jamais les pieds à Isolte. Je ne reverrai plus jamais ma patrie.

J'essaie de lui remonter le moral d'une voix douce :

— Vous y retournerez sans doute un jour. Il vous reste de la famille là-bas, il me semble ?

— En effet. Et elle me manque. Mais quand nous verrons le roi Quinten demain, j'espère de tout cœur que ce sera la dernière fois que je poserai les yeux sur cet individu.

Ses paroles, qui me rappellent étrangement les mises en garde de Jameson, font courir un frisson le long de mon échine.

— S'il est odieux à ce point, c'est le pire que je vous souhaite. À vous et à votre famille, tant que vous vivrez en Corie.

— Merci, noble lady. Vous êtes vraiment le joyau dont tous chantent les louanges.

Je me retiens de lui dire que je ne connais que Jameson pour me voir comme son joyau, mais je n'ai pas envie de lui faire de la peine en le contredisant.

Il cale une mèche derrière son oreille. Comme il s'est fait une queue-de-cheval à l'aide d'une ficelle, je comprends qu'il s'agit de la mèche sur laquelle Jameson a testé le tranchant de son épée. Je me rappelle qu'il est resté de marbre lorsque la lame s'est approchée de son visage.

— Je vais devoir y aller, déclare-t-il. Vous avez mieux à faire que discuter avec moi.

Je cherche un moyen de le retenir.

— Qu'êtes-vous venu faire au Grand Salon ? C'est plutôt loin des chambres que vous occupez au palais.

— Comme je l'ai dit, à Isolte, nous savons nous servir de nos cerveaux, pas vraiment de nos mains. Ici l'art et l'architecture occupent une place importante… je n'ai pas les mots pour l'expliquer. J'aime regarder la lumière à travers les vitraux. Cela m'apaise.

— Vous aussi ? On dirait des éclats de verre par terre mais, quand on lève les yeux, on découvre qu'il y a un motif cohérent.

— Remarque brillante. J'admire votre tournure d'esprit, lady Hollis, dit Silas avec une révérence. Je demande à ma mère de vous rejoindre après le petit déjeuner. Scarlet restera avec nous à la forge pour nous aider à finir la commande.

— Encore une fois, je suis désolée.

— N'ayez aucun regret. C'est une excellente idée. Surtout quand on pense au passé tumultueux de nos deux souverains. La prochaine fois que vous aurez un éclair de génie, prévenez-moi à l'avance, vous voulez bien ? Je ne suis pas un surhomme.

— Promis.

Sans réfléchir, je lui attrape la main. Il semble frappé de stupeur mais il ne se détache pas de moi. Je ne le lâche pas non plus.

— Merci, ma lady, chuchote-t-il.

Il me salue d'un hochement de tête furtif avant de s'enfoncer dans les couloirs du palais. Je le suis du regard jusqu'à ce qu'il devienne une ombre qui se fond dans la nuit de Keresken. J'ai toujours l'impression d'avoir sa main dans la mienne.

Je ne sais pas ce qu'il vient de se passer entre nous, mais c'est pour l'instant le moindre de mes soucis. Je me retourne pour admirer la déflagration multicolore au sol.

Si l'envie me prenait, je pourrais traverser la salle et frapper à la porte des appartements de Jameson. Dire à l'un des gardes que j'ai besoin de parler au roi de toute urgence. Dire à Jameson que j'ai besoin de plus de temps, que j'ai du mal à suivre, parce que je ne suis pas de sang royal.

Sauf que.

Le regard dans le vague, je réfléchis. Je tiens à Jameson. Sincèrement. Et notre lien me donne la détermination de faire des efforts, de lui montrer que je suis capable d'être à la hauteur. L'amour d'un roi peut vous amener à déplacer des montagnes. Et rien n'est plus grisant que la sensation d'être aimée de Jameson – et des gens qui gravitent dans son cercle. Demain, j'aurai le privilège de dire à mes parents que j'occupe les appartements de la reine. Le privilège de voir les lords se plier aux désirs de Jameson, consciente qu'il m'a distinguée parmi toutes les jeunes filles du royaume, parmi toutes les princesses du continent. Très bientôt, il fera de moi sa femme.

J'admire les vitraux une dernière fois puis je regagne ma nouvelle chambre. Quel plaisir de retrouver ces appartements – les appartements de la souveraine, les appartements de ma nouvelle vie loin de mes parents et de leur emprise. Oui, je dois remercier ma bonne étoile. Quel que soit ce qui se profile à l'horizon, je suis prête.

14

Le lendemain matin, des domestiques défilent dans ma chambre pour m'apporter mes affaires. Au cœur du tohu-bohu un page arrive, escorté de deux gardes qui ne le quittent pas des yeux tandis qu'il pose précautionneusement un coffret sur la table. Nora et Delia Grace échangent un regard interloqué. D'un hochement de tête, j'invite le jeune garçon à soulever le couvercle. Les filles ont le souffle coupé quand elles voient les feux lancés par le collier aux reflets roses.

— Quelle merveille, Hollis ! s'exclame Delia Grace qui, pour l'instant, n'ose toucher qu'avec les yeux.

— C'est pour cela que le roi m'a fait visiter ses appartements l'autre jour. Pour me permettre de choisir un bijou.

— Vous avez très bon goût, commente Nora.

— J'ai déjà vu ce collier, fait remarquer Delia Grace. Il a été fabriqué pour la reine Albrade en personne. Pour une guerrière.

Je souris, enchantée – une guerrière, vraiment ? Je m'apprête à sortir le collier de son écrin lorsqu'un autre page arrive, chargé lui aussi d'un coffret.

— Pardonnez-moi, lady Hollis. Sa Majesté a pensé que ceci serait bien assorti à votre collier.

Il n'attend même pas mon autorisation pour ouvrir ce second coffret. Frappée de stupeur, je me cramponne au bras de Delia Grace puis je saisis ce que Jameson a choisi pour moi. Un diadème d'une beauté stupéfiante, serti des mêmes pierres que le collier, disposées en rayons de soleil.

Le soleil. Jameson a choisi avec discernement.

— Aidez-moi, mesdemoiselles. Je ne peux pas me permettre d'arriver en retard.

Je vais m'asseoir à ma coiffeuse. Delia Grace prend le diadème, Nora le collier.

— Tu vas avoir des courbatures avant midi ! Ces bijoux sont si lourds !

Nora bloque le fermoir et quand je sens sur moi le poids du collier je me dis qu'elle a sans doute raison, les courbatures sont inévitables.

Mais je me fais la promesse de ne pas le retirer jusqu'à ce soir.

— Et voilà, lance Delia Grace en fixant le diadème dans mes cheveux au moyen de quelques épingles.

J'observe mon reflet dans le miroir. Jamais je ne me suis sentie aussi belle. Je ne sais pas si je ressemble toujours à Hollis mais, ce qui est certain, c'est que j'ai l'allure d'une reine.

— Je compte sur vous pour venir à ma rescousse si je fais une sottise. Je dois être un modèle d'élégance et de beauté pour que Quinten n'ait rien à me reprocher.

Nora approche son visage du mien et nos regards se croisent dans le miroir.

— Comptez sur moi.

— Sur moi aussi, renchérit Delia Grace.

— Très bien. Allons-y.

Je joins les mains, adoptant une attitude simple et modeste, et nous empruntons le raccourci qui mène au Grand Salon. Je sens l'assurance me gagner à chaque pas, tandis que les courtisans me saluent tantôt d'une courbette, tantôt d'un signe de tête. Je vois dans les regards que j'ai atteint mon objectif : avec ma robe de lamé et le diadème sélectionné par Jameson, je resplendis.

Au fond de la salle les Eastoffe patientent, aux premières loges comme l'a réclamé Jameson. Lady Eastoffe m'adresse un sourire chaleureux et place une main sur son cœur ; je lis le mot « magnifique » sur ses lèvres. Silas manque de perdre l'équilibre lorsqu'il exécute sa révérence, comme ensorcelé par ce qu'il voit. Réprimant un sourire, j'affiche une expression grave lorsque j'avance vers l'estrade.

Jameson reste quelques instants bouche bée, il en oublie même de me tendre la main.

— Sur ma vie, Hollis, votre beauté m'a suffoqué.

Alors il fixe sur moi un regard qui me fait rougir jusqu'aux oreilles.

— Jamais je n'oublierai le spectacle que vous venez de m'offrir : une reine en devenir qui resplendit comme le soleil levant.

— Merci, Votre Majesté. Mais le mérite vous revient. Ce diadème est absolument magnifique, dis-je en effleurant le bijou. Je l'adore.

— Je suis ravi qu'il soit à votre goût mais, je vous assure, vous êtes la seule lady de la cour qui lui rende pleinement justice.

Je me noie toujours dans son regard, et lui dans le mien, lorsque les trompettes retentissent, annonçant l'arrivée de Quinten. Jameson fait signe aux musiciens de préparer leurs instruments et je me tourne vers Delia Grace qui m'indique de remettre correctement mon collier, pour que la pierre précieuse soit bien au centre.

Lorsque le roi Quinten se présente dans le Grand Salon avec sa suite et descend le tapis rouge déroulé en son honneur, nous lui offrons le meilleur accueil. Je l'ai vu la dernière fois à l'occasion des funérailles de la reine Ramira mais, malheureusement, j'ai oublié à quoi il ressemble. Le seul souvenir que j'ai gardé de ce jour, c'est que ma robe noire me démangeait horriblement et que j'ai passé les trois quarts de la messe à en rajuster la manche. On m'a tellement parlé de lui que j'ai l'impression de le connaître par cœur.

Il a les cheveux clairsemés et grisonnants, avec des reflets jaunâtres, et il se déplace à l'aide d'une canne. Je me demande si ce sont ces tonnes de velours qui lui ont voûté les épaules. Pourtant, c'est son expression qui me remplit d'effroi : en voyant ses yeux je sens mon cœur se glacer. Il donne le sentiment qu'il est capable de tout, même du pire, et qu'il vaut mieux l'avoir comme ami que comme ennemi.

Immédiatement, je braque mon regard sur la reine Valentina. À peine plus âgée que moi

– le fossé entre elle et Quinten est proprement stupéfiant –, elle sourit les lèvres pincées et garde la main droite sur son ventre, à la façon d'un bouclier.

J'identifie sans difficulté le prince Hadrian. La plupart des Isoltiens donnent l'impression de n'avoir jamais vu le soleil, mais lui ressemble à un fantôme. On dirait qu'il a déjà un pied dans la tombe. Il crispe les mâchoires, comme si marcher exigeait de lui un effort surhumain, et le filet de sueur qui coule le long de sa tempe est éloquent. Cet homme-là n'aurait jamais dû quitter son lit.

Face à nos invités, je prends conscience que je n'ai rien à craindre. La Corie est moins étendue qu'Isolte en superficie, mais aucun roi ne peut rivaliser avec le nôtre.

Justement, voilà Jameson qui quitte son trône et ouvre grand les bras.

— Estimé Quinten, lance-t-il d'une voix sonore, quel plaisir de voir que vous avez fait le voyage sans encombre. Lady Hollis et moi vous accueillons comme mon père vous a accueilli en son temps. Vous étiez l'un et l'autre souverains de droit divin, et liés par une amitié indéfectible.

Plusieurs choses se produisent alors en même temps. Le roi Quinten adopte une mimique exaspérée, le prince Hadrian lève une main tremblante pour essuyer la sueur sur sa lèvre supérieure et je pousse un soupir de soulagement, parce que Jameson m'a présentée aux nouveaux venus, ce qui me permet de leur adresser la parole sans me poser de questions.

Jameson descend de l'estrade sur laquelle ont été placés des fauteuils supplémentaires pour les invités et va échanger une poignée de main avec Quinten. Autour d'eux, les applaudissements crépitent. Je jette des regards furtifs à Valentina. Elle se tient bien droite, mais je ne comprends pas pourquoi elle garde ses distances. Par orgueil ? Elle ne respire pas la joie de vivre non plus… je n'arrive pas à lire en elle.

Jameson convie le roi Quinten, Valentina et Hadrian sur l'estrade, à nos côtés, et les membres de la suite se mêlent aux courtisans. La visite a officiellement commencé.

Valentina s'assied près de moi. Je me tourne vers elle dans le but de briser la glace.

— Votre Majesté, le royaume d'Isolte est très vaste. De quelle région venez-vous précisément ?

— Vous n'avez pas à m'adresser la parole, me coupe-t-elle, très suffisante. C'est moi qui vous parle en premier.

— Toutes mes excuses. Je pensais que les présentations du roi suffisaient.

— Grossière erreur.

Je suis à peu près certaine d'être dans mon bon droit.

— Et maintenant ? Vous m'avez parlé, non ?

— Vous m'avez posé une question sur quoi ? Mes origines ?

— C'est cela, dis-je en plaquant un sourire sur mon visage.

— Si je vous le disais, vous sauriez où cette région se trouve ? rétorque-t-elle en admirant les bagues à ses doigts.

— Eh bien…

— J'en doute. D'après les rumeurs qui me sont parvenues, vous ne connaissez rien en dehors du manoir familial et du château de Keresken.

— Et je n'ai jamais manqué de rien. Souhaitez-vous que je vous montre les fleurons de notre architecture ? les sculptures sur la façade de…

— Non, m'interrompt-elle, une main sur le ventre. Il est essentiel que je me repose.

Elle s'adosse à son fauteuil et elle semble s'ennuyer à mourir. J'ai peur de ne pas être à la hauteur des attentes que Jameson a placées en moi. Poussant un soupir, je me désintéresse de Valentina. J'ai passé le plus clair des dernières vingt-quatre heures à craindre de ne pas pouvoir m'adresser à elle et voilà que je préférerais ne jamais avoir à lui reparler de ma vie.

Je balaie la foule du regard, cherchant mes parents ; eux, ils sauraient comment relancer la conversation. Delia Grace aurait sa petite idée, elle aussi… mais je ne vois aucune des personnes que je connais, à part les Eastoffe. Je quitte mon siège et je descends de l'estrade leur demander conseil. Ils sont en pleines retrouvailles avec une autre famille isoltienne.

— Quelle surprise de vous voir ici, dit lord Eastoffe. Nous allons pouvoir vous raconter notre installation en Corie de vive voix. Par lettre, c'est toujours plus compliqué.

Il donne l'accolade à un homme distingué, d'un certain âge, qui est accompagné de son épouse et de leur fils, si l'on en croit son nez et ses pommettes. Le couple semble ravi de revoir les Eastoffe quand le fils donne l'impression qu'il préférerait être en train de nettoyer les écuries.

J'appelle Scarlet en chuchotant. Elle se retourne, m'adresse un grand sourire.

— Lady Hollis ! Comme vous êtes belle !

— Merci. Écoute, j'ai besoin de ton aide. Par pitié, dis-moi que tu as réfléchi à des sujets de conversation. La reine n'a pas la moindre envie de discuter avec moi.

— Vous n'êtes pas la seule, elle réserve cet accueil à tout le monde. C'est sans doute pour cela qu'elle n'a qu'une seule dame de compagnie. Mais je me suis rappelé ce matin qu'elle s'intéressait à la cuisine. Faites-lui goûter un plat qu'elle ne connaît pas, cela lui fera sans doute plaisir. Venez, fait-elle en me tirant par le bras, je vais vous présenter. Oncle Reid, tante Jovana ? Voici lady Hollis. C'est elle qui va devenir reine de Corie.

Scarlet rayonne de fierté.

— C'est un honneur de vous rencontrer, ma chère enfant, me répond sa tante. La nouvelle de vos fiançailles prochaines a voyagé jusqu'à Isolte. Vous êtes encore plus gracieuse que ce qui nous a été rapporté.

Je sens les battements de mon cœur s'accélérer. C'est à peine croyable que des étrangers aient entendu parler de moi, qu'ils connaissent mon nom.

— Vous êtes trop généreuse.

— Ce sont les Northcott, m'explique Silas. Notre tante et notre oncle, ainsi que notre cousin Etan.

Je regarde le jeune homme, qui se borne à me foudroyer du regard.

— Un plaisir de faire votre connaissance, dis-je.

— C'est cela, oui.

Eh bien, il est aussi aimable que Valentina. Il affiche un mince sourire lorsque Saul vient le serrer dans ses bras. La tête du garçonnet lui arrive à la poitrine, il lui ébouriffe les cheveux. Après ce petit moment de relâchement, il redevient impassible.

— Il paraît qu'une joute va être organisée, déclare lord Northcott. J'espère que l'un de vous va nous montrer ses talents, ajoute-t-il en s'adressant à ses neveux.

Sullivan baisse immédiatement la tête ; Silas prend la parole, en son nom et au nom de son frère.

— Nous resterons sans doute dans les gradins cette fois-ci, mais j'ai hâte d'y être. C'est la première fois que nous assistons à un festival en Corie ; nous verrons si les Coriens font les choses différemment.

— J'en doute, dis-je. Comme les Isoltiens empruntent beaucoup à la Corie, je suis certaine que quantité de choses vous rappelleront votre pays.

Ma remarque fait rire tout le monde. Sauf Etan, le rabat-joie.

— Isolte est un royaume souverain, comme la Corie, s'énerve-t-il. Nos traditions sont aussi dignes de respect que les vôtres, notre peuple aussi sacré.

— Je ne dis pas le contraire. Le privilège de connaître vos cousins m'a énormément appris sur le monde au-delà de nos frontières, dis-je en lançant un sourire à Scarlet. Moi-même, j'espère visiter Isolte un jour.

— Je l'espère aussi, rétorque Etan sur un ton sarcastique, et je suis certain que vous recevrez un accueil chaleureux à la frontière.

— Etan, gronde son père.

Tout le monde a l'air gêné. Je ne comprends pas.

— Je ne vois pas où vous voulez en venir, monsieur.

Etan me regarde comme si j'avais cinq ans.

— Non. Bien sûr que vous ne voyez pas. Vous, voir quoi que ce soit ?

— Etan, chuchote lady Northcott, paniquée.

Abasourdie, je demande :

— En quoi vous ai-je offensé, Etan ?

Sincèrement, j'aimerais que quelqu'un me dise pourquoi lui et Valentina ont l'air de me haïr. Etan affiche un sourire moqueur.

— Vous ? Vous n'avez le pouvoir d'offenser personne, répond-il en désignant mon diadème qui scintille. Vous n'êtes là que pour faire joli.

Je me sens devenir écarlate.

— Pardon ?

Etan montre sur l'estrade, la reine Valentina assise à côté du fauteuil que j'occupais il y a quelques instants.

— Que voyez-vous là-haut ?

— Une reine.

— Erreur. C'est une potiche, choisie pour son physique avenant.

— Etan, assez, s'agace Silas.

Cela ne suffit pas à faire taire son cousin, qui enchaîne :

— Si vous ne savez pas ce qui se passe à votre propre frontière, les souffrances qu'endure votre peuple, j'en conclus que vous jouez le même rôle que Valentina, la seule différence entre vous étant le roi que vous servez. Vous n'êtes guère plus qu'une potiche.

La gorge nouée, je regrette de ne pas être aussi vive d'esprit que Delia Grace. Elle l'aurait réduit en lambeaux, cet insolent. Pourtant, au fond de moi, je sais qu'il a raison. Si mon destin est d'être reine, je me sens toute petite à côté de celles qui m'ont précédée. Je ne suis pas une guerrière. Je ne suis pas cartographe. Je ne suis pas une érudite, ni un parangon de gentillesse, ni une autorité dans tel ou tel domaine.

Je suis jolie. Et ce n'est pas un problème en soi mais cela n'a aucune valeur, ou presque aucune. Même moi, je m'en rends compte.

Malgré tout, je refuse de me laisser insulter et, le menton levé, je contre-attaque :

— Je préfère être une potiche en Corie qu'un laquais à Isolte. Bienvenue en Corie, lord et lady Northcott. Ravie d'avoir fait votre connaissance.

Là-dessus, je tourne les talons et je regagne mon fauteuil – aussi imposant qu'un trône, ce fauteuil, et j'espère que cela n'a pas échappé à Etan. J'imagine le soleil qui se lève au-dessus de la rivière et j'essaie de penser à des choses qui me rendent heureuse, qui calment mes nerfs.

Pas question de verser la moindre larme. Pas ici, pas maintenant. Je ne vais donner à personne – et encore moins aux Isoltiens – matière à me critiquer et à saper ma crédibilité en tant que fiancée du roi.

15

— Par pitié, Jameson. Elle est odieuse.

Jameson lâche un petit rire. Maintenant que la visite officielle est lancée, il se déleste de ses chevalières et de ses médailles en les semant aux quatre coins de sa chambre.

— Ils sont tous odieux, rétorque-t-il.

— Valentina se croit sortie de la cuisse de je ne sais quel dieu. C'est au-dessus de mes forces de passer une soirée avec elle. Je préfère encore manger à l'étable.

Jameson s'esclaffe sans retenue tandis que, dans le Grand Salon, l'ambiance est à la fête.

— Comme je vous comprends ! Mais ne vous faites pas de mauvais sang, ma chère Hollis. Cette visite ne dure que quelques jours, ils partiront bien assez tôt. Et nous pourrons passer à des sujets plus importants.

— Vous êtes la personne qui compte le plus pour moi. Donc, si vous tenez à ce que je soupe avec cette harpie, je vous obéirai.

Jameson glisse une main sous mon menton et me force à le regarder.

— Je vous épargne ce calvaire. Pour cette fois. Malheureusement, je dois dîner ce soir avec Quinten pour discuter des pactes et traités signés entre nos deux royaumes… ce serait d'un ennui absolu pour vous. Alors passez la soirée avec vos dames d'atour.

Je lui fais le baisemain.

— Merci, Votre Majesté.

— Allez-y. Ne vous inquiétez pas. Je vous trouverai une excuse pour ce soir.

— Dites à Valentina que je me suis asphyxiée sous un tas de robes en velours.

Quand je quitte sa chambre, le rire de Jameson résonne encore à mes oreilles.

Dehors, Delia Grace et Nora m'attendent impatiemment.

— Mesdemoiselles, je ne me sens pas très bien, leur dis-je avec une gravité feinte. J'aimerais me retirer.

Delia Grace comprend tout de suite ; elle m'emboîte le pas tandis que je me fraie un chemin dans la foule. Dans un coin de la salle, j'aperçois mes parents. Ma mère prend de haut tous les courtisans qui vont à sa rencontre, sans doute pour la féliciter d'avoir donné naissance à la future reine. Ce serait une grande fierté, non, d'informer la Terre entière que le roi m'a choisie précisément parce que je suis l'exact opposé de ce qu'elle a voulu faire de moi ? Et pourtant mes parents m'adressent à peine la parole, sauf pour me contredire ou prendre une décision à ma place. Leur indifférence a malgré tout un côté positif : je me sens moins coupable de voler de mes propres ailes.

Je jette un coup d'œil à Nora par-dessus mon épaule.

— Et si vous demandiez à quelques ladies triées sur le volet de nous rejoindre dans mes appartements ? Cela y mettrait un peu de vie.

— Excellente idée, répond Nora, enthousiaste.

— Je vais voir si des musiciens seraient disponibles. Ce serait l'occasion de faire une petite fête.

Plus j'y pense, plus l'idée me séduit. Je rattrape Nora avant qu'elle s'éloigne.

— Et invitez Scarlet Eastoffe, si vous la croisez. En fait, si tous les membres de la famille Eastoffe souhaitent échapper à Quinten, dites-leur qu'ils sont les bienvenus.

Nora se fond dans la foule. Au bout du compte cette journée prend une tournure prometteuse : on m'a épargné une soirée en compagnie de Valentina et je vais avoir le plaisir de danser.

Ouvrant la porte, Nora laisse entrer Yoana et Cecily tandis que j'aide Delia Grace à ranger les dernières chaises contre le mur.

Dans le salon de réception vidé de ses meubles, nous pouvons danser et causer librement. Un musicien est en train de préparer son instrument. Après l'agitation des deux derniers jours – le déménagement, la visite officielle – j'ai bien droit à un moment de détente.

Cecily s'approche de moi.

— Merci pour l'invitation, me dit-elle avec une petite courbette.

— Oh, mais je vous en prie. Vous vous souvenez de Delia Grace, bien entendu.

Mon amie se tient bien droite, la tête haute. Elle sait qu'à présent elle est intouchable.

— Bien entendu, bredouille Cecily. Quel plaisir de vous revoir, Delia Grace.

À côté d'elle, Yoana est dans ses petits souliers.

— Delia Grace, ma chère, tu veux bien leur montrer la table des rafraîchissements ?

Delia Grace s'en va, très digne, et je suis certaine qu'elle se frotte les mains parce qu'elle sait que si quelqu'un s'avise de lui lancer un regard de travers, je le ferai congédier.

On frappe de nouveau à la porte, Nora va ouvrir.

— Scarlet ! Je suis si contente de te voir !

Derrière elle, ses parents, Saul et, à ma grande surprise, les Northcott. Et, fermant la marche comme s'il voulait passer inaperçu, Silas Eastoffe. À sa vue, mon cœur s'emballe. Je m'éclaircis la voix, me tourne vers mes invités. Lord Eastoffe s'avance vers moi et me salue d'une révérence.

— Merci de nous recevoir. Revoir le roi Quinten s'est avéré plus… perturbant que prévu.

— Je comprends. Vous pouvez rester cachés ici aussi longtemps que cela vous arrange. Il y a assez de place pour tout le monde, et de quoi nourrir un régiment – nous pouvons monter des tentes, aussi. Mettez-vous à l'aise.

Delia Grace esquisse déjà quelques pas de danse et je la rejoins, nous nous lançons dans un quadrille que nous avons chorégraphié l'année dernière.

— Très joli, commente Nora, nous regardant tourner l'une autour de l'autre les bras entrelacés.

— Merci, répond Delia Grace. Nous avons travaillé dessus pendant plusieurs semaines.

— Vous devriez essayer de créer une danse pour le Jour du Couronnement, lui suggère Nora.

Delia Grace semble comme foudroyée.

— Si Hollis le souhaite. Merci.

La mélodie arrive à son terme et le musicien attaque les premières notes de la suivante. Je regarde Nora, qui danse à son tour. Honnêtement, si elle s'associe à Delia Grace, toute la cour va être subjuguée par leur talent.

Plus d'une fois je suis distraite par deux yeux bleus qui ne ratent pas une miette du spectacle. Entraînée par la musique, je me tourne vers Silas, qui s'est assis contre le mur.

— Vous dansez, cher ami ?

Il se redresse sur sa chaise.

— Cela m'arrive, oui. Mais de nous tous, c'est Etan qui se débrouille le mieux.

De la tête il montre son cousin à l'autre bout du salon. Etan est en train d'inspecter les tapisseries, les sourcils froncés et les mains dans le dos. On dirait qu'on l'a traîné là contre son gré.

— Etan, bon danseur ? Vous plaisantez, j'imagine.

— Je n'oserais pas, pouffe Silas.

— Eh bien, ne le prenez pas mal si je ne l'invite pas à danser.

— Vu son humeur, je pense qu'il n'accepterait pas de toute façon.

— Et vous, vous accepteriez ?

Silas baisse la tête, visiblement gêné.

— Oui… mais pas aujourd'hui.

Lorsqu'il la relève, je remarque qu'il est écarlate. Trop timide pour montrer ses talents de danseur en si petit comité ? Ce n'est pas moi qui vais le blâmer.

— Lady Hollis, venez voir, m'appelle Cecily.

Je traverse la pièce sans un mot, ce qui me laisse le temps d'effacer mon sourire béat. Comment Silas Eastoffe arrive-t-il à me mettre dans cet état ? Tout est si naturel avec lui. Les mots me viennent plus facilement, mes pensées sont moins embrumées. Je ne savais pas que certains avaient ce don.

Réunis en petits groupes les invités discutent et passent un bon moment, je suis sur un petit nuage. J'ignore comment, mais je me retrouve à danser avec Saul. Je le fais tournoyer sous les applaudissements et cela me réchauffe le cœur de remplacer les larmes qu'il a versées hier par de grands éclats de rire. Notre danse finie, je l'embrasse sur la joue.

— Merci, jeune homme. Vous faites un partenaire délicieux.

Le musicien entame les premières mesures d'un nouvel air, les conversations reprennent et, soudain, mes nouveaux appartements me paraissent plus hospitaliers. Une promesse flotte dans l'air.

Silas me rejoint.

— Le roi doit tenir beaucoup à vous. Cet endroit est somptueux. Il me fait penser aux pièces que nous occupions au palais de Chetwin, mais l'architecture ici n'a rien à voir avec celle d'Isolte. C'est la pierre qui change tout, je trouve.

— Dans quel sens ?

— Chez nous, les façades ont des reflets verts ou bleus. C'est dû à un minéral contenu dans la roche extraite sur la côte sud et c'est splendide mais l'hiver, notamment, cela manque cruellement de lumière. Chez vous, la pierre a des nuances beaucoup plus chaudes. Tout a l'air plus clair, plus accueillant. Et, dans un logement aussi spacieux que le vôtre, c'est encore plus frappant.

— C'est le plus bel endroit où j'aie eu l'occasion de séjourner, aucun doute là-dessus, mais ce serait un mensonge de dire que la modestie de mes anciens appartements ne me manque pas.

Et le tourbillon que sont devenues mes journées commence à me fatiguer, aussi.

Un peu gênée, je me demande si je n'en ai pas un peu trop dit.

— Il y a de la beauté dans la simplicité, n'est-ce pas ? répond Silas avec un doux sourire. À un stade de ma vie, j'aurais peut-être choisi les vêtements fastueux, les plats préparés par un grand cuisinier, tous les pièges de la vie à la cour. Mais je peux dire qu'en perdant ces privilèges, j'ai appris que rien au monde ne peut remplacer la loyauté, le respect et l'affection.

— Je suis d'accord avec vous. Rien n'est plus précieux que de savoir que l'on occupe une place dans le cœur de quelqu'un. Cela vaut mille fois plus qu'une rivière de diamants, qu'une chambre dans un palais.

Nous échangeons un regard.

— Donc vous échangeriez votre couronne en or contre une couronne de fleurs ?

— Cela me tenterait beaucoup.

— Je pense que vous seriez ravissante avec une couronne de fleurs, conclut Silas, et mon regard s'attarde un peu trop longtemps sur lui.

— J'ai dit à votre père que vous pouvez vous cacher ici aussi longtemps que vous le souhaitez.

Et si vous avez besoin de quoi que ce soit, vous savez où me trouver.

— Vous avez déjà été trop généreuse avec nous. Regardez comme Scarlet est heureuse, et Saul. Que demander de plus ?

Il a raison. Tout le monde sourit… à l'exception d'une personne. Etan.

— Merci, au fait. D'avoir pris ma défense tout à l'heure.

Silas repère son cousin parmi les invités, seul et malheureux comme les pierres.

— Il ne vous connaît pas, c'est pour cela qu'il se permet de dire des horreurs pareilles. Je lui ai pourtant parlé de votre générosité, de votre gentillesse. Je lui ai dit que ma sœur vous complimente sans arrêt, que Sullivan sourit quand il entend votre nom…

— C'est vrai ?

Silas confirme d'un hochement de tête. Le sourire de Sullivan est le plus beau cadeau qu'on puisse me faire.

— Ma mère acclame votre courage, mon père votre sagesse et votre maturité, et moi…

— Et vous ?

Il braque sur moi un regard éloquent, mais je vois bien que les mots restent coincés en travers de sa gorge. Il étudie le parquet, prend une profonde inspiration et se plante devant moi.

— Et moi, je me réjouis d'avoir trouvé une amie en Corie. Je ne pensais pas que cela m'arriverait.

Je balaie la salle du regard. J'espère que ma déception n'est pas trop visible.

— Oh. Eh bien, il est impossible de ne pas se prendre d'affection pour votre famille. Et mon amitié vous est acquise à jamais.

— Merci, murmure-t-il en réponse.

À cet instant, lady Eastoffe l'interpelle. J'ai la sensation qu'elle me lance une bouée de sauvetage.

— Veuillez m'excuser, me dit Silas, je crois que ma mère a besoin de moi.

— Je vous en prie. Il faut que je fasse le tour des invités de toute façon.

Je ne sais pas ce qui me passe par la tête, j'attrape une chope de cervoise et je m'approche de la silhouette solitaire qui se morfond devant la baie vitrée.

— Un souci, cher Etan ? lui dis-je en lui offrant la chope.

Il la prend sans le moindre mot de remerciement.

— J'espère que vous ne pensez pas que je vous évite, commence-t-il. Vos appartements sont de très bon goût. Je suis certain que vous mouriez d'envie de les montrer à tout le monde.

— Ce n'est pas pour cela que je vous ai invité.

— J'imagine que votre roi veut que nous rentrions à Isolte en chantant ses louanges parce qu'il vous fait vivre dans le luxe. Mais je n'ai pas de temps à perdre avec ces propos de commères. Je donnerais beaucoup pour être chez moi.

— Merveilleux. Un point que nous avons en commun.

Je lui fausse compagnie et je me dirige vers Delia Grace. Je refuse que ce malotru me gâche mon humeur.

— Cet homme est un butor. S'il n'était pas de la famille des Eastoffe, je le mettrais dehors sur-le-champ.

— Un problème ? demande Nora, attrapant au vol la fin de ma phrase.

— Aucun. À part Etan, le cousin des Eastoffe, avec son complexe de supériorité.

— Comme si un Isoltien pouvait se permettre de prendre les gens de haut, ricane Delia Grace.

Jetant un coup d'œil par-dessus mon épaule, je m'assure que personne ne l'a entendue.

— J'y pense, ajoute-t-elle, je vais suivre le conseil de Nora et concevoir une danse pour le Jour du Couronnement. Il ne faut pas que nous soyons prises de court.

— Excellente idée. Ces derniers temps tout se fait dans la précipitation.

— Ce sera sans ostentation, quatre danseuses tout au plus. Il te suffit de choisir la quatrième, et nous pourrons partir de là.

— Bien. Dans ce cas…

Dans ma tête je passe en revue les autres ladies de la cour. Je suis loin de toutes les connaître et, celles que je connais, je ne les porte pas forcément dans mon cœur. Hélas, si je ne sais pas à qui faire appel pour une simple danse, où trouver mes futures dames d'atour ? Je cherche l'inspiration en balayant le salon du regard et l'étincelle se produit. Elle, elle fera parfaitement l'affaire.

— Scarlet ?

En pleine conversation avec sa tante, Scarlet se tourne vers moi.

— Oui, lady Hollis ?

— As-tu déjà entendu parler du Jour du Couronnement ? À ma grande honte, j'ignore tout du calendrier sacré d'Isolte.

— Bien sûr, oui. Il commémore la fondation de votre maison royale, c'est bien cela ?

— Exact ! nous rejouons le couronnement du roi et nous lui jurons allégeance. C'est sans doute ma fête préférée. Il y a un grand banquet en fin de journée et les festivités se poursuivent jusqu'au petit matin.

Lady Northcott écarquille les yeux.

— Ça me donne très envie, cette fête. Une bonne raison de nous établir en Corie, nous aussi.

— Nous ne faisons pas que manger, nous dansons aussi. Presque toutes les demoiselles de haute extraction veulent se distinguer par leur grâce et leur créativité. Delia Grace, Nora et moi, nous avons l'intention de préparer une chorégraphie originale. Aimerais-tu te joindre à nous, Scarlet ? Ce sera l'occasion de faire une impression favorable sur le roi.

Le visage de la jeune fille s'illumine.

— Oh, avec joie ! Quand commençons-nous ?

— Pas avant le départ de Quinten et de sa cour. Je n'ai pas du tout la tête à danser en ce moment.

— Je comprends. Faites-moi mander au moment des répétitions, j'attendrai sagement vos ordres.

Lady Northcott a l'air enchantée pour sa nièce et, du coin de l'œil, je vois Silas esquisser un sourire.

Oui, Valentina s'est montrée glaciale et Etan grossier. Par deux fois, pas moins. Mais le regard admiratif que me lance Silas parvient à me convaincre que la journée a été une réussite totale.

16

Le lendemain matin je me réveille en ayant hâte de commencer ma journée. S'il y a bien une chose qui peut apaiser un esprit anxieux, ce sont les jongleurs, les troubadours et les joutes de chevaliers.

— Je suis tellement contente que le tournoi ait enfin lieu ! s'exclame Nora.

— À qui le dites-vous !

Elle vient s'asseoir sur le bord de mon lit, me fait signe d'approcher et entreprend de me brosser les cheveux.

— Jameson compte-t-il faire une apparition dans la lice aujourd'hui ?

— Non. Il doit tenir compagnie à Quinten jusqu'à la fin de la visite et je crois qu'il va rester spectateur. Je ne suis même pas certaine de porter une faveur.

— Qu'est-ce qui vous en empêche ? Rien ne vous oblige à distinguer l'un des chevaliers.

— Je vais y réfléchir. En attendant, j'aimerais porter le jupon rouge avec le corsage doré.

— Parfait. Très joli. Je vais vous faire un chignon, cela évitera que vos cheveux prennent la poussière. Suivez-moi.

Nous passons à la coiffeuse et elle me relève les cheveux au niveau de la nuque avant de les fixer au moyen d'un ruban de satin rouge.

— Difficile de cacher que j'ai ma petite préférence, pas vrai ?

— C'est sûr, avec tout ce rouge, répond-elle dans un sourire.

— Au fait, où est passée Delia Grace ?

— Elle a eu un souci avec sa robe, elle est allée chercher du fil.

— Pas étonnant que ce soit si calme.

Nora pouffe de rire. Je récupère des rubans et des mouchoirs dans un tiroir et je dis sur le ton de la plaisanterie :

— N'oubliez pas d'applaudir aussi fort que possible et ne laissez pas un séduisant chevalier vous voler votre cœur.

Nora a raison : rien ne m'interdit de prendre un mouchoir et de le garder pour moi. J'en glisse un dans ma manche à l'instant où Delia Grace pousse la porte de la chambre. Elle a l'air d'une humeur massacrante.

— Quelqu'un pourrait m'expliquer pourquoi la couturière a son atelier au fin fond du palais ? Personne ici n'a besoin de fil et d'aiguilles ?

Contrariée, elle inspecte ma tenue et ma coiffure.

— Ce sera ma première décision en tant que reine, installer une couturière à chaque étage, lui promets-je. Je suis certaine que c'est une nécessité pour beaucoup de monde.

— Parfois, Hollis, je me dis qu'à part nous personne ne comprend comment les choses fonctionnent. Voilà, tu es parfaite.

— C'est parti, mesdemoiselles, dis-je en tendant un ruban à Delia Grace.

Nous quittons le palais et nous nous dirigeons vers la tribune royale, où Jameson a pris place. La foule nous bloque le passage. Quinten est assis à la gauche de Jameson, en compagnie de sa précieuse épouse. Vu la disposition des fauteuils, il y a peu de risques que j'aie l'occasion de discuter avec elle.

Un homme en armure s'approche de moi, accompagné de ses parents et de son odieux cousin.

— Silas Eastoffe ?

Ôtant son heaume, il me salue d'une révérence.

— On ne peut rien vous cacher, lady Hollis. Je vais tenter ma chance dans la lice, en fin de compte. Et regardez, poursuit-il en tournant sur lui-même.

Mon regard croise celui de ses parents, qui semblent hésiter entre l'euphorie et l'inquiétude. Il ne me faut pas longtemps pour comprendre. Lord et lady Eastoffe s'éloignent pour rejoindre les Northcott, qui viennent de les appeler.

— Je vois que vous ne portez ni les couleurs d'Isolte ni celles de la Corie, dis-je. Delia Grace, Nora, allez donc prendre vos places. J'arrive tout de suite.

Elles m'obéissent et je reste seule avec Silas et Etan, dont la mine renfrognée me hérisse encore plus. Je me mets à chuchoter :

— Vous n'avez pas peur d'offenser quelqu'un ?

— Au contraire. Je suis fier de mon passé et de mon présent, j'espère ainsi rendre hommage à nos deux rois.

Plus j'en apprends sur Silas et plus je l'admire.

— C'est très noble de votre part.

Etan choisit ce moment pour lever les yeux au ciel.

— Et vous, Etan ? Vous aussi, vous allez combattre ? Ou vous n'avez pas l'estomac pour entrer dans la lice ?

Il me toise comme si j'étais un cafard.

— Je ne joue pas à la guerre, ma lady. Je fais la guerre, nuance. Une lance et une épée émoussée ne me font pas peur.

— Mon cousin s'est engagé à plusieurs reprises dans les rangs de l'armée d'Isolte pour se battre, explique fièrement Silas. Il maintient la paix le long de la frontière.

Cela me gêne de passer autant de temps avec un homme qui prend les armes contre mes compatriotes mais il est courageux, c'est indéniable.

— Eh bien, je vous offre mon admiration pour votre bravoure, et ma compassion pour vos sacrifices.

Etan se met à ricaner.

— Je me passerai de l'une et de l'autre. Merci bien.

Avec un geste résigné, je ramasse mes jupes.

— Ravie de constater que vous avez rengainé votre épée, Etan. Faites de même avec votre langue, votre conversation n'en sera que plus agréable.

Vexé, il pivote sur ses talons et me laisse seule avec Silas. Enfin.

— J'ai fait de mon mieux, dis-je.

Silas hausse les épaules, puis il sourit.

— Je sais. C'est ce que j'aime chez vous. Vous faites toujours de votre mieux.

Etan m'a traitée de potiche, Delia Grace saute sur la moindre occasion pour me rappeler que je suis une tête de linotte et mes parents… eh bien, mes parents me rejettent tous les problèmes du monde sur le dos. Silas, lui, remarque des choses chez moi qui m'ont complètement échappé jusqu'ici. Il me dit qu'il aime ma façon de penser, et il n'a pas tort, je déborde d'idées. Il se rend compte que je fais de mon mieux, et il a aussi raison sur ce point, je ne suis pas du genre à abandonner.

Je cherche un prétexte pour profiter encore un peu de sa compagnie. Malheureusement, le devoir m'appelle ; je le salue d'un signe de tête et je m'éloigne en lançant des regards par-dessus mon épaule. J'éprouve une sensation indescriptible en sa présence, comme si nous étions attachés l'un à l'autre. Je commence à croire que c'est le destin qui s'est arrangé pour que nos chemins se croisent mais, comme nous venons d'horizons totalement différents, je ne vois pas trop ce que le destin aurait à me dire. Sans réfléchir, je tire mon mouchoir de ma manche et je le laisse tomber par terre avant de rejoindre la tribune royale.

À l'instant où je l'atteins, je salue Jameson d'une révérence.

— Votre Majesté.

— Lady Hollis, vous êtes radieuse ce matin. Comment voulez-vous que je me concentre sur les joutes ?

Je lui réponds d'un sourire, puis je me tourne vers Quinten et Valentina.

— Vos Majestés. J'espère que vous avez bien dormi.

La reine m'étudie en clignant des yeux, décontenancée par ma gentillesse.

— Oui, merci.

Je m'installe à ma place et je fixe mon attention sur le tournoi, qui commence tout juste. Suivant le protocole, l'épreuve que Jameson aime le moins, le duel à la lance, est programmée en premier. Cette épreuve m'ennuie, moi aussi : elle est beaucoup trop lente et j'ai du mal à comprendre comment on désigne le vainqueur. Par chance, les autres sont plus faciles à suivre.

— Ha ha ! s'exclame Quinten. Une autre victoire pour mes champions !

— Vous avez des chevaliers vaillants, le complimente Jameson. Mon père a toujours loué les prouesses de vos hommes. Même si je pense que le vent va tourner lorsque les combats se feront à cheval. Les Coriens sont d'excellents cavaliers. Ma gracieuse Hollis est elle-même une cavalière hors pair.

— Vous êtes trop bon, dis-je en me penchant vers Valentina. Et vous, Votre Majesté ? Vous montez ?

— Avant, oui, répond-elle avec un pâle sourire.

Son mari la réduit au silence d'un geste de la main.

— Mets-toi en tête que cette époque est terminée, aboie-t-il.

J'adresse une grimace à Jameson, qui me comprend mieux que personne, et lorsqu'il me tire la langue, j'ai beaucoup de mal à contenir un fou rire.

Enfin le duel à la lance touche à son terme, le premier groupe de chevaliers quitte la lice et le public attend l'épreuve suivante : le duel à l'épée. Au bout de quelques minutes, Silas entre en scène.

Je pose une main sur le bras de Jameson.

— Regardez, Votre Majesté. Vous voyez ce chevalier qui ne porte ni les couleurs de Corie ni celles d'Isolte ?

— Oui, je le vois.

— C'est l'un des fils Eastoffe. Il voulait vous rendre hommage, à vous et au roi Quinten, en se battant aujourd'hui. De cette façon, il honore son passé et son présent.

— Très diplomate de sa part, conclut Jameson.

Sa réponse me déçoit un peu.

— Je trouve que c'est une attention charmante.

— Ah, Hollis, s'esclaffe-t-il, vous êtes d'une naïveté touchante. J'aimerais tant voir les choses à travers vos yeux.

L'épreuve démarre et je constate très vite que Silas ne m'a pas menti : il est meilleur dans une forge que sur un champ de bataille. Pourtant, je me cramponne aux accoudoirs de mon fauteuil, avec l'espoir qu'il remporte la victoire. Il est maladroit mais puissant et manie son épée avec beaucoup plus de conviction que son adversaire qui, par chance, porte le bleu d'Isolte.

À chaque coup, le public s'enflamme et lance des hourras. Je sens la fébrilité me gagner, je souhaite de tout cœur que Silas s'en sorte indemne. Je ne suis jamais aussi angoissée quand Jameson participe à un tournoi. Peut-être parce que mon roi est excellent cavalier, ou parce qu'il donne toujours la sensation d'être infaillible. Savoir qu'un combattant peut quitter la lice blessé, plus ou moins gravement, rend l'issue du duel encore plus inquiétante. Mais je retrouve confiance lorsque j'aperçois un carré d'étoffe dorée qui dépasse de l'armure de Silas.

Donc il l'a pris. Il a ramassé mon mouchoir et il s'en sert comme d'un étendard. Les battements de mon cœur, déjà mis au supplice, s'accélèrent. Je coule un regard à Jameson – j'espère qu'il n'a rien remarqué, même si je suis loin d'être la seule à la cour à posséder des mouchoirs brodés de fil d'or. C'est un secret qui me procure un frisson exquis.

Les deux chevaliers se battent sans céder un pouce de terrain. Au terme de l'un des duels les plus acharnés auxquels j'aie assisté, l'Isoltien commet une erreur fatale et Silas lui assène un coup du plat de son épée. Son adversaire s'effondre dans la poussière, le combat s'achève.

Sautant sur mes pieds, je pousse des vivats et j'applaudis à tout rompre. À côté de moi, Jameson se met debout.

— Ce chevalier semble avoir tout votre soutien, fait-il remarquer.

— Détrompez-vous, Votre Majesté, dis-je d'une voix assez forte pour couvrir les hourras de la foule. C'est la diplomatie qui a tout mon soutien.

Jameson éclate de rire, puis il fait signe au vainqueur de s'approcher.

— Vous vous êtes bien battu, monsieur. Et j'ai apprécié… votre manifeste.

Silas retire son heaume et se prosterne devant lui.

— Merci, Votre Majesté. Cela a été un honneur de tenir l'épée aujourd'hui.

Quinten cligne furieusement des paupières. Une fois certain que ses yeux ne le trompent pas, il se met debout et vocifère :

— Tu t'es battu sans porter les couleurs d'Isolte ? Insolent !

Jameson se tourne vers son homologue.

— C'est à présent un citoyen de Corie, déclare-t-il.

— Vous n'êtes pas sérieux ! suffoque Quinten.

Jameson bombe le torse.

— Il a fui votre pays et demandé le statut de réfugié. Il m'a juré allégeance. Pourtant, il ne porte pas non plus les couleurs de la Corie, afin de ne pas vous offenser. Et vous prenez la liberté de l'humilier en public ?

— Vous savez aussi bien que moi qu'il ne sera jamais un vrai Corien, assène Quinten d'une voix rauque.

Derrière les deux hommes, je vois Valentina afficher une mine soucieuse, la main crispée sur son ventre. Je la croyais au-dessus de ces manifestations d'anxiété, mais il faut croire qu'elle est humaine. Je n'ai pas envie de voir comment tout cela va finir et elle non plus, j'imagine.

— Suivez-moi, Votre Majesté. Vous avez besoin de calme.

Je la conduis à l'extérieur de la tribune royale et nous nous installons à l'ombre. Les voix de Quinten et de Jameson nous parviennent assourdies. J'essaie de dissiper la tension en lâchant une remarque anodine.

— Ah, ces souverains. Incorrigibles.

— Les hommes en général, rétorque Valentina, et nous éclatons de rire en chœur.

— Vous voulez que j'aille vous chercher quelque chose ? De l'eau, de quoi grignoter ?

— Non, je souhaite simplement échapper aux cris. Sa Majesté a tendance à passer ses nerfs sur les autres et dans ces moments-là je préfère rester à distance.

— Cela m'embête pour ce pauvre chevalier. Il n'avait pas de mauvaises intentions.

— Silas Eastoffe, dit-elle, les yeux baissés. Ses intentions sont toujours bonnes.

Étrange. Je sais que Silas connaît la reine, mais je ne me doutais pas qu'elle le connaissait de son côté.

— Il est coutumier de ce genre de fait ?

— Pas vraiment. Mais je l'ai déjà surpris à essayer de convaincre son interlocuteur de s'ouvrir aux arguments de ses adversaires. Il encourage les gens à réfléchir par eux-mêmes.

— Je ne le connais pas très bien. Mais cela lui ressemble.

Nous entendons une galopade dans l'escalier et, soudain, Quinten est là, appuyé sur sa canne, et il entraîne son épouse si vite que je n'ai pas le temps de la saluer. Jameson me rejoint un peu plus tard, les mains sur les hanches.

— Grande nouvelle, le tournoi est annulé. Quinten a décidé qu'il préférait rentrer se reposer plutôt que subir pareil affront.

— Oh, non. Votre Majesté, vous m'en voyez désolée.

— Je sais que ce jeune homme a agi en toute bonne foi, mais il a fini par provoquer un incident de grande ampleur.

— Mais c'est ridicule ! Peu importe les couleurs, ce tournoi n'est-il pas censé divertir le peuple ? Nous amuser ?

— Certes, mais…

— Et une personne qui cherche le compromis, même maladroitement, ne montre-t-elle pas un exemple que nous devrions tous suivre ? Pourquoi tout doit se transformer en compétition ?

— Hollis !

C'est la première fois que Jameson élève la voix. La stupéfaction me réduit au silence.

— Ne vous souciez pas de tout cela. Ce n'est pas de votre responsabilité. Tout ce que vous avez à faire, c'est montrer à la Corie que vous pouvez être une reine de premier plan. Très au-dessus de cette gamine que Quinten s'est choisie.

— À mon sens, chercher un moyen d'améliorer les relations avec le royaume le plus vaste du continent fait partie des fonctions d'une bonne reine.

— Vous empiétez sur mes prérogatives, Hollis. Ce garçon a commis un acte irréfléchi. Il faut espérer que nous trouverons une solution.

Il me fait le baisemain et s'en va.

Je me sens toute petite. Jamais Jameson n'a été mécontent de moi. Jamais il ne m'a morigénée. D'un autre côté, c'est la première fois que je lui donne mon opinion. Est-ce que par hasard... Etan aurait raison ? Je ne suis donc qu'une potiche ?

J'ai le plus grand mal à le croire. Si je dois rejoindre une longue série de reines plus formidables les unes que les autres, la logique voudrait que je mette mes pas dans les leurs, non ? Que je prenne la défense des miséreux ? Que je m'illustre les armes à la main ? J'ai passé tellement de temps à craindre de me comparer à elles. La perspective de ne jamais leur arriver à la cheville me semble inconcevable.

Je me dirige vers la zone où les chevaliers se préparent, espérant croiser une certaine famille de ma connaissance. Je me fraie difficilement un chemin dans la foule et j'aperçois un visage familier.

— Etan !

Il se retourne, j'agite la main afin d'attirer son attention. Il me répond d'un signe de tête.

— Savez-vous où est Silas ?

Il s'approche de moi, manifestement agacé, puis il m'emmène loin de la cohue.

— À quoi vous servent vos yeux ?

— Je ne suis pas aussi grande que vous. Est-ce qu'il va bien ?

— Oui, son père l'a emmené un peu plus loin, au niveau des arbres, en attendant que les choses se tassent. Tenez, par là.

J'essaie de le suivre tandis qu'il marche à grandes enjambées, et il me conduit jusqu'aux Eastoffe. Assis sur un tonneau, Silas est en pleine discussion avec ses parents, il a l'air abasourdi. Il m'aperçoit, se met debout et se précipite vers moi.

— Lady Hollis, je vous demande pardon. Vous voulez bien transmettre mes excuses au roi ?

— Pas si vite, Silas.

Il m'attrape les mains, m'implore.

— Si le roi nous chasse de Corie par ma faute… Hollis, ma famille…

— Je sais. Par pitié, dites-moi que vous avez fabriqué ces objets que j'avais suggérés à l'annonce de la visite du roi.

— Ils sont finis, oui, nous avons travaillé jusque tard dans la nuit, mais personne ne nous a donné de consignes et nous ne savons pas quoi en faire.

— Parfait. D'abord il faut que je fasse parvenir un message à la reine Valentina.

17

Je me tiens sans bouger tandis que Delia Grace lace le corsage de ma robe. Un mode d'emploi nous aurait été bien utile.

— Le rendu est vraiment bizarre. Ce n'est pas trop lourd au niveau des bras ?

— Plus lourd qu'une bûche.

Elle retourne à la malle et en sort un dernier accessoire. Un diadème.

— Tiens, pour ta tête. Rien ne t'oblige à le mettre, tu sais.

Les affaires que Valentina m'a prêtées sont splendides. Pas aussi raffinées que les habits portés en Corie mais les bijoux sont plus gros, plus imposants.

— Si la reine me l'a envoyé, je vais le porter.

Je fais les cent pas dans mes appartements chargée de livres, pour m'habituer au poids des manches et du diadème. Au milieu du septième aller-retour Silas et Sullivan font leur entrée, vêtus de leurs plus beaux atours, leurs ouvrages présentés sur des coussins en velours. Sullivan se cache derrière son frère, effrayé par la présence de mes dames de compagnie. Même si je brûle d'envie de parler à Silas, c'est vers son cadet que je me dirige.

— Ces jeunes femmes sont mes amies, lui dis-je en posant une main sur son bras. Et ce soir, tu n'auras pas besoin de prononcer un seul mot. Contente-toi de lever bien haut le coussin, pour que le roi Quinten puisse prendre son cadeau.

Il hoche la tête, m'adresse une petite risette. Il a compris. Alors je me tourne vers Silas.

— Et vous, qu'est-ce qui vous fait rire ?

— Rien. C'est merveilleux de vous voir en bleu, le bleu d'Isolte. Vous pourriez presque passer pour l'une des nôtres.

— Si je grandissais de quelques centimètres et si je passais moins de temps au soleil, peut-être ?

— Peut-être, répond-il puis, à voix basse : Je ne sais pas si cela va réparer mon erreur, lady Hollis.

— Moi non plus. Mais il faut essayer.

On frappe à la porte. Valentina fait son entrée, sa dame d'atour sur les talons. Je lui ai fourni une robe du rouge le plus clair que j'aie pu trouver, presque rose, et cette couleur met son teint en valeur, comme je l'espérais.

— Qu'en pensez-vous, ma lady? me demande-t-elle.

— J'en pense que vous devriez la garder. Elle vous va mille fois mieux qu'à moi.

Valentina semble flattée. Elle est complètement métamorphosée quand elle sourit.

— On ne se sent pas entravée, déclare-t-elle en bougeant les bras.

— Vous voulez bien m'expliquer pourquoi les Isoltiens ont autant de tissu au niveau des manches?

— Tout d'abord, c'est signe de richesse. Cela signifie que vous avez les moyens d'acheter des mètres d'étoffe, mais aussi que vous n'avez pas à travailler de vos mains. Les femmes à la campagne ne portent pas ce genre d'habits, en tout cas pas avec des manches aussi longues. Et ça tient chaud. L'hiver est beaucoup plus rigoureux chez nous.

— C'est donc ça.

Il y a certes une raison logique à ces manches extravagantes, pour autant je n'ai pas l'intention de les adopter, même si je suis assez fortunée pour me les offrir.

Delia Grace vient me chuchoter à l'oreille :

— Quand Valentina sourit, on pourrait presque la prendre pour ta sœur.

Je suis tellement concentrée sur le déroulement de la visite et l'impression que je dois donner que je m'en rends compte seulement au moment où elle le dit. Entre la couleur de nos cheveux et l'ovale de notre visage, nous pourrions être de la même famille.

— On m'a informée que le dîner a commencé il y a un quart d'heure, annonce Valentina, tout le monde a pris sa place. Je n'attends plus que vous.

— Excellent. Delia Grace, Nora, vous voulez bien montrer le chemin à l'escorte de la reine ? Allez vous asseoir ensemble à votre table.

Mes amies m'obéissent aussitôt, entraînant avec elles une dame d'atour qui semble complètement perdue.

— Sullivan, derrière la reine Valentina. Silas, vous restez avec moi.

— Entendu, acquiesce-t-il, puis il ajoute en confidence : Ce sera sans doute moins stressant pour mon frère s'il vous accompagne.

— Mais j'ai besoin de vous à mes côtés. Vous voulez bien ?

Silas me scrute un long moment, comme s'il cherchait ses mots. Enfin il hoche la tête et notre petit groupe quitte mes appartements.

Les couloirs sont bondés – pour rien au monde les courtisans ne manqueraient cette occasion de festoyer. Je me tourne vers Valentina.

— Vous pensez que votre roi est toujours fâché ?

— Oui. Il est très rancunier.

— Ce que nous nous apprêtons à faire va-t-il servir à quelque chose ?

— Votre roi m'a l'air plus raisonnable, il est donc essentiel qu'il reste bien disposé. Et je pense que ceux qui vont assister à la scène vont chercher à calquer leur comportement sur notre souverain. Les agneaux vont là où les guide le berger.

— Une remarque très judicieuse, Votre Majesté.

J'étudie Valentina. Elle est vraiment ravissante avec ses cheveux blonds et ce teint de porcelaine. Et elle est si grande qu'à côté, même perchée sur mes plus hauts talons, j'ai l'air d'une naine.

— Merci mille fois d'avoir bien voulu y prendre part. Je me rends compte que j'ai été maladroite lors de notre première rencontre, que nous sommes parties du mauvais pied. Je n'avais pas l'intention de vous vexer et je me réjouis que vous ayez accepté de m'aider.

— Vous ne m'avez pas vexée. Parfois c'est plus facile de ne rien dire, vous comprenez ?

— Rester sans rien dire, ce n'est pas mon fort.

— Attendez d'avoir passé quelques années avec une couronne sur la tête, vous aurez sans doute une autre opinion sur le sujet.

Intriguée par cette réponse, j'aimerais que Valentina m'en dise plus mais nous sommes déjà arrivées à l'entrée du Grand Salon. L'estomac noué par l'angoisse, je me dis que nous risquons d'envenimer la situation. Valentina doit sentir mon appréhension parce qu'elle me prend par la main et c'est ainsi que nous faisons notre entrée.

Personne ne nous remarque au début mais, très vite, les murmures et les rires nous accompagnent sur notre passage, puis la rumeur ambiante cède la place au silence : tous se frottent les mains, attendant la suite. Assis à la table principale, Jameson sent que l'atmosphère a changé ; il lève la tête et braque son regard sur l'allée centrale. Son visage se fend d'un sourire à l'instant où ses yeux se posent sur la robe rouge, puis il se rend compte que ce n'est pas moi qui la porte. Il regarde ensuite la robe bleue, me regarde moi. Bouche bée.

Enfin il se penche et chuchote quelques mots à l'oreille du roi Quinten, qui lève à son tour la tête, l'air plus renfrogné que jamais. Par chance, la vue de sa femme en rouge et de moi-même en bleu suffit à le réduire au silence.

Nous nous approchons de l'estrade et nous saluons les souverains d'une révérence. Valentina, dont le statut est supérieur au mien, prend la parole.

— Vos Majestés, nous venons ici ce soir pour promouvoir la paix entre nos deux royaumes.

— Il se peut que vos peuples respectifs aient commis des erreurs, je poursuis, mais vous êtes l'un et l'autre au-dessus de vos sujets et vous avez la responsabilité de nous guider sur la bonne voie.

— Je porte du rouge, parce que j'ai trouvé une amie en Corie.

— Et je porte du bleu, parce que j'ai trouvé une amie à Isolte.

Je fais signe à Sullivan et à Silas, qui s'avancent.

— Ces bandeaux en or, qui représentent des rameaux d'olivier, vous sont destinés, Vos Majestés. Fabriqués par une famille originaire d'Isolte et installée en Corie. Qu'ils soient le symbole de la fraternité entre nos deux royaumes pour les années à venir.

Derrière nous, les courtisans battent des mains et je me retourne pour prendre le premier bijou.

— Qu'il est léger !

— Je me suis surpassé pour vous, souffle Silas.

Je dois me faire violence pour détacher mon regard de lui. Enfin, je monte sur l'estrade et je me penche par-dessus la table pour ceindre le front du roi Quinten tandis que Valentina fait de même avec Jameson, qui lui offre en échange quelques paroles aimables. Quinten braque son regard sur moi.

— Je vois que vous êtes devenue proche des Eastoffe.

— J'essaie d'être la meilleure des hôtesses possibles, au nom de Sa Majesté, peu importe l'origine de nos invités.

— Méfiez-vous d'eux. Ils sont loin de faire l'unanimité parmi les citoyens d'Isolte, et ce depuis quelque temps.

— Permettez-moi de m'en étonner. Ils se sont montrés très humbles, et fort serviables, depuis qu'ils sont arrivés au palais.

— Si vous souhaitez jouer avec le feu, je ne vous retiens pas. Ne venez pas vous plaindre si vous vous brûlez, conclut Quinten avec un regard qui me ronge comme de l'acide.

Je le salue d'une révérence, comme l'exige le protocole, même si je trouve humiliant de devoir témoigner du respect à cet homme. D'un geste j'autorise Silas et Sullivan à partir, puis je me tourne vers Valentina et chacune se dirige vers sa chaise, à côté de son roi respectif.

— Vous cachez bien votre jeu sous vos dehors d'évaporée, chuchote Valentina à l'instant où nous nous croisons. Nous en reparlerons demain.

Sitôt attablée, je demande à Jameson :

— Alors, qu'en pensez-vous ?

— J'en pense que si vous tombez par-dessus bord, ces manches vont vous entraîner au fond de la rivière.

— J'ai dû m'entraîner à marcher avec, figurez-vous !

— Plaisanterie à part, vous êtes magnifique en bleu, me dit Jameson en buvant son hydromel à petites gorgées. J'ai entendu dire que la mode est au blanc pour les mariées cette année. Vous imaginez la splendeur d'une robe blanche ?

Je baisse les yeux, écarlate. Bien sûr, je suis ravie qu'il continue à me trouver jolie, mais j'aimerais avoir son avis sur la stratégie que j'ai mise au point avec Valentina, savoir s'il apprécie nos efforts et notre travail. Pas le temps de lui poser la question : Quinten lui tape sur l'épaule.

— Il n’y a pas matière à discuter. Nous devons renégocier ce contrat, insiste-t-il.

Je lâche un soupir. L’annulation du tournoi ne les empêche pas de poursuivre leur collaboration et cela me rassure. Dans la salle les gens bavardent, festoient et s’amusent. À en juger par les sourires sur les visages et les postures détendues, on dirait bien que tous se félicitent de notre initiative. Peut-être que j’aurai ma place au panthéon des reines, après tout.

Depuis sa table, Silas croise mon regard et lève son verre. Je lève le mien à mon tour et j’avale une gorgée d’hydromel. La mise en garde de Quinten me revient à l’esprit. Jouer avec le feu ? Me brûler ? Je ne pense pas, non.

Le repas touche tranquillement à sa fin, les convives se lèvent de table et se dirigent vers le centre de la salle pour danser. Les musiciens passent à des airs plus entraînants.

Le cœur battant, je vois Silas s’approcher de l’estrade. Il se prosterne devant Jameson.

— Votre Majesté, je constate que vous êtes très occupé avec votre homologue. M’accorderez-vous la permission de danser avec lady Hollis ?

— Uniquement si elle en exprime le souhait, réplique Jameson.

— Eh bien, si je ne peux pas danser avec vous…, dis-je.

Je l'embrasse sur la joue, je descends de l'estrade et j'attends à côté de Silas que les musiciens attaquent la mélodie suivante.

— Je tenais à honorer ma promesse, celle d'être votre partenaire de danse, chuchote-t-il à mon oreille.

— Sauf que vous n'avez pas attendu que je vous invite.

— J'ai perdu patience. J'espère que vous ne m'en voulez pas.

— Pas du tout. J'ai une folle envie de danser mais Jameson n'est pas d'humeur aujourd'hui. Je suis ravie de ne pas faire tapisserie à côté de lui. À la cour, plus aucun homme n'ose se porter volontaire.

— Je vois. Eh bien, le temps d'une chanson, oublions les rois, les tournois et le reste. Ne pensons à rien, vous voulez bien ?

— Très certainement.

La musique reprend. Nous nous postons face à face et nous calons notre rythme sur les autres couples. Je murmure :

— Je ne sais comment vous remercier. Vous nous avez sauvés ce soir, vous et votre famille.

— Après avoir provoqué un incident diplomatique, rétorque Silas, les yeux levés au plafond.

— Balivernes. Nous savons tous qui pose problème en réalité.

— Peu importe. C'était le moins que nous puissions faire.

— Le roi vous a-t-il rétribués ?

— Nous nous sommes mis d'accord pour danser, pas pour parler de rois.

— Fort bien.

Les bras croisés, nous tournons sur nous-mêmes. Ce n'est pas le partenaire de quadrille le plus habile avec qui j'aie eu l'occasion de danser, mais il s'en sort mieux que Jameson. Il a quelque chose d'aristocratique dans ses mouvements.

— Je ne sais pas si l'occasion se représentera mais j'espère discuter à nouveau avec vous très bientôt.

— Je l'espère aussi, dis-je. C'est tellement agréable d'avoir quelqu'un à qui parler. Merci d'être mon confident, en plus du reste.

Silas me sourit et l'admiration que je lis au fond de son regard me fait oublier que nous ne sommes pas seuls.

— Vous pouvez compter sur moi à chaque fois. Je suis votre obligé, pas le contraire. Vous avez fourni un toit à ma famille. Vous avez pris ma défense en public. Vous êtes une jeune femme tout à fait remarquable, Hollis. Vous ferez une reine inoubliable, conclut-il le visage rembruni.

L'air s'achève et j'incline la tête, de façon à remercier Silas. Je me retourne pour voir si Jameson a apprécié. Il ne regarde même pas.

Je reporte mon attention sur Silas et je l'invite sans un mot à me suivre à l'extérieur. Je quitte le Grand Salon et je l'attends un peu plus loin dans le couloir. J'entends les musiciens attaquer la mélodie suivante et c'est à cet instant que Silas me rejoint, annoncé par son ombre.

— Puisque nous ne dansons plus, je le répète : si le roi ne vous a pas encore rétribués pour votre travail, je m'engage à ce qu'il le fasse au plus tôt.

— Vous n'avez pas à vous soucier de cela. Ce sont des cadeaux.

— J'insiste ! Rien de tout cela n'aurait pu se produire sans votre famille, je vous suis redevable.

— Vous nous avez donné un foyer. C'est nous qui vous sommes redevables.

J'essaie de mettre les mains sur les hanches, ce qui n'est pas une mince affaire avec ces manches surdimensionnées. Silas éclate de rire.

— Arrêtez ! Je fais tout ce que je peux !

— Je le sais bien. Et, en dehors de ces incidents vestimentaires, vous vous en sortez à merveille.

Les gens ne sont pas seulement en admiration devant ce que vous avez accompli ce soir, Hollis. Ils disent depuis le début que vous ferez une reine formidable.

— Vraiment ?

— Vous avez fait forte impression.

Je me noie dans le bleu de ses yeux, je me laisse littéralement hypnotiser. Ces cheveux si soyeux. Ce sourire si spontané, qui semble exprimer une infinie tendresse pour ses semblables.

— Quelle chance j'ai de vous avoir rencontré, Silas. Depuis votre arrivée, je me sens… différente.

— Moi aussi, je me sens différent, murmure-t-il. Quand vous êtes près de moi.

Je me rends soudain compte que nous sommes seuls, très seuls. Pas un bruit dans ces couloirs qui sont, pour l'instant, déserts.

— Je ferais mieux d'y retourner.

— Oui.

Mais aucun ne bouge. Et là, nous échangeons un baiser furtif. Silas prend mon visage entre ses mains, avec une délicatesse telle que je me liquéfie sur place. Ses doigts rugueux en tracent le contour et je ne peux m'empêcher de les comparer à la peau veloutée de Jameson. Ces cals racontent le parcours de Silas, son travail acharné, et cela me rend leur contact encore plus précieux.

J'aurais pu rester ainsi pendant des siècles, mais le charme est rompu par des pas qui approchent. M'arrachant à Silas, je n'arrive même pas à le regarder dans les yeux. Qu'ai-je fait ?

— Attendez cinq minutes avant de regagner le Grand Salon, dis-je dans un chuchotis paniqué. Et par pitié, n'en parlez à personne.

— Si tel est votre souhait.

Je prends la direction du Grand Salon la tête haute, tâchant de me convaincre que si je dégage une impression d'assurance, personne n'ira me soupçonner d'avoir embrassé un homme qui n'est pas Jameson. Qui est un étranger. Et pas de sang royal, de surcroît – ce qui va à l'encontre des valeurs qu'on m'a inculquées.

Silas a raison : où que mon regard se porte, on m'adresse des regards complices et des sourires chaleureux. J'ai gagné le respect des courtisans à l'instant même où j'ai trahi leur confiance.

Je retourne à la table principale et je dépose un nouveau baiser sur la joue de Jameson. Il m'adresse un regard affectueux sans interrompre la discussion qu'il a avec Quinten. J'ai hâte que ce sale bonhomme débarrasse le plancher et qu'il emmène sa suite avec lui. Il faut absolument que la situation revienne à la normale.

Les choses peuvent-elles vraiment redevenir comme avant ? Depuis que mon regard a croisé celui de Silas Eastoffe, tout a changé. J'ai senti se produire en moi une étincelle, un bouleversement, une déflagration. Et je la sens encore alors qu'il entre dans le Grand Salon, le regard au sol, comme si un grand malheur venait de s'abattre sur lui.

Je me suis promis de ne pas me brûler. C'est une promesse que j'ai l'intention de tenir. Mais si je dois m'enflammer, je ne pourrai m'en prendre qu'à moi-même.

18

Je prends une profonde inspiration, enivrée par le parfum des fleurs à peine écloses. Quand bien même j'aurais apprécié une heure de paix et de tranquillité dans les jardins de Keresken, je me dis qu'il n'est pas désagréable d'être assise à côté de Valentina pendant que Jameson et Quinten s'exercent au tir à l'arc. Jameson m'impressionne par sa maîtrise et Quinten a encore de beaux restes : même si son dos l'empêche de bander la corde sans souffrir, je vois à sa dextérité et à sa précision qu'en son temps il a dû être un archer redoutable.

Réfugiée avec Valentina sous l'ombre projetée par les immenses parasols que tiennent les domestiques, je regarde Jameson décocher une autre flèche. Elle se plante en plein centre de la cible, ou pas loin, et il se tourne vers moi les sourcils froncés, réclamant un compliment de ma part.

— Bravo, mon seigneur !

Comme j'ai la gorge nouée, les mots ont du mal à sortir. Je ne pense qu'à une chose, au baiser que j'ai échangé avec Silas, et j'ai l'impression de jouer la comédie ce matin. J'ai peur d'être dénoncée par l'angle de mon sourire, par la lueur au fond de mes yeux. Jameson va deviner que je l'ai trahi, forcément. Et je serai incapable de me justifier, d'expliquer ce qui m'est passé par la tête sur le moment.

Je suis aussi incapable de modifier le passé. L'idéal, ce serait de l'effacer de ma mémoire, de me concentrer sur l'avenir et d'avancer sans ciller vers Jameson et vers la couronne. Avec cet objectif en tête, je me tourne vers Valentina et je m'efforce de reprendre le fil de notre conversation de la veille.

— Je voudrais vous remercier pour hier, une fois encore.

— Je n'ai pas fait grand-chose, au bout du compte. C'est vous qui avez tout orchestré, du début à la fin. Je comprends pourquoi le roi vous témoigne sa préférence.

Elle lance un regard admiratif à Jameson. On ne peut regarder Jameson qu'avec admiration.

Dans ce cas, pourquoi as-tu embrassé un autre homme ? me harcèle ma conscience.

— Je… je ne sais pas encore trop pour quelle raison il m'a choisie, dis-je en bafouillant. D'après certains, c'est parce que je le fais rire.

D'après d'autres – Etan, par exemple –, c'est parce que j'ai un joli minois.

— Et vous, Valentina, comment avez-vous rencontré le roi Quinten ?

— Oh, il n'y a pas grand-chose à raconter, répond Valentina avec une mimique désinvolte. Je vis à la cour avec mes parents depuis que je suis toute petite. Le palais est une véritable ruche et mon chemin a croisé celui de Quinten il y a quelques années. Voilà, c'est tout.

— Cela ressemble beaucoup à mon histoire. C'est incroyable, la tournure que peut prendre la vie quand on quitte sa province et qu'on s'installe au palais royal.

— C'est vrai. Le palais a longtemps été notre maison ; nous ne l'avons quitté que pour voyager. J'ai visité tous les pays du continent ou presque. Mes parents voulaient que je voie le monde.

— Je vous envie. Vous savez déjà que mon monde à moi est limité.

— Peut-être que votre roi sera plus aventureux que le mien, qu'il voudra vous présenter à toutes les têtes couronnées. Cela vous sera très utile : les voyages sont un moyen d'élargir son horizon.

Longtemps le mien a été contenu entre les collines du manoir de Varinger et la rivière Colvard, et cela m'allait très bien. Mais rencontrer des gens venus d'ailleurs m'a ouvert les yeux et j'ai très envie d'en savoir plus à leur sujet.

— Je l'espère. Et vous ? Avez-vous l'intention de retourner à l'étranger ? D'aller voir ces pays que vous n'avez pas eu le temps de visiter ?

Le sourire de Valentina s'efface.

— Mon mari se préoccupe bien davantage de son royaume, déclare-t-elle.

— Je vois.

Je ne sais pas trop ce qu'elle sous-entend mais, quel que soit le message caché, je devine qu'ils ne sortent pas beaucoup d'Isolte. La Corie, ça ne compte pas : c'est trop près.

— Mes parents me manquent, souffle-t-elle.

À cet instant elle n'est plus reine, elle est redevenue ce qu'elle est vraiment : une jeune femme qui essaie de trouver sa place dans le monde.

— J'ai gardé quelques babioles en souvenir de nos voyages… ce collier par exemple, poursuit-elle en effleurant un pendentif ovale en argent. Mon père l'a acheté à une gitane au bord de la route à Montoth. J'ai la sensation qu'elle ne l'a pas fabriqué de ses mains, si vous voyez ce que je veux dire.

J'acquiesce, en me demandant à qui ce collier a appartenu jadis.

— Une femme adorable. Beaucoup de tempérament. Mon père lui a donné plus que ce qu'elle en demandait. Il a toujours été généreux.

— J'aimerais beaucoup le rencontrer un jour.

— J'aurais voulu vous le présenter. J'aurais voulu vous présenter mes parents.

Je pousse un soupir désemparé ; je sais que je viens de gâcher l'opportunité de lancer une conversation constructive.

— Vous m'en voyez désolée.

— Moi aussi, répond-elle en posant son regard sur Quinten.

Je distingue un soupçon de colère dans sa voix mais je n'ai pas le temps de m'attarder dessus. Les soubrettes arrivent, chargées de douceurs et de friandises.

— J'ai cru comprendre que vous vous intéressiez à la gastronomie. J'ai pris la liberté de demander aux cuisines de préparer pour vous quelques spécialités coriennes.

— Vraiment ? lance Valentina, incrédule, et son visage s'éclaire.

— Oui. On ne m'a pas mal renseignée, j'espère ? Rien ne vous oblige à manger…

— Non, non ! Je suis aux anges !

Nous sommes bientôt entourées d'assiettes.

— Ça, je connais. Vous les préparez pour le Jour du Couronnement, c'est ça ?

— Oui. J'ai essayé de demander quelques spécialités régionales, d'autres associées aux fêtes. Ces tourtes que vous voyez là-bas, on les prépare pour le solstice, elles sont garnies de sirop de sucre roux.

La reine jette son dévolu sur une friandise. Je n'ai pas peur de grand-chose mais j'hésite toujours avant de goûter les plats que je ne connais pas. Elle, elle se jette dessus. Je l'admire.

— Délicieux. Et ça ?

Elle passe d'un plat à l'autre, me bombarde de questions et mange avec appétit. Lorsqu'elle sourit sans retenue, elle semble rajeunir et paraît plus heureuse. À cet instant j'ai l'aperçu fugace d'une Valentina que je n'ai pas vue dans le Grand Salon, ni durant le tournoi. C'est une vraie beauté, même lorsqu'elle semble contrariée, on ne peut pas dire le contraire. À la voir ainsi, je sens combien sa présence sur le trône est légitime.

Alors me reviennent certains commentaires des Eastoffe, qui m'ont fait comprendre que personne ou presque ne l'aime. J'imagine que ses sujets ne l'ont jamais vue sourire.

— Cela fait bien longtemps qu'on ne m'a pas fait un cadeau pareil, déclare Valentina. Merci.

— Je vous en prie. N'hésitez pas à venir me voir dès que vous avez un petit creux.

Lorsqu'elle s'esclaffe, son rire s'élève jusqu'aux arbres.

— Valentina ! s'exclame Quinten en montrant son arc, comme si elle interrompait une activité de la plus haute importance.

La joie de Valentina s'efface en une fraction de seconde, une lumière s'éteint en elle. Elle hoche sagement la tête puis elle se cache derrière une part de tarte.

— Quel tyran, marmonne-t-elle. Ma parole, s'il en avait l'énergie, il traquerait tous ceux qui sont heureux pour leur planter une flèche en plein cœur. Cela reste entre nous, bien entendu.

Je prends moi aussi une part de tarte et je m'en sers comme paravent.

— Ne vous inquiétez pas. J'ai compris combien il est important que certaines choses restent dans le domaine privé. J'ai moi-même dû faire le deuil d'une grande partie de mon intimité et je ne peux qu'imaginer ce que vous vivez. Motus et bouche cousue, promis. Par ailleurs, je pense que vous avez raison. C'est un vieux rabat-joie.

Valentina réprime un sourire.

— Dites-moi, Hollis, qu'avez-vous de prévu ce soir ?

Mon cœur cogne contre ma poitrine. La dynamique commence à s'inverser – en ma faveur.

— Jameson m'a récemment fait cadeau de dés en or, dis-je. J'essaie d'apprendre quelques jeux.

— J'en suis. J'apporterai ma bourse. On s'amuse tellement plus quand il y a de l'argent en jeu.

— Nous pouvons inviter nos dames d'atour aussi, si vous le désirez.

— Non. Rien que vous et moi.

— Si c'est ce que vous souhaitez, Votre Majesté.

— Très bien, appelez-moi Valentina à partir de maintenant. Vous avez fait assez de courbettes.

— Je pourrai recommencer plus tard, si vous vous ennuyez, en souvenir du bon vieux temps.

Un rire franchit ses lèvres. Je vois le roi Quinten râler, mais il ne se tourne pas tout de suite vers nous. Son regard glisse sur Valentina avant de se fixer sur moi, et ce regard me glace les sangs. J'ai peut-être réussi à m'attirer la sympathie de son épouse mais, à ses yeux, je ne suis rien de plus que de la vermine. Je détourne vivement la tête.

Je me rappelle que mon rôle ici est d'accompagner Valentina et, si elle passe un bon moment, j'ai rempli ma mission… mais je sais qu'une fois que je serai devenue reine, il y aura toujours un Quinten tapi quelque part dans l'ombre. Les dignitaires et les ambassadeurs se succéderont et je serai prise dans ce tourbillon. Certains essaieront d'entrer dans mes bonnes grâces, d'autres me snoberont et s'en porteront très bien.

Je relève le menton et je pense à Valentina. Dans notre cage dorée, nous devons serrer les dents.

19

Valentina se fatigue assez vite, ce qui m'arrange, car j'ai quelques affaires à régler de mon côté. Le paquet que je porte est léger ; repérant le tableau que m'a signalé lady Eastoffe, celui qui est accroché à côté de leur porte, je sais que je suis au bon endroit.

En théorie je viens voir Scarlet, mais je suis submergée par une vague de nervosité et je n'arrive pas à faire le tri dans mes émotions. Est-ce que Silas va être là ? Va-t-il essayer de me parler ? Ai-je envie qu'il me parle, d'ailleurs ?

Ce baiser a été une surprise. Non, pas une surprise : une erreur. C'est vrai, il est facile d'échanger avec Silas, facile de le comprendre. Tout ce qu'il fait, il le fait parce qu'il est généreux, gentil et affectueux, comme tous les membres de sa famille, ce qui me donne envie de me rapprocher de lui, mais aussi des autres. Et il a un charme bien à lui, avec ces yeux bleus et ce sourire angélique. Oui, Silas Eastoffe exerce sur moi un charme indéniable.

Mais il n'est pas Jameson Barclay, et son amabilité n'a aucune importance. Ce n'est pas le charme qui m'installera sur le trône, qui apportera de l'espoir au royaume. Le charme est accessoire.

Je me plante devant la porte, je prends mon courage à deux mains et je toque.

C'est Scarlet qui m'accueille. Elle ouvre en grand. J'ai un pincement au cœur.

— Lady Hollis ! Quel plaisir de vous voir !

— Pile la personne que je cherchais. J'espère que je ne te dérange pas.

— Pas du tout. Entrez, je vous en prie.

Elle me laisse passer et je mets pour la première fois les pieds chez les Eastoffe.

Je balaie la pièce du regard. Une petite cheminée, une table assez grande pour accueillir quatre personnes, avec six chaises autour. Pas grand-chose en matière de décoration, en dehors du bouquet de fleurs sur la commode placée sous la fenêtre. Deux portes qui doivent mener aux chambres. Je suis un peu triste pour Scarlet, obligée de dormir avec ses frères.

La seule chose qui sauve ce logement, c'est la fenêtre. Une baie vitrée laissant entrer des flots de lumière, comme toutes les chambres dans cette partie du palais, des plus simples aux plus luxueuses. Je me dis que la vue qu'elle offre est bien différente de celle que j'ai depuis mes appartements.

— Vous voyez ce bâtiment là-bas ? me demande Scarlet en montrant du doigt une petite construction en pierre, avec un toit en chaume et une imposante cheminée qui crache une fumée noire. C'est là que travaillent Sullivan et Silas.

— Vraiment ?

— Oui. Et si Sullivan a besoin de moi pour apporter la touche finale à un bijou, ou si Silas veut que je polisse une épée, ils mettent un mouchoir bleu à la fenêtre. Je reste toujours à l'affût.

— Tes frères sont très habiles de leurs mains. Je sais tirer l'aiguille, mais mes talents s'arrêtent là.

— Pas du tout ! proteste Scarlet. Vous êtes une excellente danseuse, et je pourrais vous écouter parler pendant des heures.

Un peu léger comme compliment.

— Mais j'admire aussi mes frères, poursuit-elle. C'est peu commun chez nous d'embrasser une carrière dans l'art, ou l'artisanat. Et ils sont très complémentaires dans leur travail.

— En quoi ?

Je scrute la lucarne de la forge – il n'y a pas de carreau –, tâchant de deviner si la silhouette qui s'y dessine est celle de Silas ou de son petit frère.

— Sullivan façonne lui aussi des pièces, mais plus petites, plus délicates. Il utilise moins de métal et, tout bien considéré, c'est moins dangereux. Il pourrait sans doute travailler dans un atelier fermé s'il le voulait.

— On dirait qu'il suit Silas comme son ombre.

— Depuis tout petit. Je pense que personne ne le comprend aussi bien que Silas. Les gens trouvent Sullivan distant, mais ils se trompent. C'est juste qu'il est timide.

— Nous sommes deux dans ce cas. Et Silas, en quoi consiste son travail ?

— C'est beaucoup plus périlleux. Il ramollit de gros morceaux de métal au contact de la flamme puis il prend son marteau et leur donne la forme souhaitée. Il s'est déjà brûlé plusieurs fois et nous avons même cru qu'il allait y perdre son bras. Par chance, nous savons comment stopper les infections et ça s'est bien fini.

— Heureusement.

Tout le monde sait qu'à Isolte la médecine a fait beaucoup plus d'avancées qu'en Corie. S'ils peuvent copier nos danses, notre musique et nos œuvres d'art, pourquoi ne pas profiter de leurs connaissances en plantes officinales et en astronomie ? J'ai le sentiment qu'ils accepteraient d'accueillir certains de nos hommes de science pour leur transmettre leur savoir. J'imagine que Jameson, comme son père avant lui, est trop orgueilleux pour suggérer ce genre de coopération.

— Il a l'air d'être très compétent.

— C'est l'un des tout meilleurs, se rengorge Scarlet.

— Eh bien, dis-je avec un sourire, sa sœur est une excellente amie à moi, et c'est aussi un excellent professeur. Je t'apporte ceci, un petit gage de ma gratitude, pour avoir accepté de m'aider.

Scarlet prend le paquet que je lui tends.

— Pour moi ?

— Oui. Et je t'informe que je suis en train de chercher mes futures dames d'atour. Je serais très heureuse que tu en fasses partie, mais il va me falloir du temps pour convaincre Delia Grace que tu as toutes les qualités requises et qu'elle doit faire preuve… d'ouverture d'esprit, disons. J'espère que cela ne te dérange pas de patienter.

— Je ne veux pas être méchante, mais j'ai du mal à associer Delia Grace et ouverture d'esprit.

Je lâche un petit rire. Scarlet n'a peut-être pas passé beaucoup de temps avec Delia Grace, mais elle a réussi à la cerner bien mieux que la plupart des courtisans. C'est une petite maligne.

— Malheureusement, poursuit-elle, je vais devoir décliner votre offre. Nous allons bientôt partir nous installer à la campagne, là où il y a de l'espace et du calme.

Je ne sais pas trop comment accueillir cette nouvelle. J'ai le cœur serré, c'est certain, mais je suis aussi soulagée. Si je ne croise pas Silas dans les couloirs du palais, ou dans le Grand Salon aux vitraux multicolores, je ne m'en porterai que mieux. Il n'y a pas de place pour d'autres surprises – ou d'autres erreurs – dans ma vie. J'en serai libérée définitivement une fois qu'il aura quitté le palais.

Je m'arrache à mes réflexions.

— Il y a de très belles terres en Corie. Je suis sûre que vous trouverez un endroit qui vous convient.

Scarlet déballe mon cadeau – une robe – et pousse un cri de ravissement.

— Hollis, qu'est-ce qu'elle est belle !

— J'ai laissé un rouleau d'étoffe en plus dans la boîte, au cas où il faudrait la rallonger. Tu es très grande.

— Je sais. Et regardez-moi ces manches !

— Je me suis dit que tu voudrais être habillée comme les autres au moment du quadrille. Ce qui me fait repenser à ces danses inoubliables avec Saul !

— Je ne l'ai pas vu sourire comme ça depuis bien longtemps. Vous nous avez fait un beau cadeau à tous.

Le ton nostalgique de Scarlet me fait monter les larmes aux yeux. Comprendrai-je un jour ce qu'ils ont enduré avant de s'exiler en Corie ?

— Je vais y aller. Je dois passer la soirée en tête à tête avec la reine Valentina, grâce aux renseignements d'une personne bien informée, dis-je avec un regard complice.

— Les bons petits plats ?

— Je lui ai fait déguster toutes les spécialités de Corie. Elle a adoré. Merci.

— De rien, lady Hollis. C'est un honneur.

Elle est toujours en admiration devant sa robe.

— Bonne journée à vous, lady Scarlet, lui dis-je.

À cet instant quelque chose change dans son regard. Comme si elle était étonnée qu'on s'adresse à elle avec le respect dû à son rang. Je ferme la porte derrière moi et je regagne mes appartements en pensant au jour où les Eastoffe se sont présentés dans le Grand Salon. À l'époque, j'ignorais ce que je sais maintenant : nos points communs sont plus nombreux que nos différences. Scarlet, Valentina, Nora… tant de choses nous rapprochent. En fin de compte nous ne sommes ennemies que dans la tête, pas dans le cœur.

20

Assise à ma coiffeuse, je joue avec mes cheveux. À la demande de Valentina j'ai congédié mes dames d'atour et, pour la première fois, je me retrouve seule dans mes nouveaux appartements. Je ferme les yeux et je savoure le silence. Le palais ne se repose jamais vraiment et c'est l'une des choses qui font que je m'y sens bien. Les bûches crépitent dans l'âtre, des talons claquent à l'étage du dessus. De l'autre côté de la fenêtre la ville, que domine le palais, est en effervescence : les sabots des chevaux martèlent les pavés, des hommes s'interpellent, des rires sont portés par l'air du soir. Quand je me concentre, j'arrive à entendre les rames frapper la surface de la rivière. Autant de bruits qui composent une partition envoûtante.

Toute ma vie j'ai pris tant de plaisir dans la danse, dans les événements mondains et dans les bals que je n'ai jamais savouré un seul instant de solitude. J'en découvre les vertus beaucoup trop tard.

J'ouvre les yeux au moment où on frappe à la porte. Je dois me charger de l'ouvrir moi-même, ce qui est nouveau aussi. Valentina est là ; tout sourire, elle agite une petite bourse en cuir.

— J'espère que vous êtes prête à perdre votre fortune, lady Hollis. J'ai acculé à la ruine plus d'un gentilhomme.

Elle entre sans attendre que je l'y invite. Cela m'agace terriblement quand ma mère se permet ce genre de libertés mais, de la part de Valentina, c'est tout naturel, et cela ajoute à son charme.

Nous nous installons à la table du salon de réception.

— Vous ne jouez plus ?

— Non. Les hommes gardent leurs distances à présent. Les femmes aussi.

Elle jette la bourse sur la table et balaie la pièce du regard, jusqu'à risquer un coup d'œil dans la chambre à coucher.

— Vos appartements sont somptueux.

— Rien d'étonnant à cela. Ce sont les appartements de la reine.

— Déjà ? fait-elle les yeux écarquillés.

J'acquiesce d'un signe de tête.

— Comme je devais vous rencontrer, Sa Majesté voulait que j'aie des toilettes, des bijoux et une chambre dignes d'une reine. J'imagine qu'il va faire sa demande sous peu.

La surprise lui fait monter le rouge aux joues.

— Il n'a pas demandé votre main ?

— Pas encore. Il tient à rester prudent. Mais il semblerait que tout le monde soit au courant de ses intentions, donc c'est une question de jours.

Tendant le bras pour se saisir des dés, Valentina ne cache même pas son amusement.

— Votre relation est des plus divertissantes. Le roi semble apprécier votre côté… libre, disons.

— Je regrette de ne pas faire l'unanimité mais, ce qui compte, c'est que Jameson m'apprécie. Et vous, pour quelle qualité le roi Quinten vous a-t-il choisie ? Vous n'en avez pas vraiment parlé tout à l'heure.

— C'est vrai, je n'en parle pas beaucoup, répond-elle les yeux dans le vague.

— Oh. Je vous demande pardon si…

— Non, non. Rares sont les personnes qui comprennent ; peut-être serait-il bon que je me confie à quelqu'un.

Valentina pousse un soupir et triture les dés sans me regarder.

— Après le décès de la reine Vera, la plupart des nobles à la cour pensaient que Quinten resterait célibataire. Il avait un héritier et aucune intention de se remarier, c'était évident. Je pense… je pense qu'il est possible qu'il l'ait vraiment aimée. La reine Vera, je veux dire. Je l'ai vu lui sourire quelques fois quand j'étais petite.

« Mon projet de vie, c'était d'épouser lord Haytham. Il m'aimait beaucoup et mes parents avaient donné leur bénédiction à notre union. Quinten, de son côté, cherchait une épouse pour son fils. Mais les rumeurs sur Hadrian et sur sa santé fragile se sont propagées très loin, bien au-delà des frontières du royaume. Les quelques jeunes filles que Quinten a approchées se sont retrouvées fiancées du jour au lendemain. L'une d'elles, Sisika Aram, était une excellente amie à moi, et je sais que ses fiançailles ont été arrangées le *jour même* où ses parents ont été convoqués par Quinten.

— Pour quelle raison ? Elles avaient l'occasion de devenir reine.

— Je me suis posé la même question à l'époque. Je sais à présent qu'elles ont eu du flair.

Elle évite toujours de me regarder et l'amertume que je perçois dans sa voix me fait penser que son mariage n'a pas grand-chose à voir avec l'amour.

— Au bout du compte Quinten s'est adressé à l'étranger, même s'il n'en avait aucune envie au départ ; il était certain de trouver une jeune femme bien née pour son fils à Isolte. Il a fini par trouver la perle rare et les noces sont programmées cet hiver.

— La neige porte chance en Isolte, c'est bien ça ?

— Nous espérons qu'un épais manteau vienne consacrer leur union.

Ici la neige ne symbolise rien, pas plus que la pluie ou le vent. Mais je vais moi aussi souhaiter qu'il neige pour les noces de Hadrian.

— Vous ne m'avez toujours rien dit sur vous et le roi Quinten.

— Ah, lance-t-elle avec un sourire sans joie. Eh bien, j'en savais moins au sujet de la famille royale que mes amies. Comme je l'ai dit, j'étais fréquemment en voyage et mon cercle était très réduit. Mais elles se sont mariées l'une après l'autre et je les ai perdues à mesure qu'elles quittaient le palais pour rejoindre leur nouveau foyer, fonder une famille – pas besoin de vous faire un dessin.

— En effet.

— Quand il est devenu clair que le roi cherchait à se remarier, j'ai fait partie des rares jeunes filles à la cour qui remplissaient toutes les conditions. L'idée de porter une couronne et l'image de cet homme respecté de tous m'ont séduite et quand mes parents ont reçu une offre très généreuse, je me suis sentie flattée.

« Ce que j'ai appris plus tard, c'est que Hadrian avait souffert d'une intense poussée de fièvre quelques semaines avant la proclamation de nos fiançailles. Il est resté inconscient trois jours entiers. Quinten a compris qu'il lui fallait un autre héritier et j'ai été choisie, mais pas pour mon esprit, ma jolie voix ou mon pedigree impeccable. Je suis jeune, en parfaite santé, et fertile. En théorie.

Voilà qui me frappe de stupeur. Valentina est peut-être une épouse délaissée.

— Ne faites pas cette tête-là, me dit-elle en regardant les dés rouler sur la table. La plupart des mariages royaux fonctionnent sur le même modèle. Si vous avez des sentiments pour votre mari, vous faites partie d'une minorité. L'essentiel, c'est de perpétuer la lignée. Et le lit d'un roi est aussi confortable qu'un autre.

— Vous me permettez de vous poser la question la plus osée qui me vienne à l'esprit ?

— Vous me plaisez, Hollis. Ne vous gênez pas.

— Qu'est-il arrivé à lord Haytham ?

— Il a quitté la cour. Il vit à la campagne actuellement, cela fait trois ans qu'il a disparu de ma vie. J'imagine qu'il s'est marié. Ce qui ne me dérangerait pas, en soi. J'aimerais simplement avoir de ses nouvelles.

Une fraction de seconde, mes pensées dérivent vers Silas. Sa famille va acquérir des terres dans une lointaine province. Il va se faire un nom grâce à son travail irréprochable. Attirer l'attention d'une jeune femme dont il va briser les a priori grâce à ses ensorcelants yeux bleus. L'épouser.

Ou pas.

Comment le saurais-je ?

— Me permettez-vous de poser à mon tour une question osée ? demande Valentina.

— Vous en avez gagné le droit.

— Vous devez me dire la vérité. Votre roi… s'est-il déjà montré cruel envers vous ?

— Cruel ? Dans quel sens ?

— Juste… cruel, répond-elle sans clarifier, avec un geste vague de la main.

Je fouille dans mes souvenirs. Désagréable, peut-être, cruel, jamais.

— Non.

À cet instant elle plaque une main sur son ventre, angoissée.

— Valentina ?

— Ce n'est rien.

— Ne me racontez pas n'importe quoi. Si quelqu'un peut comprendre votre situation, c'est moi. Dites-moi ce qui vous tracasse.

Ses lèvres se mettent à trembler et elle parle d'une voix entrecoupée :

— Mes moindres mouvements sont scrutés. Tout le monde attend que je donne un autre héritier au royaume et je sais que des rumeurs circulent. Mais ce n'est pas de ma faute ! Je suis très prudente !

— De quoi parlez-vous ? Êtes-vous enceinte ?

— Je n'en suis pas certaine. Cela fait deux mois que je n'ai pas eu mes règles, mais les symptômes… J'ai déjà fait deux fausses couches. Cette fois-ci c'est différent. Je me sens… je sens…

— Chut, je suis certaine que vous allez très bien, et le bébé aussi.

— Vous ne comprenez pas.

Elle se redresse, essuie les larmes qui baignent son visage. Elle tremble de tous ses membres. Je ne serais pas étonnée qu'elle soit victime d'une sorte de crise de nerfs parce que son chagrin cède très vite la place à la colère.

— Si vous répétez à qui que ce soit ce que je viens de vous dire, vous le paierez cher, c'est bien clair ? Si je dois choisir entre ma vie et la vôtre…

— Valentina, je serai muette comme une tombe, je vous assure. Je sais garder un secret.

Son énergie la quitte d'un coup et elle s'effondre, épuisée, sur sa chaise, les mains crispées sur le ventre, le visage hagard.

— Les femmes de la cour pensent que je me crois au-dessus d'elles, souffle-t-elle. Que je ne leur adresse pas la parole à cause de mon statut, que je les prends de haut. Mais elles se trompent. C'est Quinten. Il m'interdit tout contact avec le monde extérieur.

Je repense à ce que Scarlet m'a dit et je me demande si quelqu'un sait que Valentina n'a pas fait le choix de se couper des autres.

— J'en suis désolée. Est-ce pour cela que vous n'avez qu'une seule dame d'atour ?

Elle confirme d'un hochement de tête.

— Nous ne parlons même pas la même langue. Elle m'apporte ce dont j'ai besoin et nous arrivons à nous comprendre, mais je ne peux pas la qualifier de confidente. Je n'ai personne à qui parler, pas d'alliés, et j'ai peur.

— Peur ? Peur de quoi ?

Comment peut-elle avoir peur de quoi que ce soit ? Elle est reine, bon sang.

Je vois la terreur au fond de ses yeux. Elle se met à secouer vivement la tête.

— J'en ai trop dit. Je… n'en parlez à personne.

— Valentina, si vous êtes en danger, vous pouvez vous réfugier dans l'un de nos sanctuaires. Personne ne sera autorisé à vous en déloger.

— Peut-être ici, mais pas à Isolte. Rien ne les arrête.

— Qui ? De qui parlez-vous ?

— Ils sont redoutables. Si vous vous mettez en travers de leur chemin, ils ne vous lâcheront pas. Jamais.

— Qui ?

— Ils ont pris mes parents. Et si je ne tombe pas enceinte, ce n'est sans doute qu'une question de temps…

— Valentina, mais de quoi parlez-vous ?

Je l'attrape par les épaules. Son regard s'altère à nouveau, une expression calme et déterminée s'affiche sur son visage. Ses émotions changent si vite que j'en ai le vertige.

— Estimez-vous heureuse d'avoir une jolie petite vie, Hollis. Tout le monde n'a pas ce luxe.

Une minute… qu'essaie-t-elle de me dire ? Et qui sont ces gens qui semblent tant l'effrayer ?

Pas le temps de lui poser la question : elle se met debout, défroisse sa robe et quitte le salon de réception.

Je reste assise sur ma chaise, pétrifiée, et je me repasse mentalement la conversation. Valentina est enceinte, ou pas, et elle a déjà fait deux fausses couches. Elle est seule à Isolte. Elle a perdu ses parents de façon tragique. Et elle craint pour sa vie. Même si j'ose revenir à la charge, je ne suis pas certaine que Valentina sera capable de répondre à mes questions dans son état. Vers qui me tourner ? La réponse est toute trouvée.

C'est plus fort que moi. Il faut que j'en sache plus. Je quitte mes appartements comme une tornade et je m'élance dans les couloirs qui sont, à cette heure, déserts, et c'est tant mieux. Arrivée devant la porte des Eastoffe, j'hésite. Est-ce vraiment une bonne idée de les mêler à cela ?

L'important, c'est d'aider Valentina.

J'entends des voix étouffées derrière la porte et, à l'instant où je frappe, elles se taisent. C'est lord Eastoffe qui vient m'ouvrir.

— Tiens donc, lady Hollis. Quel bon vent vous amène ? me demande-t-il d'une voix enjouée.

Par-dessus son épaule j'aperçois son épouse, ainsi que les autres membres de la famille.

Les réactions sont mitigées. Etan, fidèle à ses habitudes, lève les yeux au ciel en me voyant, mais je suis étonnée parce qu'il n'est pas le seul à ne montrer aucun enthousiasme. Scarlet a l'air perplexe, Sullivan garde la tête baissée. Même Silas n'a pas l'air enchanté.

Je pourrais m'adresser à n'importe qui dans cette pièce. Scarlet est une fille ; peut-être qu'elle en sait plus sur Valentina que les autres. Mais il n'y a qu'une seule personne en qui j'aie une confiance aveugle.

— J'ai une question très précise à vous poser au sujet d'Isolte et je me demandais si je pouvais vous emprunter Silas quelques instants. Je vous le rends très vite, promis.

— Très certainement. Fils ?

Silas quitte sa chaise et me suit dans le couloir, le visage grave. J'ai beaucoup de mal à le regarder dans les yeux.

— Il me semble qu'il y a une porte un peu plus loin ?

— En effet. Elle conduit aux annexes.

Je le suis dehors, heureuse que la lune soit encore presque pleine ce soir, et nous empruntons le sentier au pied du palais. Au bout de quelques mètres, Silas se retourne.

— Je vous présente mes excuses.

— Pardon ?

— Pour hier soir. Je ne sais pas ce qui m'a pris et je m'en veux de vous avoir offensée.

Je rougis en me rappelant ce baiser éblouissant.

— Vous ne m'avez pas offensée.

— La vitesse à laquelle vous m'avez faussé compagnie m'a dit le contraire.

— C'est vrai que j'aurais pu avoir une réaction moins violente.

— Vous auriez pu rester, suggère Silas avec un petit sourire.

— Nous savons l'un et l'autre que c'est impossible. Je vous connais à peine et, de toute façon, je suis promise à un autre.

— Vous m'avez pourtant dit que le roi ne vous avait pas encore fait sa demande.

— C'est vrai. Il attend le bon moment mais…

— Dans ce cas, quelle promesse avez-vous à tenir ?

— J'ai travaillé tellement dur pour convaincre les gens que je suis digne de la position dans laquelle je me trouve. Je ne veux pas trébucher si près du but. J'ai trop peur des conséquences en cas d'échec. Je ne suis pas habituée à vivre dans la peur. À présent j'ai l'impression qu'elle régit tous les choix que je fais. Même celui de venir ici ce soir.

Silas se rapproche de moi. Ma respiration se bloque dans ma gorge.

— Il y a un problème ? demande-t-il d'une voix douce.

— Valentina. Elle est venue passer la soirée avec moi, au début tout se passait bien, mais nous avons commencé à parler de sa famille et du roi et soudain elle s'est mise à pleurer et à me raconter des choses qui n'avaient aucun sens.

Je prends une profonde inspiration. Je ne veux pas trahir le secret de Valentina et je dois choisir mes mots avec soin.

— Je me demandais si vous saviez ce qui est arrivé à ses parents. J'ai cru comprendre qu'ils n'étaient plus là. Elle m'a dit : « Rien ne les arrête », et elle a parlé de personnes qui semblent l'effrayer au plus haut point. Vous savez de qui il s'agit ?

Silas baisse les yeux.

— Hélas, oui. Les parents de Valentina étaient… opposés, dirons-nous, à la politique menée par le roi. Ils se sont exprimés à ce propos un peu trop bruyamment, et les Chevaliers Noirs se sont intéressés à leur cas.

— Les Chevaliers Noirs ? Qui sont-ils ?

— Nul ne le sait. Certains disent que ce sont des nobles, d'autres des bandits de grand chemin. D'autres encore sont convaincus qu'il s'agit de membres de la garde royale, mais personne n'a de certitude. Leur identité est protégée, ce qui n'est pas étonnant, car ils ne font aucun quartier quand ils prennent quelqu'un pour cible. Leurs agissements leur ont valu la haine du peuple. Je connais un homme qui a tout perdu dans un incendie déclenché par les Chevaliers Noirs et cet homme est allé se venger de celui qu'il soupçonnait de ce forfait. Il a assassiné toute sa famille.

Silas s'interrompt un instant, atterré.

— Sauf qu'il s'est trompé de cible. Lord Klume était universellement connu pour son grand cœur, même si son rang et sa proximité avec le roi pouvaient faire croire le contraire. Le roi Quinten a fait exécuter son assassin, afin de dissuader ceux qui seraient tentés de se rendre justice eux-mêmes. Nombreuses sont les personnes convaincues d'être surveillées par les Chevaliers Noirs. Et comme leur identité demeure un mystère, le climat est à la méfiance.

— Donc les parents de Valentina ont fait confiance aux mauvaises personnes ?

— C'est possible. Quand les parents de la reine ont disparu, cela en a remis certains à leur place.

— Disparu ? Pour de bon ?

— Pas tout à fait. Leurs cadavres ont été abandonnés devant les grilles du palais. Tout le monde les a vus. Moi aussi. C'était un acte… délibéré. Et Valentina… lorsqu'elle est arrivée, elle a lâché un cri presque inhumain. Je ne peux m'imaginer ce qu'elle a ressenti à ce moment-là.

— Rien d'étonnant à ce que vous ayez décidé de quitter Isolte.

— Mes parents voulaient simplement assurer notre avenir. Depuis toujours la paix semble être un rêve hors de notre portée.

Comme je les comprends. Je suis heureuse que la Corie lui offre la possibilité de vivre heureux, enfin. Mais je pense toujours à la pauvre Valentina : elle, elle n'a pas le choix, elle est prise au piège.

— À votre avis, la reine est en danger ?

— Non, répond très vite Silas. Le roi a besoin d'elle. Surtout qu'il veut un autre héritier. Vous avez vu le prince Hadrian. Ce n'est pas exagéré de dire qu'il a déjà un pied dans la tombe. Certes, il doit se marier cet hiver, mais…

— Vous avez sans doute raison. Elle m'a pourtant semblé… je n'ai pas les mots… désespérée, terrorisée, épuisée, à bout de nerfs. Tout cela à la fois.

— C'est sans doute la personne la plus solitaire que je connaisse. Les dames de la cour refusent de la côtoyer, aucun homme sain d'esprit n'oserait la regarder, ses parents sont morts. À sa place, je serais aussi perdu. Je ne suis pas convaincu de ses compétences en tant que reine, mais si elle a pu se confier à vous, tant mieux.

— Je serai toujours là pour écouter une personne qui a besoin d'attention.

— Je le sais. Et c'est ce qui vous rend unique. J'ai le sentiment qu'on peut vous faire aveuglément confiance.

— C'est pour cela qu'il m'est impossible de rester. J'ai déjà trop abusé de la confiance de Valentina. J'espère que vous aurez la gentillesse de ne pas ébruiter ses secrets.

— Je suis corps et âme à votre service, déclare Silas.

Je me mords la lèvre. Il a laissé sa main sur mon bras.

— Et il y a d'autres personnes qui comptent sur moi… Je crains de trahir leur confiance si je reste plus longtemps.

— J'aimerais malgré tout que vous restiez.

Je sens des larmes se former au coin de mes yeux, ma gorge se nouer.

— Je ne comprends pas quel est ce sentiment, pourquoi je n'arrive pas à me résoudre à rester loin de vous… mais j'y suis obligée. Il y a tellement de choses qui dépendent de mon mariage avec Jameson, pour moi, mais pour vous aussi. Il pourrait décider de chasser votre famille du royaume si vous lui déplaisiez et je ne veux pas mettre vos vies en péril. Scarlet compte trop pour moi.

— Scarlet ? Personne d'autre ? souffle Silas.

— Si. Vous. Vous aussi, vous comptez trop pour moi.

À la lueur des étoiles, je vois que ses yeux sont embués.

— Et tout ce qui pourrait vous faire souffrir me briserait le cœur, répond-il. Nous sommes perdants quoi qu'il arrive.

— Je suis persuadée que nous finirons par trouver le bonheur, mais il faut nous montrer patients. Nous accrocher aux lueurs d'espoir, à ces lumières tremblotantes. Tôt ou tard le soleil va se lever. Il suffit d'attendre.

— Vous êtes mon soleil, Hollis.

Dans la bouche de Silas, le mot « soleil » ne sonne pas comme dans celle de Jameson, qui l'a pourtant prononcé des dizaines de fois. Le soleil de Jameson est aveuglant, lointain, implacable. Être le soleil de Silas, cela me donne une raison de me lever le matin.

— Je m'engage à ne plus vous imposer ma présence, déclare-t-il. Je ne chercherai pas votre compagnie, je ne vous adresserai plus la parole. Et je suis à peu près certain que vous n'aurez plus besoin de bijoux fabriqués dans l'urgence.

— Très bien. Cela m'aidera grandement. Avant de me taire à tout jamais… me permettez-vous de vous embrasser une dernière fois ?

Je me jette sur lui sans même attendre sa réponse.

Embrasser Silas, c'est quelque chose qui m'est aussi naturel que respirer, ou danser au rythme d'une mélodie. Il plonge les mains dans mes cheveux et me tient serrée contre lui, comme gagné par la fièvre, car il sait que c'est la dernière fois que nous serons seuls. Agrippée à sa blouse je m'enivre de son odeur, celle de la forge et des braises mourantes.

Trop vite, il se détache de moi et déclare :

— À présent, je dois retourner auprès des miens.

— Au revoir, Silas Eastoffe.

— Au revoir, Hollis Brite.

Reculant d'un pas, il exécute une profonde révérence. Je pivote sur mes talons et je m'en vais, au prix d'un effort surhumain.

21

Delia Grace me réveille en douceur.

— Hollis, chuchote-t-elle.

— Mouuuiii ?

— Un message pour toi.

J'ouvre un œil. Delia Grace se tient au-dessus de moi, visiblement alarmée.

— Oh là là, tu as les yeux tout rouges, s'inquiète-t-elle. Tu as pleuré ? Soudain, tout me revient. Tout ce qui s'est passé la veille.

Hier soir il m'a fallu un temps fou pour faire taire les pensées qui se bousculaient sous mon crâne, plus longtemps encore pour calmer les battements de mon cœur. L'épuisement a fini par me gagner. Je ne sais pas combien d'heures j'ai dormi. Pas beaucoup, c'est certain.

— Non, rassure-toi. J'ai dû me gratter les paupières.

Delia Grace s'assied au bord du lit et m'attrape par le menton pour m'examiner. Je n'aime pas ça : j'ai toujours l'impression qu'elle arrive à décrypter mes pensées les plus intimes.

— Je vais aller te chercher une serviette imbibée d'eau fraîche et tu vas te tamponner les yeux avec. Tu ne peux pas te présenter devant le roi et la reine dans cet état.

— Quoi ?!

— Désolée. C'est ça, le message que j'ai à te transmettre : le roi Jameson exige que tu assistes ce matin à une réunion avec Quinten et Valentina.

— Il exige que j'y assiste ?

Stupéfaction. Je pense immédiatement qu'on nous a dénoncés, Silas et moi, même si j'ai été très prudente, et que tout est fini. Non, il y a autre chose, forcément.

— La robe noire, Delia Grace. Celle avec le motif rouge au niveau des manches.

— Excellent choix. Une allure beaucoup plus sérieuse. Et je crois que nous avons un diadème assorti. Tiens, allonge-toi et mets ça sur tes yeux, ajoute-t-elle en m'apportant la serviette humide. J'arrive avec tes affaires.

— Qu'est-ce que je ferais sans toi ?

— Nous en avons déjà parlé, Hollis. Tu te noierais.

J'applique la serviette et, miraculeusement, mes paupières dégonflent. Une fois que je serai pomponnée, personne ne remarquera rien. Je n'ai pas grand-chose à faire à part attendre qu'on m'habille et qu'on me coiffe. Lorsqu'il est l'heure de me rendre à la réunion, Nora et Delia Grace me suivent fidèlement. Je dois reconnaître que je me sens mieux quand elles sont à mes côtés. Ma garde rapprochée.

Des gens musardent dans les couloirs et dans le Grand Salon. Je me dirige sans la moindre hésitation vers les gardes qui surveillent l'entrée des appartements royaux.

— Sa Majesté m'a convoquée.

— Oui, ma lady. Sa Majesté vous attend.

Un garde me tient la porte mais il empêche Nora et Delia Grace d'entrer.

— C'est une réunion strictement privée, mesdemoiselles, assène-t-il et je me retrouve séparée de mes amies par l'imposante porte en bois.

Je prends une profonde inspiration et mon regard se pose sur Jameson et sur le roi Quinten, tous deux assis à un bureau ; devant eux sont étalés plusieurs documents. D'autres personnes se tiennent adossées au mur, des ecclésiastiques et des membres du Conseil, tous plongés dans des ouvrages de loi et des parchemins. Parmi eux je m'étonne de trouver mes parents, qui ne sont pas venus aux nouvelles depuis un certain temps. Toujours aussi hautains.

Jameson quitte sa chaise pour m'accueillir les bras grands ouverts.

— Mon cœur ! Comment vous portez-vous aujourd'hui ?

— Fort bien. J'ai l'impression de ne vous avoir vu qu'en coup de vent ces derniers jours. Être simplement en votre présence m'apporte une joie infinie.

Il y a encore peu de temps il m'était facile de flatter Jameson, de trouver les mots qui sauraient l'amadouer. Maintenant j'ai l'impression que chaque compliment me brûle la langue.

Il sourit, me caresse la joue.

— Je plaide coupable. Je vous ai honteusement négligée mais je vous promets de me racheter après le départ de nos invités. Venez, asseyez-vous près de moi.

Je m'installe docilement sur la chaise qu'il me montre. Difficile de me sentir à l'aise avec les regards désapprobateurs que me lance Quinten.

— La vôtre est ponctuelle, au moins, marmonne-t-il.

L'instant d'après Valentina arrive. La main toujours posée sur le ventre.

— Veuillez me pardonner, dit-elle d'une voix sereine. J'ai été… indisposée.

Cette excuse semble satisfaire Quinten, qui reporte son attention sur Jameson.

— Rappelez-moi donc la date de votre mariage ?

— Je n'en ai pas parlé, répond Jameson avec un sourire. Il reste encore certains détails à régler. Mais je vous tiendrai au courant bien assez tôt.

— Et vous êtes certain qu'elle est de bonne lignée ?

J'essaie de ne rien trahir. Je n'aime pas qu'on parle de moi comme si j'étais une pouliche – ou comme si je n'étais pas présente.

Jameson se redresse sur sa chaise.

— Vous avez des problèmes de vue ? Vous n'avez qu'à la regarder.

Sans se démonter, Quinten montre mes parents d'un signe de tête.

— Ils n'ont pas dit qu'elle est enfant unique ? Et si elle était stérile ? Ou qu'elle ne vous donnait qu'un seul héritier ?

Jameson devient peu à peu écarlate, ce qui n'annonce rien de bon. Je pose ma main sur son épaule et je m'adresse directement à Quinten.

— Votre Majesté, vous savez mieux que quiconque qu'un homme qui n'a qu'un seul enfant n'est pas diminué pour autant. Il est simplement… concentré sur un seul et unique héritier.

Jameson me lance un regard moqueur. Personne ne pourrait qualifier Hadrian de grande réussite, mais ne manque-t-il pas de culot, ce vieillard, à s'en prendre à des enfants qui n'ont pas encore été conçus quand le sien est une petite chose maladive ?

Le regard de Quinten est froid, manifestement hostile.

— Personne ne vous a demandé votre avis.

Jameson vole à mon secours.

— L'opinion de lady Hollis a pour moi une immense valeur. Sa joie de vivre et sa curiosité naturelle font partie de ses qualités les plus précieuses.

Quinten lève les yeux au ciel. Intérieurement je remercie Jameson d'avoir eu l'élégance de mentir sur l'importance qu'il accorde à mon point de vue.

— Sa réponse devrait suffire à prouver qu'elle est en pleine santé, sur le plan mental comme sur le plan physique.

Jameson parle d'une voix tellement vibrante qu'il est facile de voir ce qui a pu me séduire chez lui. J'espère que sa passion aura le pouvoir de me faire oublier Silas.

— Je suis certain, enchaîne-t-il, que Hollis donnera un héritier de tout premier plan à la Corie, ainsi qu'une demi-douzaine de princes et de princesses.

Je détourne le regard. Non seulement on m'insulte, mais on attaque mon intimité. Et pourquoi passent-ils leur temps à débattre de ma capacité à donner un héritier à la couronne ?

Quinten me toise comme si j'étais une génisse de concours.

— Et vous êtes certain de ne pas changer d'avis ? aboie-t-il, comme s'il espérait que Jameson ait une bonne amie cachée quelque part dans l'aile nord.

Jameson me jette un regard débordant d'adoration. Je me sens coupable de penser cela mais, au fond de moi, j'aimerais qu'il ait une maîtresse.

— Mon affection pour Hollis est ferme et irrévocable. Si vous voulez que je signe ce traité, sachez qu'elle couchera sa signature à côté de la mienne.

Mon malaise grandit. Il m'a installée dans les appartements de la reine, il m'a autorisée à porter des joyaux réservés aux membres de la famille royale et le voilà prêt à ajouter mon nom au sien sur un document d'État.

Un ecclésiastique lève la main et Jameson l'invite à prendre la parole.

— Votre Majesté, vos intentions sont très claires mais la loi l'est aussi. Le paraphe de lady Hollis ne peut apparaître au bas d'un document officiel avant que les noces soient célébrées.

— C'est ridicule, proteste Jameson. Nous ne sommes pas mariés, mais c'est tout comme.

Ne fais pas l'étonnée, me dis-je. Quand même… c'est la première fois qu'il le dit sur ce ton-là. Comme si notre union était une affaire entendue.

J'attends que la voix de ma conscience me dise que j'ai tort, qu'il existe encore un moyen de combler les attentes de mes parents, d'offrir à Delia Grace une position où elle sera enviée de tous, de mettre les Eastoffe à l'abri et de rester le loyal sujet de Jameson sans épousailles et sans couronne. Mais aujourd'hui, ma conscience a décidé de se taire.

— Vos ancêtres avaient à l'esprit la pérennité du royaume, insiste le saint homme, mais si nous voulons modifier la procédure de validation des traités, les textes stipulent que nous devons attendre le prochain concile, qui se tiendra au début de l'automne. Pour l'instant il va falloir se plier à la loi. Car en enfreindre une…

— C'est les enfreindre toutes, récite Jameson.

Un adage que j'ai appris moi aussi, toute petite, et qui explique pourquoi chaque Corien étudie et respecte à la lettre ce qu'ont édicté les générations précédentes.

— Si la loi dit d'attendre, nous attendrons, conclut-il.

— Fort bien, répond Quinten et, pour la première fois, je distingue de la déférence dans sa voix.

Enfin un point sur lequel nous tombons tous d'accord : la loi, c'est la loi. Isolte a un système législatif très strict – même si j'avoue ma totale ignorance sur le sujet.

— Couchons notre nom sur ce document pour sceller le pacte, propose-t-il à Jameson. Une fois que Hadrian sera marié, lui et son épouse feront de même et nous ajouterons un amendement pour vous et votre nouvelle reine l'année prochaine à la même date.

Jameson opine avec enthousiasme. Je fronce les sourcils. Qu'est-ce que le prince Hadrian vient faire dans cette histoire ?

— Excellent. Et comme votre lignée est concernée au premier chef, rapportez ce document avec vous. C'est nous qui ferons le déplacement jusqu'à Isolte l'année prochaine pour le signer. Bon, récapitulons, propose-t-il en s'adressant directement à Quinten. Notre fille aînée ira au premier-né du prince Hadrian, sous condition que nous ayons aussi un fils, un héritier de sexe masculin. Mais, si nous n'avons que des filles, comme en Corie les filles ne sont pas exclues de la succession, c'est notre seconde fille qui l'épousera. Ces dispositions vous agréent-elles ?

Je sens le sol se dérober sous mes pieds. Il distribue nos enfants à venir à qui veut les prendre ? Il les livre à Isolte ? Je m'agrippe à mes accoudoirs. Le roi Quinten grimace, comme s'il pouvait se payer le luxe de marchander, comme si prendre ma future fille ne lui suffisait pas. Il finit par se saisir d'une plume.

Valentina et moi assistons sans rien dire à la signature du contrat et je prends conscience que, même si mon nom n'apparaît pas au bas du document, je suis désormais liée à Quinten, son épouse et son fils, ma nouvelle famille.

En se réservant notre fille, c'est comme s'il m'arrachait une partie de moi.

Les applaudissements crépitent, Jameson et Quinten échangent une poignée de main et je m'approche de Valentina pour la prendre dans mes bras et chuchoter au creux de son oreille :

— Vous étiez au courant ?

— Non, répond-elle. Je vous aurais mise en garde. J'espère que vous me faites assez confiance pour me croire.

— Bien sûr. Vous êtes la seule à comprendre ce que je ressens.

Elle me prend par la main et m'entraîne dans un coin.

— À propos d'hier soir, murmure-t-elle sans reprendre son souffle, je n'étais pas dans mon état normal. Parfois, quand vous êtes enceinte, votre esprit fait des choses étranges et je…

— Vous n'avez pas à vous justifier.

— Au contraire. J'ai parlé à tort et à travers et je vous demande de n'accorder aucun poids à ce que j'ai dit. Par ailleurs, ajoute-t-elle en se passant les mains sur le ventre, j'ai été malade ce matin. Ce qui explique mon retard. C'est de très bon augure.

— Félicitations… Mais êtes-vous certaine qu'on ne vous fera aucun mal ?

Elle me rassure d'un hochement de tête.

— À présent, oui.

— Promettez-moi de m'écrire. Je vais avoir besoin de conseils. Sur la façon d'accepter que mes enfants soient réduits à des pions sur un échiquier…, dis-je, au bord des larmes.

— Je sais. Imaginez la pression sur mes épaules. Je vous écrirai dès que j'en aurai la possibilité... même si je vais devoir rester vague, parfois. Je crois que ma correspondance est lue par d'autres yeux.

— Je comprends.

— Prenez soin de vous, Hollis. Arrangez-vous pour que votre roi garde le sourire et tout se passera bien.

Elle m'embrasse sur la joue.

— Il faut que j'aille superviser les préparatifs du départ. Et me reposer, ajoute-t-elle.

— Adieu, Votre Majesté, dis-je avec une révérence.

— Écrivez-moi en premier, insiste-t-elle, cela me fournira un prétexte pour vous répondre.

Et elle s'en va, accompagnée de Quinten qui me jette un regard méprisant avant de passer la porte.

Jameson s'approche en se frottant les mains. Il a la mine de quelqu'un qui vient de donner le coup de grâce lors d'un duel. Je lui adresse ce que j'espère être mon plus beau sourire.

— Jamais mon père n'aurait réussi à obtenir cet accord, déclare-t-il avec un éclat de rire, et je vous félicite d'avoir pris la parole au moment opportun. Vous m'avez épargné la pénible tâche de devoir gifler un vieil homme.

— C’est un round que vous auriez remporté haut la main, dis-je, et Jameson s’esclaffe à nouveau.

Autrefois, je considérais son rire comme la plus belle des récompenses ; désormais, c’est un bruit qui m’irrite les tympans.

— J’ai du mal à comprendre pourquoi il tient tant à assurer un avenir à la progéniture du prince Hadrian et pas à l’enfant que porte Valentina.

— Les décisions de ce barbon resteront à jamais une énigme. Ce qui m’étonne également, c’est qu’il soit à l’initiative de cet accord, ajoute Jameson en me prenant par le bras pour me conduire au Grand Salon.

— Comment cela ?

— La plupart des Isoltiens préfèrent se marier entre Isoltiens et la lignée royale est pure de tout apport extérieur depuis ses origines. S’il veut qu’une princesse étrangère s’unisse à son petit-fils, il doit avoir une raison très sérieuse.

— Intéressant. Et, d’après ce que m’a confié Valentina, Hadrian va lui aussi épouser une princesse étrangère.

Au bout du compte, je dois le reconnaître, je suis totalement indifférente à ces histoires de dynasties et de mariages.

J'adresse à Jameson un sourire qui camoufle mon chagrin.

— Quoi qu'il en soit, la prochaine fois que vous avez l'intention de vendre nos enfants au royaume voisin, pourrez-vous m'en informer au préalable ?

— Oh, Hollis, ce ne sont pas nos enfants. Ce sont les miens.

— Pardon ?

— Les enfants que nous mettrons au monde seront des flèches dans mon carquois et je les planterai où bon me semble, pour la gloire de la Corie.

Il m'embrasse sur la joue à l'instant où les portes s'ouvrent. Je rejoins mes dames d'atour. Delia Grace voit l'horreur inscrite sur mon visage tandis que Nora me prend la main. Afin de sauver les apparences, je salue de la tête les courtisans sur mon passage. Et je m'en sors plutôt bien, jusqu'au moment où j'aperçois les Eastoffe.

Ils sont avec les Northcott, peut-être que les deux familles se disent au revoir, et une fraction de seconde je suis soulagée qu'Etan ne s'éternise pas en Corie. À cet instant mon regard croise celui de Silas et mon imagination me projette dans l'avenir, un avenir impossible où nos enfants auraient eu ses yeux bleus et ma peau mate. Ces enfants-là… ils auraient été à moi…

Je quitte précipitamment le Grand Salon pour ne pas éclater en sanglots devant tout le monde.

22

Après le départ de Quinten et de sa suite, je me surprends à scruter chaque enfant que je croise et à me poser des questions sur sa famille, sur son avenir. Cela devient une manie.

Chose curieuse, ce sont toujours les garçons qui restent collés à leurs parents, la mine inquiète ou le dos très droit, presque au garde-à-vous. Les petites filles ont plutôt tendance à se trouver des amies de leur âge, à s'amuser en bande et à vivre tout un tas d'aventures palpitantes – comme Delia Grace et moi, à l'époque. Le quotidien à la cour – virevolter dans la salle de bal ou faire étalage de nos toilettes dans les salons les jours sacrés – était pour nous une merveilleuse aventure. Et elles me faisaient pitié, ces jeunes campagnardes qui travaillaient la terre, une terre dont nos familles étaient propriétaires, et qui n'auraient jamais de robes en satin, qui ne connaîtraient jamais l'ivresse de la danse. Après mon installation dans les appartements de la reine, le premier choc passé, je me suis sentie intouchable, comme si l'amour du roi montrait que ceux qui ne m'avaient jamais prise au sérieux s'étaient trompés sur mon compte.

Tout ce dont rêvent les jeunes filles, je l'ai.

Et pourtant, quand Jameson glissera un anneau à mon doigt et placera une couronne sur ma tête, je sais que j'aurai l'impression d'avoir tout perdu.

— Ma lady ? Vous semblez soucieuse, fait remarquer une voix inquiète.

Lord Eastoffe est en train de traverser le couloir avec les membres de son clan. Je me rends compte que je me suis arrêtée pour regarder un père montrer une sculpture à son fils. Je secoue la tête, rouge de honte, et je m'écarte pour les laisser passer. Surtout, ne pas regarder Silas. Je décide de répondre à lord Eastoffe par un mensonge :

— J'imagine qu'après l'effervescence de ces derniers jours l'énergie retombe.

— C'est une sensation que j'ai éprouvée plus d'une fois quand j'étais jeune, concède-t-il avec un regard entendu vers sa femme.

Lady Eastoffe pose sur moi ses yeux bienveillants. Quelque chose en elle me donne envie de me précipiter dans ses bras. Elle a fui son pays, sans doute pour le bien de ses enfants. Si je lui disais que les miens vont être utilisés comme des pions sur l'échiquier géopolitique, elle comprendrait ma douleur.

— Ne vous tracassez pas autant, lady Hollis, me dit-elle. Le Jour du Couronnement approche, n'est-ce pas ? Scarlet est impatiente de se mettre à la danse. Tout n'est pas gris et triste.

J'affiche un sourire contraint :

— Merci pour ces paroles encourageantes. Le Jour du Couronnement ne s'improvise pas. Scarlet, j'enverrai te chercher très bientôt. Je pense que danser nous fera le plus grand bien.

Entre le regard de Scarlet, à qui rien n'échappe, le sourire inquiet de lady Eastoffe et la mine penaude de Silas qui m'évite de son mieux, la moitié de la famille Eastoffe a manifestement compris que mon moral est au plus bas et que c'est un sujet qu'il vaut mieux ne pas aborder.

— Je suis à votre disposition, me répond Scarlet avec une petite révérence.

Je la remercie d'un hochement de tête et je repars vaquer à mes occupations. Arrivée au milieu du couloir, je fais volte-face.

Silas me regarde.

Il m'adresse un petit sourire, je lui retourne la politesse. Et nos chemins se séparent.

Chère Valentina,

Vous n'êtes partie que depuis quelques jours et votre compagnie me manque déjà. J'ai encore beaucoup de mal à me remettre de cette histoire de traité. Elle m'a ouvert les yeux sur la vérité de ma situation. L'amour m'a sans doute rapprochée de Jameson, mais cette vie ne sera pas aussi facile que je l'espérais au départ. Après les conversations que nous avons eues, j'imagine que vous n'avez reçu aucun conseil sur la meilleure façon de régner. Auriez-vous la gentillesse de me faire des recommandations, si vous en avez ? Depuis votre départ, j'ai l'impression de sombrer.

— Qu'est-ce que tu écris ? m'interroge Delia Grace alors qu'elle passe à côté du secrétaire.

Aucun respect pour ma vie privée. Je roule la feuille de papier en boule.

— Rien.

Je ne peux pas envoyer ça à Valentina. Je sais qu'elle comprendrait, mais il faut que je trouve un moyen de ne pas donner l'impression de ramper à ses pieds.

— Est-ce que tout va bien ? Tu es aussi pâle qu'une Isoltienne.

Delia Grace sourit de sa propre plaisanterie.

— Un peu fatiguée. Peut-être que la fatigue de ces derniers jours me rattrape.

— Tu peux mentir aux autres, Hollis, mais pas à moi.

Je regarde mon amie. Elle se tient à côté de moi, le sourcil haussé, une main sur la hanche.

— C'est juste que… je pensais que j'allais m'amuser en devenant reine. Passer de bons moments. Et au contraire, j'ai l'impression que cela me ronge de l'intérieur. En fin de compte, la couronne ne m'intéresse pas.

— Il va falloir que tu trouves un moyen de t'y faire. Tu n'as pas à te plaindre, contrairement à beaucoup de gens. Tu ne vas pas te marier avec un homme que tu n'as jamais vu, contrainte et forcée par des parents qui t'expédient à l'étranger, et tu n'as pas douze ans non plus, alors secoue-toi !

Je pousse un soupir. Je sais que ma vie sentimentale est enviable par rapport à la majorité, mais cela ne rend pas mon chagrin moins réel.

Je m'amuse avec les dés en or qui sont restés sur la table.

— Tu compatis donc avec Valentina ?

Delia Grace éclate d'un rire sans joie.

— Pas toi ? Avec ce vieux fossile pour mari ?

— C'est la seule chose qui la rende digne de pitié à tes yeux ? Tu n'as pas vu à quel point elle est seule ? Triste ? Jameson m'aime et il me traitera mieux que Quinten la traite, mais il y a une quantité de petites choses auxquelles je n'ai pas réfléchi avant… Et si, en vieillissant, son amour s'éteignait et que je me réveillais un matin avec la sensation que je n'ai jamais connu la liberté ? Comme si j'étais un joyau conservé dans une pièce sans fenêtre qu'on ne sort que pour impressionner les gens et qui, au fond, ne sert à rien ?

Au bout d'un long silence, je me retourne et je ne trouve qu'un regard hostile.

— Ne fais pas ça, gronde Delia Grace. Si tu échoues, tu m'entraînes avec toi. Je ne le tolérerai pas, Hollis. Pas question.

— Tu échangerais mon bonheur contre une bonne situation, ou un mariage sans amour avec un lord de haut rang, pour faire taire les commérages ?

— Oui ! C'est épuisant ! Toute ma vie les gens ont parlé dans mon dos. Quand ils ne se permettaient pas de m'insulter en face. Maintenant je suis la dame d'atour de la future reine et, enfin, on me doit le respect. C'est une chance que tu laisserais passer à ma place ?

— Et si la vie avait mieux à nous proposer ?

— Mieux qu'un roi ? Hollis, tu divagues ! Et si tu ne vas pas jusqu'au bout, je suis fichue.

Elle s'interrompt quelques secondes, puis elle souffle :

— Mais que t'arrive-t-il ? Qu'est-ce qui te fait penser… Il y a quelqu'un d'autre ?

— Non, non. C'est la perspective de… de perdre mon identité. J'ai bien conscience des bénéfices qu'apporte la couronne. Mais l'anonymat aussi a ses avantages. D'abord il y a eu les lords et leurs innombrables doléances. Ensuite, la visite officielle. Et maintenant… Jameson a signé un traité avec Quinten pour donner notre première fille au fils de Hadrian, dis-je la gorge nouée. En fait, il a le droit de m'enlever tous mes enfants. De les donner à n'importe qui. À des gens qui s'en moquent totalement.

Delia Grace prend une profonde inspiration et me laisse le temps de me calmer.

— Chaque défi pris individuellement, je peux m'en sortir, mais les enchaîner ? J'ai peur que ce soit au-dessus de mes forces.

— Je devrais être à ta place, grommelle mon amie.

— Quoi ?

Elle me domine de toute sa hauteur, le regard noir.

— Je devrais être à ta place !

— De quoi parles-tu ?

Elle s'éloigne et se promène dans les appartements comme si elle en était la locataire en titre. Je me mets debout et je la suis. Elle pivote sur ses talons, braque sur moi des yeux embrasés de fureur.

— Si tu t'étais intéressée à autre chose qu'à ton nombril, tu aurais remarqué que j'observais très attentivement Jameson depuis quelque temps. J'ai vu qu'il commençait à se lasser de Hannah, qu'il allait bientôt passer à une autre. Ces leçons que tu as reçues en urgence avant la visite de Quinten ? Je savais déjà tout sur le bout des doigts. Il y a dans ce palais une bibliothèque avec des centaines de livres qui parlent de l'histoire de la Corie, de ses relations avec Isolte, du Haut-Marais, du Catal. Tu es trop fainéante pour ne serait-ce qu'y risquer un orteil. Tu savais que je parle quatre langues ?

— Quatre ?... Mais quand est-ce que tu...

— J'ai mis mon temps à profit pendant que tu te dandinais avec les autres écervelées de la cour et que tu te chamaillais avec tes parents. Tu n'avais qu'à faire un petit effort et, même cela, c'était trop te demander. Moi, je me suis perfectionnée dans tous les domaines. Tu n'as même pas le physique d'une vraie Corienne, finit-elle par me cracher à la figure.

— Pardon ?

— On ne parle que de ça à la cour, de tes cheveux couleur de blé. Tu as du sang isoltien dans les veines, c'est certain. Ou bannirien. C'est en partie pour cela que les lords ne veulent pas de toi. Si le roi épouse une Corienne, elle doit ressembler à une Corienne, et s'il épouse une étrangère, il faut qu'elle apporte quelque chose à la couronne.

Sa méchanceté me fait monter les larmes aux yeux.

— Eh bien, tu n'y peux pas grand-chose. C'est le destin qui m'a fait tomber dans les bras de Jameson.

— Erreur, c'est moi qui ai mal calculé mon coup. Je t'ai lâchée exprès ce soir-là, Hollis.

— Non… Toutes les deux…

— J'essayais de te faire tomber par terre, pour venir à ta rescousse. J'ai vu le roi arriver derrière toi et j'ai eu l'idée d'arranger une rencontre mémorable qui permettrait de me distinguer des hordes d'admiratrices qui lui tournaient autour. Je pensais que si j'arrivais à attirer son attention, il finirait par me voir. Mais j'ai lâché au mauvais moment, je suis tombée, et c'est toi qu'il a rattrapée. Je me suis définitivement effacée de ses pensées par ma propre maladresse.

Il y a dans sa voix une amertume qui me blesse comme un poignard.

Elle porte la main à sa bouche, bouleversée. Moi, la stupeur me rend muette. Je savais qu'elle avait ses propres projets, mais j'ignorais qu'elle était ambitieuse à ce point. Et j'étais très loin de me douter qu'elle avait l'intention de me rayer des tablettes. Alors, mon regard croise le sien. Au fond de ses yeux, de la tristesse, du désespoir. Elle s'est radoucie. Et je me surprends à éprouver de la pitié pour elle, pas de la colère.

— Pourquoi ne m'as-tu rien dit ? Tu es si intelligente que nous aurions pu mettre une stratégie au point ensemble.

— Je pensais avoir ma chance une fois qu'il se serait lassé de toi, comme de celles qui t'ont précédée. Mais, aux regards qu'il te lançait… j'ai bien vu qu'il se passait quelque chose entre vous.

Tu es mon amie la plus proche… quand tout le monde me traitait de bâtarde tu as tourné le dos aux rumeurs et tu es restée à mes côtés. Je ne pouvais pas te faire un sale coup. Je me suis dit qu'en t'aidant ce serait un peu ma victoire aussi. C'est pour cela que j'ai insisté pour devenir ta dame d'atour ; c'est ma seule chance de m'élever avec toi. Mais toi, accéder au trône ne t'intéresse même pas. Et rester dans ton ombre, c'est plus difficile que je ne le pensais.

— Je n'ai jamais eu l'intention d'être remarquée par Jameson, dis-je avec sincérité.

Je comprends mieux pourquoi elle était tellement à cran ces dernières semaines. Je m'approche d'elle et je lui prends la main.

— Et tu n'es pas une simple domestique pour moi. Tu es mon amie depuis toujours, la plus fidèle. Tu me connais mieux que personne et je te confie tous mes secrets.

— Pas tous.

Une fois encore, son regard fouille le mien.

— Je sais que tu me caches quelque chose, me dit-elle, et je n'arrive pas à comprendre pourquoi, subitement, tu te détournes de l'objectif que toutes les ladies de la cour ont en ligne de mire.

— À ma place, tu comprendrais. C'est terrifiant de découvrir que la liberté n'est pas ce que tu croyais. L'amour non plus.

Lorsqu'elle me répond, c'est sur un ton que je n'arrive pas à définir. Elle oscille entre compassion et colère, sans jamais trancher.

— Mais le jeu n'en vaut-il pas la chandelle ? Tu préférerais être la risée des courtisans ? Si tu quittes Jameson tu vas signer ma perte et, pire, tu vas le détruire.

Je détourne mon regard, pesant ses arguments, consciente qu'il n'y a pas d'issue heureuse. Soit j'obtiens ce que je veux, soit ce sont les autres qui voient leurs souhaits exaucés…

— Tu hésites vraiment… ? s'étonne Delia Grace.

Secouant la tête, elle s'apprête à partir.

— Attends.

Elle se retourne, agacée. Je sais me faire obéir. Au crédit de Jameson, il choisit des filles qui ont de l'autorité.

— Bien sûr que je vais épouser Jameson. Cela fait bien longtemps que la décision a été prise, sans me consulter d'ailleurs. Donc, s'il a jeté son dévolu sur moi, tu dois avoir un plan B en tête. Comme toujours. Donne-moi son nom.

— Pardon ?

— Avec qui veux-tu te marier ?

— Avec Alistair Farrow. Une grosse fortune, un nom respecté, mais pas assez influent pour être en position de refuser ma main si tu devais arranger notre union.

— Est-ce que tu l'aimes ?

— Ne sois pas naïve, Hollis. L'amour est un dessert et je ne suis pas invitée au banquet.

— Dans ce cas, c'est une affaire réglée.

Je défroisse ma robe, qui n'en a pas besoin, et je retourne au secrétaire et à ma correspondance. Delia Grace se tient plantée là, abasourdie.

— Hollis ? Et Jameson ? Est-ce que tu l'aimes ?

— D'une certaine façon. J'aime le rendre heureux. Et même si mes parents sont déçus, je les aime. Et même si tu es en colère contre moi, je t'aime aussi. Malgré tout ce qui s'est passé, je t'aime.

Une vague de souvenirs nous submerge. Plus que quiconque Delia Grace m'a soutenue et épaulée ces dix dernières années. Elle occupe une place à part dans mon cœur.

— Il est l'heure de tourner la page. Et quand Jameson me demandera en mariage, je l'épouserai. Par amour.

23

Un peu plus tard dans l'après-midi, Nora entre comme une tornade dans ma chambre.

— Le Jour du Couronnement, s'exclame-t-elle. Il va demander votre main le Jour du Couronnement, après la cérémonie.

— Vous en êtes certaine ?

Elle confirme d'un hochement de tête.

— La femme de lord Warrington dit que son mari s'arrache les cheveux à cause de ça. Elle compte parmi vos soutiens, mais lord Warrington est en faveur d'une alliance avec un royaume étranger.

Delia Grace prend la parole :

— Eh bien, il est minoritaire à l'heure actuelle. Depuis son petit numéro avec Valentina, tout le monde a commencé à prendre le parti de Hollis.

Il y a une pointe de tristesse dans sa voix mais son amertume est passée. Nous avons crevé l'abcès, tout est beaucoup plus simple entre nous.

— Plus vite le roi fera sa demande, mieux ce sera. Une fois que tu seras sur le trône personne de sensé ne s'opposera à toi, me dit-elle en ponctuant sa phrase d'un petit sourire.

— Félicitations ! lance Nora en m'attrapant par les mains.

— Merci beaucoup, mais sans doute ferions-nous mieux d'attendre l'alliance.

Elle éclate de rire, pousse un soupir et me lâche les mains.

— Cela nous laisse deux jours. Il va falloir penser à la chorégraphie, aux finitions de votre robe… je me demande si le roi va vous faire livrer d'autres bijoux.

Je me tourne vers le miroir tandis que Nora dresse la liste de ce qui nous attend et je laisse Delia Grace me brosser les cheveux. Nous sommes toutes les deux démotivées.

— Et un, deux, trois, on tourne ! lance Delia Grace.

Accaparées par la visite de Quinten, nous n'avons pas eu le temps de préparer le Jour du Couronnement avec le même sérieux qu'autrefois. Au bout du compte notre chorégraphie se résume à des mouvements empruntés à d'autres danseuses que nous arrangeons différemment ; personne, pas même Delia Grace, ne peut lutter contre le temps. Nous pouvons en être fières malgré tout et nous sommes parfaitement synchronisées. Scarlet tournoie au son du violon.

— Est-ce que tu passes un bon moment ?

Son sourire est éloquent.

— Oui. La maison me manque. La nourriture, le parfum de l'air. Mais ce que j'aime ici, c'est que vous dansez presque tous les soirs. À Isolte nous ne dansons qu'à l'occasion des tournois, ou des fêtes.

— Eh bien, tu es citoyenne de Corie à présent, dis-je en esquissant des entrechats. Nous allons t'aider à rattraper toutes ces années d'ennui. Delia Grace pourra t'apprendre à danser. Elle a toujours été meilleure que moi.

Delia Grace nous adresse un sourire sans joie lorsqu'elle passe à côté de nous.

— Pas toujours, marmonne-t-elle.

Scarlet me lance un regard interrogateur. Ce n'est pas le moment d'étaler notre vie sur la place publique.

Nous répétons une bonne partie de l'après-midi, de façon à nous assurer que chacune connaît ses pas par cœur. Tous les regards seront braqués sur nous, nous ne pouvons pas nous permettre la moindre erreur. Par chance, Scarlet est douée. Même si elle s'emmêle parfois, chacun de ses gestes est empreint de grâce.

— C'est magnifique, Scarlet. Je pensais que tu aurais beaucoup plus de mal, vu que tu danses rarement. Tu as des mouvements de bras très élégants.

— Merci. Pour être franche, je prends des leçons d'escrime, cela doit aider.

— Ton frère m'a dit que tu es habile une épée à la main.

Je fais mon possible pour bannir Silas Eastoffe de mon esprit, mais je me découvre incapable d'oublier ces moments passés ensemble, les choses qu'il m'a dites. Si je m'en donne la peine, je peux me remémorer l'intégralité de nos conversations.

— Quand on manie un morceau de métal qui pèse une tonne vêtue d'une robe tout aussi lourde, on devient légère, explique-t-elle.

J'éclate de rire.

— J'imagine. Maintenant que j'y pense, Silas a dansé avec moi l'autre soir et je n'ai pas eu à me plaindre de lui. Peut-être est-ce de famille.

Arrête de parler de lui, Hollis. Cela complique encore plus la situation.

— Peut-être, répond Scarlet en tournant sur elle-même. Ma famille compte beaucoup pour moi. C'est tout ce qu'il nous reste.

— Il y a beaucoup d'autres choses. Vous avez très vite trouvé votre place ici.

— Lady Hollis, vous devez comprendre que nous ne sommes pas tout à fait les bienvenus. Notre ancien roi nous considère comme des traîtres et nous devons travailler, ce qui est complètement nouveau… Personne en dehors de nos proches ne comprend ce que nous traversons. Je ne veux pas que ma famille souffre… même si cela vient d'une personne bien intentionnée.

Elle m'implore du regard sous ses cils blonds.

Je me demande si Silas s'est confié à elle, ou si elle comprend intuitivement. Scarlet et Delia Grace semblent avoir cette faculté en commun – comme un sixième sens. Je lui réponds à voix basse, laissant le violon couvrir mes paroles. Espérons qu'aucune oreille ne traîne.

— Je te prie de me croire quand je te dis que jamais je ne ferais intentionnellement de mal à ta famille.

— Peu importe l'intention, c'est le résultat qui compte.

— Tu n'as pas d'inquiétude à avoir. Par ailleurs, je viens d'apprendre que Jameson a l'intention de demander ma main lors du Jour du Couronnement. Scarlet pousse un soupir de soulagement.

— C'est une excellente nouvelle. De toute façon, nous allons bientôt quitter le palais.

— Quoi ?!

Delia Grace et Nora, qui dansent de leur côté, ne nous quittent pas du regard. Scarlet les dévisage avant de se tourner vers moi.

— Je… je vous en ai déjà parlé. C'est notre projet, depuis le début. Nous voulons mener une vie tranquille, notre vie à nous. Enfin. Depuis notre arrivée nous cherchons une propriété à acheter et nous avons trouvé un manoir avec de bonnes terres. On nous a déjà commandé plusieurs objets et on dirait bien que nous serons capables de subvenir à nos besoins, même si nous ne travaillons pas la terre. Nous allons dire au revoir à la cour.

Les mains jointes, j'essaie d'afficher un sourire encourageant.

— Valentina m'a fait comprendre que la vie à la cour d'Isolte pouvait être… épuisante. Pas étonnant que vous recherchiez le calme de la campagne. Je suis chanceuse de pouvoir te montrer à la cour une dernière fois avant votre départ. Viens, reprenons.

Je suis exténuée, incapable de me concentrer. Et, une fois les répétitions terminées, je regagne ma chambre sans un mot. C'est la première fois que cela m'arrive et chacun comprend que j'ai besoin de solitude.

Assise sur une méridienne sous ma fenêtre, je contemple la rivière en contrebas, la ville qui me fait penser à une fourmilière et les plaines qui se déploient au-delà, à perte de vue. Quelque part derrière cet horizon les Eastoffe vont établir leur maison. Je m'en réjouis pour eux. Si Silas part, cela m'enlèvera la tentation de lui parler, de détruire ce qu'il y a de plus merveilleux dans ma vie. Il me sera plus facile de voir Jameson sous un nouveau jour, de me rappeler qu'il aime me combler de présents et d'affection.

C'est comme si on m'enlevait un petit caillou logé dans mon soulier ; à partir d'aujourd'hui, je vais marcher d'un pas plus assuré.

Alors, qui peut m'expliquer pourquoi je suis là, devant la plus belle vue que le palais ait à m'offrir, à pleurer toutes les larmes de mon corps ?

24

Lorsque je me réveille le matin du Jour du Couronnement, je ne me sens pas comme d'habitude. Tout me paraît terne. Le temps, le soleil, moi.

— Hollis, lance Delia Grace en ouvrant les rideaux du lit à baldaquin, tu as reçu un paquet.

— Ah bon ?

— Pour ce soir, j'imagine. Un simple diadème, ce n'est pas assez pour sa chère et tendre, n'est-ce pas ? ajoute-t-elle, sans contenir complètement sa jalousie.

Avec un sourire triste mais résolu elle me tend la main, m'aide à sortir du lit et à enfiler ma robe de chambre.

— Tu as regardé à l'intérieur ?

— Il vient tout juste d'arriver et jamais nous ne prendrions la liberté d'ouvrir un colis qui vous est adressé, ma lady.

— Très bien. Voyons ce qu'il contient.

J'ouvre le paquet et j'ai le souffle coupé en découvrant trois magnifiques couronnes couchées dans un écrin de velours noir. Je les explore du bout des doigts, éblouie. La première, en or massif, me rappelle énormément la mythique Couronne d'Estus quand les deux autres sont serties de pierres précieuses. La deuxième est incrustée de rubis qui évoquent le rouge de la Corie, la dernière, plus pointue, de diamants.

— C'est la troisième que je préfère, déclare Nora. Mais quel que soit votre choix, vous allez être sublime.

— Qu'en penses-tu, Hollis ? me demande Delia Grace. La première me fait penser à…

— La Couronne d'Estus. C'est aussi ce que j'ai pensé.

— Vous seriez parfaitement assortis. Cela enverrait un message à Jameson.

Delia Grace a raison. À cet instant me revient une conversation que j'ai eue avec Silas et un sourire flotte sur mes lèvres. Nos choix vestimentaires sont un langage auquel les autres peuvent être attentifs ou rester aveugles.

— Je n'en porterai aucune. Mais ne les renvoyez pas. Je veux que mon choix soit une surprise.

— Cela m'ennuie de le reconnaître, parce que j'ai un côté envieux, déclare Delia Grace, mais je pense que tu vas faire tourner des têtes ce soir.

— Tu aimes ?

— Ça te va bien. Mieux que n'importe laquelle de ces vieilles couronnes poussiéreuses, c'est sûr.

Elle se poste à côté de moi pour étudier notre reflet dans le miroir et je ne peux m'empêcher de penser qu'elle a raison : cette couronne me ressemble.

Silas m'a dit un jour, sur le ton de la plaisanterie, que ce qui m'irait le mieux, c'est une couronne de fleurs, et me voilà coiffée des fleurs les plus épanouies et les plus parfumées que j'aie pu trouver dans les jardins. J'ai réussi à les fixer dans mes cheveux au moyen de quelques épingles ornées de joyaux qui renvoient la lumière. Je suis prête à parier que personne n'a jamais rien vu de tel à la cour.

Cette couronne, je l'adore. Elle va se faner d'ici quelques heures et je ne pourrai la porter qu'une fois, ce qui la rend encore plus précieuse.

Je vois les épaules de Delia Grace s'affaisser. Elle aussi a des fleurs dans les cheveux, même si sa couronne est loin d'être aussi somptueuse que la mienne. Encore une fois elle va devoir admettre qu'elle demeurera toujours un cran en dessous, qu'elle ne sera jamais reine. Cela doit vraiment lui rester en travers de la gorge.

— Je veux que tu saches que si ton plan avait marché, si Jameson s'était épris de toi, tu aurais pu compter sur mon soutien, lui dis-je. Même si je ne t'arrive pas à la cheville. Honnêtement, Delia Grace, je ne te remercierai jamais assez.

— Fais-moi cadeau de lord Farrow, cela suffira.

— Entendu. Si c'est possible, je vais m'arranger pour que ton mariage soit célébré avant le mien.

— Vraiment ?

— Tu as passé une éternité à ronger ton frein. Si c'est vraiment lui que tu veux, je ne vois pas pourquoi tu devrais attendre plus longtemps.

Elle me serre dans ses bras, de toutes ses forces, au bord des larmes. La dernière fois que je l'ai vue pleurer, c'était à l'âge de treize ans, elle venait de subir les moqueries impitoyables des autres enfants. Ce jour-là elle s'est juré de ne plus jamais pleurer en public. Si depuis elle a versé ne serait-ce qu'une seule larme, elle s'est bien gardée de me le dire.

Cet instant de complicité est brisé lorsque ma mère ouvre la porte. Elle n'a toujours pas appris à frapper.

— Qu'est-ce que c'est que cette horreur que tu as sur la tête ?

— Il y a un problème ?

— Enlève-moi ça. Tu es une lady, tu dois porter un bijou digne de ce nom pour le Jour du Couronnement.

Elle me montre sa propre couronne, un diadème en réalité. Pas aussi impressionnante que celle qu'on lui a volée, mais c'est un bijou que nous nous transmettons de mère en fille dans notre famille, et c'est ce qui compte.

— Oh, ces fleurs ? Je les ai choisies délibérément.

— Eh bien, enlève-les délibérément, rétorque-t-elle.

Elle s'approche de l'écrin posé sur ma table ; elle sait exactement ce qu'il contient et elle en sort la couronne incrustée de rubis.

— Le roi Jameson t'a fait livrer des bijoux de toute beauté. Regarde-moi cette splendeur ! s'exclame-t-elle.

— Elle est magnifique, Mère. Mais pas pour moi.

Elle replace la couronne dans son écrin et m'attrape par le bras.

— Non, non. Regarde-les encore une fois. Sinon, les lords vont t'accuser d'insolence.

— Je me moque bien de l'opinion des lords.

Et je ne le dis pas à voix haute mais je me moque bien de celle de Jameson aussi.

— Tu ferais mieux de t'en soucier. Le roi a besoin d'eux, et tu as besoin du roi.

— Certainement pas. Je ne peux pas…

— Hollis, tu vas m'écouter !

L'attrapant par les épaules, je force ma mère à me regarder dans les yeux et je lui parle d'une voix calme et posée :

— Je sais exactement qui je suis. Et j'en suis contente. Vous êtes ma mère. J'aimerais que vous soyez contente de moi aussi.

Elle darde son regard sur moi comme si elle me voyait pour la toute première fois. Les larmes qui perlent au coin de ses yeux, je les imagine peut-être, mais quand elle s'adresse à moi, c'est avec beaucoup plus de douceur.

— J'imagine que ces fleurs te vont bien. Oh… et tu y as ajouté des pierres précieuses, je vois ?

— Oui ! Ça vous plaît ?

Je tourne sur moi-même pour que les joyaux renvoient la lumière.

Elle hoche la tête, esquisse un sourire.

— Oui, ça me plaît.

— Allons-y, mesdames, suggère Delia Grace en joignant les mains. Il serait inadmissible que notre future reine arrive en retard.

— Vous restez avec moi, ou préférez-vous y aller avec Père ?

— J'y vais avec ton père. Nous te rejoindrons là-bas.

Ma mère quitte la pièce, toujours stupéfaite, et j'étudie mon reflet dans le miroir pour vérifier que ma robe tombe bien.

— Nous n'attendons plus que vous, ma lady, ironise Delia Grace.

Et notre petite troupe quitte mes appartements.

Ce que je ressens au moment d'entrer dans le Grand Salon, avec la foule qui m'observe sous toutes les coutures et tente d'attirer mon attention, me rappelle ce que j'ai éprouvé le jour de l'arrivée de Quinten. Je me sens particulièrement belle ce soir, je me sens moi-même. Je pense que cela se voit.

Je me dirige vers l'avant de la salle car je sais que c'est là que Jameson souhaite que je me tienne pendant la cérémonie. Je présume que la plupart des rois deviennent orphelins de père le jour où ils sont couronnés, mais Jameson n'a pas de mère non plus, pas de frères ni de sœurs. Il est le dernier de sa lignée et il compte sur moi pour lui donner une descendance. Je me poste à l'endroit précis où sa famille serait placée, s'il en avait une. Nous n'avons pas encore l'impression de former une famille… mais ce n'est qu'une question de temps.

Ce soir Jameson va être sacré une nouvelle fois, symboliquement, avec la couronne qui a servi à sacrer Estus. Les nobles ont sorti leur propre couronne, pour ceux qui ont la chance d'en posséder une, et les femmes se sont parées de leurs plus beaux bijoux. Après une courte cérémonie, la fête peut commencer. C'est la soirée la plus attendue de l'année, parce que nous dansons jusqu'au bout de la nuit. Le Jour du Couronnement a une dimension sacrée, mais je le considère depuis toujours comme un grand banquet. Pas étonnant que Jameson veuille demander ma main aujourd'hui : le pays tout entier fêtera la nouvelle.

Les hérauts annoncent l'arrivée de Jameson et je mets mon cynisme en sourdine ; je dois me montrer à la hauteur de la tâche. La foule fait silence tandis que des valets en pourpoint écarlate se présentent en file indienne, faisant tinter des clochettes. Jameson marche derrière, vêtu d'un lourd manteau d'hermine à très longue traîne. Il est suivi par un ecclésiastique qui tient précautionneusement la Couronne d'Estus.

Les valets forment deux rangées et Jameson avance dans cette haie d'honneur, puis il prend place sur son trône. L'ecclésiastique s'arrête au pied de l'estrade et présente la couronne à l'assemblée. À l'unisson, les trompettes se taisent.

— Peuple de Corie, psalmodie l'officiant, réjouissons-nous. Depuis cent soixante-deux ans nous avons le privilège d'être guidés par un souverain qui nous est tout dévoué, descendant d'Estus le Grand. Aujourd'hui nous honorons le roi Jameson Cadius Barclay, fils de Marcellus, fils de Telau, fils de Shane, fils de Presley, fils de Klaus, fils de Leeson, fils d'Estus.

« De tous les peuples, nous sommes le plus fortuné, car nous célébrons le règne long et heureux de la famille la plus puissante du continent. Renouvelons aujourd'hui notre loyauté au roi Jameson et prions pour que sa vie soit longue, et sa succession nombreuse.

— Ainsi soit-il ! répond l'assistance tandis que Jameson me cherche du regard.

L'ecclésiastique gravit les marches de l'estrade pour poser la couronne sur la tête de Jameson et la salle éclate en applaudissements. Jameson remercie le saint homme d'un sourire et lui chuchote quelques mots, puis il se met debout et réclame le silence.

— Braves gens de Corie, je vous remercie de m'avoir confié la mission de vous montrer la voie à suivre. Je sais que je suis jeune et que mon règne commence à peine. Mais le bonheur de mes sujets, la paix et la prospérité dans notre beau royaume me tiennent particulièrement à cœur, plus qu'aux autres souverains du continent. Je consacrerai ma vie à notre pays, toujours prospère, qui est devenu une terre d'asile pour bon nombre de familles.

Les réfugiés en question sont rassemblés au fond de la salle, les Eastoffe parmi eux.

— Mais pour l'instant, place aux réjouissances ! s'exclame-t-il. Musique !

Des vivats montent de la foule et les premières notes se font entendre.

Laissant les lords se presser autour du roi, je jette un coup d'œil vers le fond de la salle.

25

Je me noie dans le regard de Silas Eastoffe tandis que, autour de nous, la fête bat son plein. Je l'ai déjà vu tiré à quatre épingles mais, ce soir, il est particulièrement séduisant. Pour faire honneur à nos traditions les Eastoffe ont eux aussi sorti leur couronne et je me demande si ce sont des bijoux de famille ou s'il s'agit de créations de Silas.

Autour de moi, les gens s'embrassent et se complimentent sur leur tenue. D'autres se sont jetés sur les rafraîchissements et, une chope de cervoise à la main, boivent bruyamment à la santé du roi, du royaume, de cette soirée… tout prétexte est bon pour trinquer. Moi, je n'ai d'yeux que pour Silas, et Silas n'a d'yeux que pour moi. Je sais que ses émotions sont l'exact reflet des miennes : il se consume de désir et l'objet de son désir est hors d'atteinte.

La voix de Delia Grace m'arrache à ma rêverie.

— Hollis ! Te voilà. Nous te cherchions depuis tout à l'heure.

Est-ce que je suis restée ici sans bouger ? Combien de temps s'est-il écoulé ?

— Le roi te réclame, ajoute mon amie.

— Oui, bien entendu. Tu veux bien m'ouvrir la marche ?

J'essaie de me ressaisir et je glisse ma main dans celle de Delia Grace pour qu'elle me conduise jusqu'à l'estrade. Je sens qu'elle m'observe pardessus son épaule. Elle connaît mes réserves, bien sûr, mais elle devine qu'il y a autre chose. Comme la foule se presse autour de nous, elle n'ose pas me poser de questions.

— Vous êtes la perfection incarnée, me dit Jameson.

Il tient à la main une chope de bière ambrée dont le contenu menace de déborder.

— Ces fleurs sont absolument exquises, ajoute-t-il. Est-ce qu'elles scintillent ?

— Oui.

— Merveilleux. Lord Allinghan, avez-vous vu les fleurs de ma délicieuse Hollis ? Ne les trouvez-vous pas ravissantes ?

Sans attendre de réponse, il s'adresse de nouveau à moi. L'air fébrile, presque surexcité.

— Vous allez devoir refaire cette coiffure le jour de nos noces. Qu'en pensez-vous ?

— Vous êtes pris de boisson, mon seigneur.

— Pris de boisson, je ne peux rien vous cacher ! s'esclaffe-t-il. Ah, je passe une journée formidable. Pas vous ?

— Toutes les journées où j'ai le plaisir de votre compagnie sont formidables, dis-je la lèvre tremblante.

Il balaie les cheveux de mon visage d'une main presque brutale.

— Venant de vous, je crois ce compliment sincère. Vous êtes absolument magnifique. J'ai hâte que votre profil soit frappé sur une pièce de monnaie, ce sera ravissant. C'est une décision que j'ai prise tout à l'heure, la pièce de monnaie. Tout va bien ? Vous avez une petite mine.

Je ne saurais dire ce qu'il lit sur mon visage, mais je ne suis pas aussi heureuse qu'il l'espère.

— La chaleur, sans doute. Me permettez-vous de sortir prendre l'air ? De respirer un peu ?

— Bien sûr, répond-il en m'embrassant sur la joue. Revenez-moi vite. Je veux que tout le monde vous admire. Et, ajoute-t-il avec un rire presque maniaque, j'aurai une annonce à faire à votre retour.

J'opine du chef; cela m'arrange que les lords se pressent autour de lui comme des mouches sur un pot de miel. Grâce à eux, je peux tourner les talons et prendre la fuite sans me faire remarquer. Je dois paraître ridicule quand je me fraie un chemin à coups de coude, mais j'ai l'impression que mes poumons vont exploser et il faut absolument – à tout prix – que je sorte d'ici. Je ne sais pas trop où aller. Mes dames d'atour finiraient par me débusquer dans mes appartements, ou dans ceux de mes parents. Je pourrais déambuler à travers le palais, sauf que les couloirs grouillent de monde. Je prends la décision de me diriger vers l'entrée latérale, devant laquelle des dizaines de cochers attendent que les festivités s'achèvent pour ramener leurs maîtres à leurs manoirs. Je m'appuie à la portière d'un carrosse et, enfin, je fonds en larmes.

Je me dis que c'est le moment de sortir tout ce que j'ai au fond de moi. Jameson s'attendra à ce que je sois radieuse à mon retour, que je sois radieuse le restant de mes jours. Mais comment arrêter de pleurer quand je sais que je vais épouser un homme et mettre en sourdine les sentiments que j'éprouve pour un autre ?

— Hollis ?

Je me retourne vivement et je découvre, à la lumière des flambeaux, que Silas est venu se cacher ici, lui aussi, et que lui aussi a pleuré. Nous échangeons un long regard puis nous éclatons de rire.

Je m'essuie les yeux, il fait de même.

— Les festivités m'épuisent, dis-je pour donner le change.

— Comme moi. Des fleurs en guise de couronne ? fait-il en montrant ma couronne.

— Vous partez bientôt. Je me suis dit… que c'est l'image que vous auriez envie de garder de moi.

Silas hausse les épaules, comme s'il puisait en lui le courage nécessaire pour me faire un aveu.

— Hollis, même en pleine nuit, vous êtes toujours mon soleil et vous répandez votre lumière sur moi.

— Je vous souhaite de trouver enfin la paix, vous et votre famille. Et sachez que vous aurez toujours une amie à la cour, en cas de besoin.

Il m'observe longuement, puis il met la main à sa poche.

— Je vous ai fabriqué un petit quelque chose, déclare-t-il en dépliant un carré d'étoffe.

— Pas une épée, j'espère ?

— Un jour peut-être, répond-il avec un rire. Pour l'instant, j'ai eu une autre idée.

Il révèle une broche sertie d'une grosse pierre jaune qui renvoie la lumière des flambeaux.

— Qu'est-ce donc ?

— Une citrine. Si vous, Hollis Brite, vous étiez un astre, vous seriez le soleil. Un oiseau, vous seriez un canari. Une pierre, une citrine.

J'admire le bijou, un sourire béat plaqué sur le visage. Il brille même dans la pénombre, rehaussé de petites pierres taillées en poire sur une monture en or.

— Vous permettez ? me demande-t-il.

Il s'approche de moi et pince mon corsage pour y piquer la broche. Du bout des doigts, il effleure mon décolleté.

— J'aimerais vous offrir beaucoup plus.

— Ne partez pas, s'il vous plaît. Restez au palais, pour que j'aie un allié à qui me confier de temps en temps. Le roi ne veut pas que je parle, il ne veut pas que j'aie d'opinions, il ne s'intéresse pas à mes sentiments. Je ne veux pas être un trophée qu'il exhibe.

— Ma famille compte sur moi. Nous sommes plus forts ensemble et, même si vous quitter va me briser le cœur, je mourrais de honte si je les abandonnais.

— Et je mourrais de honte si vous les abandonniez à cause de moi.

Il passe une main dans mes cheveux et m'implore en chuchotant :

— Venez avec nous. Je vous aimerai inconditionnellement. Je ne peux pas vous offrir de palais, ni de titre de noblesse, mais ce que je peux vous offrir, c'est un foyer où vous serez aimée pour ce que vous êtes.

L'émotion me coupe les jambes.

— Et qui suis-je, exactement ?

— Vous êtes Hollis Brite, voyons. Vous dansez, vous chantez et vous posez des questions, aussi. Vous vous battez avec des myrtilles, mais vous avez un cœur d'or. Vous aimez rire, mais vous apprenez le chagrin. Vous êtes aimée d'un roi, mais vous ne vous laissez pas aveugler par les paillettes. Vous avez rencontré un étranger et vous le traitez comme un ami. En peu de temps, voilà ce que j'ai vu. Tout savoir de vous prendrait des années, mais vous êtes la seule personne au monde que j'aie envie de connaître.

Alors, les larmes se remettent à couler. Pas des larmes de tristesse ou de peur, non : des larmes de joie. Silas m'a vue, et il m'a acceptée. Il a raison, il n'a gratté que la surface, et pourtant, il est prêt à me prendre avec mes qualités et mes défauts.

— J'aimerais partir avec vous, mais ce n'est pas possible. J'espère que vous comprenez. Si l'on nous voyait ensemble, ma réputation serait ruinée ! Je ne pourrais plus jamais remettre les pieds à la cour.

— Remettre les pieds à la cour ? Quel intérêt ?

Soudain, je prends conscience que je ne veux plus poser les yeux sur une couronne, plus jamais. Je réalise que j'ai toujours vécu une imposture. Quelle libération de poser un regard lucide sur mon existence, de la voir comme elle est, morne et vide ! Je me sens presque grisée.

— Venez avec moi, répète Silas. Même si votre réputation est ruinée, ma famille vous aimera toujours. Vous à mes côtés, je ne regretterai pas d'avoir perdu mon pays, ma maison, ma vie. Savoir que j'ai à mes côtés une personne à qui je peux consacrer ma vie, qui me donne une raison de me lever le matin… vous changerez mon monde.

Je plonge mon regard dans celui de Silas Eastoffe… et je sais. Il faut que je parte avec lui. Oui, l'amour compte – car c'est bien de l'amour, ce sentiment que j'ai trop peur d'explorer –, et cette chose indéfinissable qui pèse dans ma poitrine s'envole quand je décide de lier mon destin à celui de Silas.

— Faites préparer les chevaux, lui dis-je. Et mettez votre famille au courant. Si je ne suis pas de retour d'ici une demi-heure, partez sans moi.

— Ce soir ?

— Oui. Il me reste une chose à régler. Si cela ne fonctionne pas, je serai prise au piège et vous devrez chercher un refuge. En revanche, si tout se passe comme je le souhaite, nous devrons partir séance tenante.

— Une demi-heure. Comptez sur moi.

Juchée sur la pointe des pieds, je dépose un baiser furtif sur la joue de Silas et je regagne le Grand Salon. Je n'ai jamais eu aussi peur de toute ma vie, mais je ne peux pas m'y dérober.

Il faut que je parle à mon roi.

26

Le temps qu'a duré mon absence, les courtisans s'en sont manifestement donné à cœur joie. Je me plaque contre le mur pour éviter d'être piétinée et je regagne difficilement l'estrade. Jameson, hilare, est en train de vriller son index dans le torse d'un lord. De toute évidence il se délecte de l'ambiance et de l'adoration de ses sujets.

— Hollis ! s'écrie-t-il lorsqu'il m'aperçoit. Pile à l'heure pour ma grande annonce !

À l'instant où il se lève pour capter l'attention de la salle, je le retiens en l'attrapant par les mains.

— S'il vous plaît, Votre Majesté, avant toute chose je dois vous parler en privé. C'est urgent.

Il fronce les sourcils, comme s'il avait du mal à croire que moi, Hollis, je puisse avoir un problème à traiter de façon urgente.

— Bien entendu. Suivez-moi.

Il me conduit dans ses appartements, referme la porte et pousse le verrou.

— Ma chère Hollis, qu'y a-t-il de si pressant ?

— J'ai appris que vous aviez l'intention de faire de moi votre reine ce soir.

Il sourit, manifestement ravi que le secret soit éventé. Je continue :

— Je dois vous dire que je ne suis pas disposée à vous répondre favorablement.

Il se fige et me fixe comme si j'avais détruit les vitraux à grands coups de hache et que les éclats de verre pleuvaient sur nous. Avec des gestes lents, il ôte sa couronne et la pose sur un guéridon.

— Je ne comprends pas.

— C'est difficile à expliquer. Vous m'avez témoigné beaucoup de respect et d'affection, mais je ne me sens pas prête à vivre cette vie. Vous avez dit vous-même un jour que la fonction changeait les gens, et j'ai compris… j'ai vu…

Jameson s'approche de moi et pose ses mains sur mes épaules. Son comportement se transforme radicalement.

— Hollis, mon cher amour. Oui, j'avais l'intention d'annoncer nos fiançailles ce soir, mais cela ne veut pas dire que nous devons nous jeter tête baissée dans le mariage. Vous pouvez prendre votre temps, vous habituer à cette idée. Cela ne changera rien aux sentiments que j'ai pour vous.

— Mais… mais si mes sentiments à moi…

Il se rembrunit et me toise, le regard sombre.

— M'auriez-vous menti, Hollis ?

— Non. Je vous ai aimé de tout mon cœur.

— Vous m'avez aimé ? Et maintenant ?

— Maintenant… je ne sais pas. Je suis désolée, je ne sais vraiment pas.

Il se met à arpenter la pièce en se frottant le menton.

— J'ai signé un pacte avec vous en esprit, déclare-t-il. J'ai envoyé votre portrait à la Monnaie royale. À l'instant où je vous parle, vos initiales sont brodées sur des tapisseries destinées à être suspendues aux murs du palais. Et vous m'annoncez que vous me quittez ?

— Jameson, par pitié. Je ne veux pas vous faire de la peine, ni vous offenser, mais…

De la main, il m'intime le silence.

— Que me proposez-vous, alors ?

— Je dois quitter le palais. Si vous avez à vous plaindre de moi, vous pouvez inventer toutes les histoires que vous voulez sur mon compte. Je les accepterai sans protester.

— Je ne m'abaisserai pas à cela. Je me suis battu pour protéger votre réputation, ne comptez pas sur moi pour la salir.

Il se plonge quelques instants dans ses pensées puis il me regarde, les traits adoucis.

— Si vous devez quitter le palais, faites donc. Je n'ai aucune crainte. Vous reviendrez, Hollis. Je sais, sans l'ombre d'un doute, que vous serez à moi. Tôt ou tard.

Il ignore que Silas m'attend avec un cheval. Il est loin d'imaginer que je serai mariée dans les plus brefs délais, que j'ai l'intention de me couper de lui et de la couronne jusqu'à la fin de mes jours. Et il aura bien le temps de le découvrir.

— Je serai toujours votre loyale servante, dis-je en exécutant une profonde révérence.

— Oh, j'en suis certain.

Lorsque je me redresse, il me congédie d'un signe de tête et je pars sans demander mon reste.

Dans le Grand Salon la fête bat son plein, les rires et les éclats de voix résonnent au cœur de la nuit. Je ramasse mes jupes pour me faufiler entre les groupes de noceurs. Un plateau passe devant moi, je saisis une chope de cervoise que je vide d'un trait.

Delia Grace me rattrape avant que je puisse m'éclipser.

— Ah, te voilà ! Il t'a fait sa demande ? Il t'a donné une bague ?

— C'est l'heure de tenter ta chance.

— Quoi ?

— Va tenter ta chance. Tu peux y arriver seule, tu n'as pas besoin de moi.

Et je file dehors.

Parmi les carrosses et les calèches Silas, la mine soucieuse, attend avec deux chevaux noirs. Il a réussi à préparer deux baluchons et à les fixer sur les selles.

— J'espère que vous êtes prêt. Je ne veux pas prendre le risque qu'il change d'avis.

— Attendez, vous avez vu le roi ?

— Je lui ai parlé… en effet. Je vous expliquerai en route. Ne restons pas là.

— Laissez-moi vous aider.

Silas m'aide à monter à cheval, puis il prend place à son tour et nous partons au galop.

— Où allons-nous ?

— Dans un endroit qui vous plaira sûrement, m'assure Silas.

Il éperonne sa monture et je fais de même, déjà ivre de bonheur, et nous galopons à travers les ruelles de Tobbar, évitant de peu les noceurs qui sortent des tavernes et prennent d'assaut le pavé. Plus je m'éloigne du palais, mieux je respire, et plus la joie me monte à la tête. Je sais ce que je veux, je l'ai à portée de main. Je suivrai Silas Eastoffe jusqu'au bout de la Terre.

Ma couronne de fleurs ne tient pas très longtemps : elle s'envole et disparaît dans la nuit.

27

Ma très chère Valentina,

Avant de lire un seul mot de cette lettre, je vous invite à vous asseoir. Je n'ai pas le temps de parler par allusions et devinettes, et je n'ai surtout pas envie de vous causer un choc, ni de bousculer ce précieux bébé qui va bientôt venir au monde.

J'ai quitté le palais.

Le soir où vous m'avez fait ces confidences qui auraient pu mettre en péril jusqu'à votre existence, j'aurais dû vous dire que des dangers m'attendaient moi aussi en embuscade.

Il est fort possible que je sois tombée amoureuse de Silas Eastoffe dès l'instant où j'ai posé les yeux sur lui. Je l'ignorais à l'époque mais, ce matin, j'écris cette missive dans une pièce du manoir où sa famille va s'établir, dans le comté de Dahere. Nous sommes partis cette nuit, à cheval, sans en informer un seul membre de la cour – pas même mes parents – et nous attendons que les autres membres de la famille Eastoffe nous rejoignent, leurs préparatifs et leur voyage prenant plus de temps que les nôtres.

Le manoir a bien besoin d'être restauré, mais il y a plusieurs dépendances que Silas et Sullivan peuvent convertir en forge, ainsi qu'un jardin magnifique – envahi de mauvaises herbes, mais j'espère que lady Eastoffe ne refusera pas mon aide pour l'entretenir. Après tout, elle va bientôt devenir ma belle-mère. Oui, vous avez bien lu ! Silas et moi, nous souhaitons nous marier aussi rapidement que possible, d'ici quelques semaines si nous parvenons à tout organiser. Ma prochaine lettre, je la destine à mes parents pour les informer que je me trouve au manoir d'Abicrest qui, le hasard fait bien les choses, n'est qu'à un jet de pierre de leur domaine. Une fois qu'ils seront là, j'ai l'intention d'intégrer le clan Eastoffe avant que Jameson se mette en tête de me reconquérir. Quand je suis partie, il m'a fait comprendre qu'il ne renoncerait pas à moi et je n'ai pas voulu le désappointer. Je suis certaine qu'il va me trouver très vite une remplaçante. Je suis prête à le parier.

J'espère que vous n'êtes pas trop déçue par mon choix. Il m'a semblé que les Eastoffe n'étaient pas en très bons termes avec la famille royale d'Isolte et Quinten n'a pas essayé de cacher son antipathie à leur égard. Pour l'instant, je ne leur ai pas parlé de notre amitié, mais j'aimerais être franche avec eux sur le sujet, si vous n'y voyez pas d'inconvénient.

Je me rends bien compte que cette nouvelle va vous prendre de court, mais il ne fait aucun doute dans mon esprit que votre roi s'en réjouira, puisqu'il n'avait pas l'air ravi de la place que j'occupais dans la vie de Jameson. Je fais partie du tout-venant à présent, j'en ai conscience, mais j'espère malgré tout que vous trouverez le temps de m'écrire. J'ai dit au revoir à beaucoup de choses à la cour et vous êtes ce qui me manque le plus.

Envoyez-moi de vos nouvelles dès que vous en aurez le temps, racontez-moi tout de votre vie. Vous aurez toujours en moi une amie de confiance et j'espère que la réciproque est vraie. Adressez votre correspondance aux soins de ma famille : manoir de Varinger, comté de Dahere, royaume de Corie.

Votre loyale amie,

Hollis

Je sors une nouvelle feuille de papier.

— À qui écris-tu ? me demande Silas.

— À des amis de la famille. Mes parents sont les prochains sur la liste, il faut que je leur dise où ils peuvent me trouver.

Silas balaie la pièce d'un regard désolé, dans ce manoir vide et poussiéreux que sa famille va remettre à neuf.

— Tu as quitté un palais et regarde où je t'installe... je mentirais si je disais que cela ne m'embarrasse pas. Je veux te donner plus, Hollis.

Je quitte la table à laquelle j'écris et je m'approche de lui. Nous sommes arrivés hier soir et je n'ai toujours pas enlevé ma robe de bal maculée de boue.

— Je dormirais dans une étable pourvu que je sois avec toi, Silas Eastoffe. Je ne rêve pas de vivre dans le luxe, rassure-toi.

— Pas plus que moi, répond Silas en me serrant contre son torse. Quand j'ai dit que je ne voulais pas que ta réputation en pâtisse, je ne me doutais pas que cela pouvait déclencher une tempête.

— Mais ce n'est pas un mariage clandestin !

— Non. Tu as quitté le palais, de nuit, sans chaperon, pour suivre un homme qui n'est pas ton promis et qui t'emmène à la campagne pendant que ton fiancé – le roi, pas moins – doit gérer seul les retombées de l'humiliation que tu viens de lui infliger.

— Présenté de cette façon, c'est vrai qu'il n'y a pas de quoi s'en vanter, mais j'ai une longue expérience de la vie à Keresken. Crois-moi, d'ici une semaine il se produira un autre scandale qui me fera tomber dans l'oubli.

— Tu en es certaine ?

— Une semaine, c'est optimiste, je le reconnais. Si un nouveau scandale ne secoue pas la cour d'ici cinquante jours, je m'avouerai vaincue et tu auras gagné.

— Marché conclu.

Il scelle l'affaire d'un baiser et je me retrouve au paradis, libre, avec Silas.

Nous parvient alors le bruit, caractéristique, de sabots dans le lointain et nous courons jusqu'à l'entrée du manoir. Un fiacre déboule dans l'allée criblée de nids-de-poule. Lady Eastoffe passe la tête par la portière et nous salue de la main. Nous nous postons sur les marches du perron, prêts à accueillir notre famille sous son nouveau toit.

28

— Plus qu'un nœud, et tu es toute prête.

Scarlet finit de lacer mon corsage. Elle m'a prêté une de ses robes, celle dont les manches sont un peu moins extravagantes que les autres. Aujourd'hui je me suis donné pour mission de me rendre au manoir de Varinger et je suis nerveuse.

Il a fallu un jour à ma lettre pour arriver au palais, un autre pour recevoir la réponse, et l'heure est venue de faire face à mes démons.

— C'était délibéré de votre part d'acheter un domaine si proche de chez moi ?

— Pas du tout, s'esclaffe Scarlet. Nous avons reçu quatre propositions, celle-là était la moins chère.

— La moins chère ? étonnant, dis-je sur un ton sarcastique.

J'étudie la chambre dans laquelle nous nous entassons depuis deux jours. Nous rénovons une pièce à la fois et il y a de la poussière partout.

— Silas m'a fait promettre de garder le secret, ajoute-t-elle. Il m'a dit que tu comptais rester définitivement au palais, que tu n'en saurais rien. Moi, j'y ai vu la main du destin.

Elle se retourne et, à mon tour, je lace sa robe.

— Le destin, dis-tu ? Tu auras sans doute un mot à lui dire quand tu te battras contre les toiles d'araignée cet après-midi.

Ma plaisanterie la fait rire. Je suis contente de voir que je n'ai pas perdu mon sens de l'humour.

— Ton corsage est noué, Scarlet. Te voilà jolie comme un cœur.

— Tu veux que je vienne avec toi ? me propose-t-elle.

— Non, je crois que ta mère suffira. Par ailleurs, je ne sais pas trop si on me laissera entrer quand je me présenterai sans mes parents à la grille.

— Je suis certaine que tout va bien se passer. Reviens vite, d'accord ?

— Je pense que Silas refuserait que je reste trop longtemps chez mes parents, donc tu as ma parole. Je te rapporte ta robe avant la fin de la semaine, promis.

Là-dessus, je pars à la recherche de lady Eastoffe.

Elle m'attend dans l'entrée, où elle enfile ses gants. Ce geste me rappelle subitement ma propre mère, quand elle met la touche finale à sa tenue. Elle s'approche de moi et me serre sur son cœur.

— Prête ?

— Oui. La jupe est un peu longue, mais c'est mille fois mieux qu'une robe de bal boueuse. Merci encore, à vous tous.

— Mais je t'en prie, ma chère enfant. Allons-y. Tes parents auront beaucoup de choses à te dire et je ne veux pas qu'ils s'impatientent. Je suis certaine qu'ils ont déjà assez de raisons de me détester, ajoute-t-elle avec un clin d'œil.

Je la suis jusqu'au coche et nous faisons une grande partie du trajet dans un silence qui n'est pas déplaisant.

— Silas m'a dit que vous espérez vous marier assez rapidement. Est-ce que ce n'est pas précipité ? Tu viens de sortir d'une relation très sérieuse.

— Pas si sérieuse que cela. Elle n'a pas duré très longtemps et elle était à sens unique. Et j'ai été un tant soit peu manipulée. J'étais tellement aveuglée par la perspective de monter sur le trône qu'il m'a fallu beaucoup de temps avant de comprendre comment Jameson me traitait. Cela m'ennuie de le reconnaître, et je vous interdis de le lui répéter... mais Etan avait raison. Jameson voulait quelqu'un qui fasse joli à son bras et qui lui remonte le moral, pas une personne à part entière avec son caractère et ses failles. Est-ce que cela peut être qualifié de relation, je l'ignore. Pas vraiment, à mon sens.

— Non, certainement pas.

— J'aime Silas. Il me voit telle que je suis, et il m'aime avec mes défauts. Je suis sûre de moi et de mes sentiments.

Lady Eastoffe me tapote la jambe, satisfaite.

— Tu me rappelles beaucoup moi quand j'ai rencontré Dashiell. Nombreux sont ceux qui nous ont conseillé de ne pas nous jeter tête la première dans le mariage, bien entendu... mais les sentiments l'ont emporté. Le coup de foudre.

Je vois tout à fait ce qu'elle veut dire. Quand l'amour est sincère, il déferle sur vous comme un raz-de-marée.

Nous nous engageons sur la route qui mène au manoir de Varinger, nous arrivons devant la grille et je vois mes parents qui m'attendent sur les marches du perron. Mère a enfilé ses gants, ce qui signifie qu'elle n'a pas l'intention de s'attarder.

— Quel accueil…

— Cela s'annonce mal, fait remarquer lady Eastoffe. Préfères-tu que je reste ?

— Non. Ils voudront me parler seuls à seule. Je vous enverrai une lettre une fois les choses tassées.

Je descends du coche et je salue lady Eastoffe de la main. Mon père désigne du bras un carrosse qui attend devant celui qui m'a déposée au pied du perron.

— Monte, m'ordonne-t-il.

— Où allons-nous ?

— À Keresken, lance ma mère les bras croisés. Tu vas demander pardon au roi et regagner ses faveurs avant qu'une autre n'attire son attention.

— C'est tout le mal que je lui souhaite ! Jameson mérite une compagne qui le comprenne, taillée pour être reine.

— Tu es taillée pour être reine, insiste ma mère en descendant le perron. Nous sommes faits pour ce rôle ! As-tu la moindre idée de ce que tu as déclenché ?

— Claudia, gronde mon père.

— Je n'ai pas oublié, rétorque-t-elle et, à cet instant, je me rends compte qu'ils me cachent des choses. Hollis, cela me chagrine de te décevoir, mais tu ne peux pas épouser ce garçon. C'est un étranger. Un Isoltien.

— Mère !

Sa réaction me met terriblement mal à l'aise. Lady Eastoffe est à portée de voix, après tout.

— Cette femme sait qu'elle est une étrangère ! Que son fils est un étranger ! Qui peut l'oublier ? Hollis, ton caprice a fait de nous la risée de la cour. Maintenant monte dans ce carrosse et répare ton erreur avant que la raison de ton départ ne s'ébruite. Le roi s'est montré si généreux avec toi ! Il t'a mise sur un piédestal ! Je suis certaine qu'il te pardonnera et qu'il essaiera par tous les moyens de te rendre heureuse.

— C'est bien possible, Mère. Mais il n'y parviendra pas, c'est peine perdue. Je ne l'aime pas.

Ma mère me fixe du regard, outrée.

— Hollis, pour l'amour d'Estus, monte dans ce carrosse.

— Sinon ?

— Sinon ne compte plus sur nous, conclut mon père.

Je le dévisage, incrédule, sans comprendre où il veut en venir. Derrière lui la porte reste désespérément close et mes parents sont en habits de voyage. C'est alors que je remarque ma malle, celle qui contient les affaires que j'ai apportées au palais, posée sur les marches du perron.

Ils m'ont bannie de chez moi. La maison me restera interdite tant que je ne me serai pas prosternée aux pieds de Jameson. Le choc est tel que j'ai du mal à m'en remettre.

— Je suis votre unique enfant. Je ne suis pas un garçon, je le sais bien, je ne suis pas non plus à la hauteur des attentes que vous avez placées en moi, mais j'ai fait de mon mieux. Ne me mettez pas à la porte, par pitié.

— Monte. Dans le carrosse ! répète ma mère.

Je regarde le véhicule. Avec ce noir qui renvoie le soleil, il m'évoque un corbillard. Et je fais non de la tête.

Il n'en faut pas plus.

Sur un signe de mon père, un valet saisit ma malle et la projette dans ma direction. À l'instant où elle atterrit à mes pieds, j'entends quelque chose se casser à l'intérieur. Sans doute un flacon de parfum. J'espère que le reste de mes dernières possessions terrestres a survécu.

— Misère, s'exclame lady Eastoffe avant de quitter son carrosse. Venez m'aider, lance-t-elle au cocher, qui descend de son siège et récupère ma malle.

Elle braque sur mes parents un regard embrasé de fureur et me prend dans ses bras tandis que je reste tétanisée.

— Vous avez quelque chose à redire ? lui lance ma mère.

— J'ai traversé l'enfer pour protéger ma famille. Je ne comprends pas comment vous pouvez détruire la vôtre sans état d'âme. C'est votre fille.

— Je refuse de recevoir des leçons de votre part. Si le sort de Hollis vous préoccupe tant, je vous en fais volontiers cadeau. Vous verrez comment elle vous paiera en retour.

— Et j'accepte volontiers ! Je suis fière qu'elle fasse partie de ma famille. Et je suis certaine qu'elle est appelée à un grand destin.

Ma mère siffle entre ses dents :

— Pas si elle épouse ce porc qui vous tient lieu de fils.

— Venez, lady Eastoffe. Cela n'avance à rien. Partons.

Lady Eastoffe a l'élégance de tenir sa langue. Elle me reconduit au fiacre. Je monte à l'intérieur, les genoux flageolants, et je m'installe sur la banquette qui fait face au manoir de Varinger et au parc. J'ai cueilli des pommes dans ce pommier, petite. J'ai dansé au milieu des hautes herbes. La balançoire est toujours là, un peu plus loin. À une époque, nous avons été heureux ici. Avant que mes parents placent toutes leurs ambitions en moi, avant que je les déçoive.

Je les regarde tourner les talons et regagner le manoir. C'est le grincement criard des gonds de la porte qui me ramène à la dure réalité : à présent Silas et les siens sont ma seule famille. Plus d'amies qui m'attendent au palais, plus d'appartements douillets où trouver refuge. Mes parents viennent de me renier, me fermant à tout jamais la maison de mon enfance. Alors, je dis adieu à mon passé, le bras rassurant de lady Eastoffe autour des épaules.

29

Le mariage est programmé dans deux semaines et les rénovations vont bon train, surtout au rez-de-chaussée. Les Eastoffe ont pour projet d'inviter toutes les familles des environs, en signe d'amitié, et pour leur montrer que leurs nouveaux voisins sont tout à fait fréquentables. Les sols sont récurés, ce qui donne une nouvelle vie aux dalles en pierre. Le mobilier et les tapisseries que les Eastoffe ont rapportés d'Isolte sont aérés, puis placés à des endroits où ils sont mis en valeur. Des domestiques sont embauchés presque au pied levé, séduits par la gentillesse des Eastoffe.

En peu de temps, j'ai trouvé ma place au sein de la famille et tous se plient en quatre pour que les noces soient une réussite.

— C'est celui-là qui te plaît ? me demande lady Eastoffe en étudiant des rouleaux d'étoffe.

J'ai entendu dire que de plus en plus de jeunes femmes se marient en blanc, qui est un symbole de pureté.

Ses yeux s'attardent sur le doré, ma couleur fétiche. Je suis en train de choisir le tissu de ma robe. Le maître couturier a eu la gentillesse de se déplacer au manoir pour prendre mes mesures.

— Après avoir fui le palais comme je l'ai fait, j'imagine que le blanc ne m'attirera que des critiques.

— Hollis ! s'exclame Scarlet. Si tu veux te marier en blanc, rien ne t'en empêche ! Vous voulez bien nous remontrer celui-là, monsieur ?

Elle attrape un rouleau de tissu ivoire.

— Non, hors de question. D'ailleurs, je pense que Silas préférera le lamé. Je suis son soleil, après tout.

— Quel compliment adorable. Je pense que tu as raison. Va pour le lamé.

Mon bonheur est terni à l'idée que mes parents, qui ne vivent qu'à quelques lieues du manoir, n'assisteront pas au mariage. Trop fiers pour retourner à Keresken, ils préfèrent se terrer dans leur province ; ils pourraient tout aussi bien se trouver à l'autre bout du continent. Sans leur bénédiction, notre union a toutes les apparences de la clandestinité. Je suis certaine que la raison pour laquelle Jameson a eu autant de mal à convaincre les lords, c'est que la loi corienne encadre strictement le mariage. Dans la plupart des cas les futurs époux signent un accord qui détermine le partage des biens qu'ils mettent en commun, afin qu'aucune des deux parties ne soit lésée. Un contrat en bonne et due forme ne peut être annulé que par un autre contrat et, si les parents des fiancés en passent un au nom de leur enfant, seuls un ecclésiastique ou le roi sont habilités à le défaire. Se marier clandestinement, dans la précipitation, sans accord préalable, cela fait de vous un hors-la-loi, et donc un paria. Delia Grace en sait quelque chose.

Mes parents m'ont tourné définitivement le dos, c'est vrai, mais la famille qui veut faire de moi un de ses membres à part entière est aux petits soins. Tout le monde est impliqué dans les préparatifs du mariage et la joie prévaut.

— Va pour le lamé, confirme lady Eastoffe. Et quel style de robe te tente ? Je sais que les manches des robes isoltiennes peuvent être encombrantes, mais j'ai pensé que l'encolure arrondie serait un bon choix. Pourquoi ne pas combiner les deux ?

Je souris. Elle m'a déjà fait cette proposition des dizaines de fois. Pour la robe, la coiffure, le repas, la musique… elle n'a qu'un objectif, nous construire une nouvelle vie, pour sa famille et moi.

— Je pense que ce sera ravissant.

Le couturier confirme d'un hochement de tête et commence à ranger sa marchandise. Il m'informe que la robe sortira de son atelier d'ici cinq jours, ce qui nous permettra d'être dans les temps. À l'instant où il s'en va, une servante arrive et chuchote quelques mots à l'oreille de lady Eastoffe.

— Bien sûr. Faites-la entrer.

Mon cœur s'emballe. C'est ma mère, forcément. Elle va me donner sa bénédiction et me confier un bijou de famille à porter le grand jour. Tout va revenir à la normale.

Mais au lieu de ma mère, c'est une femme d'un certain âge, une domestique visiblement, qui apparaît sur le seuil. Elle s'approche, me salue d'une révérence.

— Lady Hollis, j'imagine qu'après toutes ces années vous m'avez oubliée, mais je travaille pour vos parents à Varinger.

Elle a raison, j'ai beau la regarder, je ne la remets pas.

— Je suis navrée, je ne me souviens pas de vous. Mes parents vont bien ? Il y a un problème au manoir ?

— Ils se portent bien, ma lady. Même s'ils sont très tristes. Je pense qu'ils regrettent de vous avoir mise à la porte, mais ce n'est pas à moi de le dire. Vous avez reçu une lettre hier. Je me suis dit qu'après tout ce que vous avez enduré, cela vous mettrait du baume au cœur d'avoir des nouvelles de vos amis et je me suis promis de venir aujourd'hui. Ce matin une autre lettre est arrivée, je vous l'apporte en même temps.

Elle me tend deux plis et, sur l'un d'eux, je reconnais l'écriture de Delia Grace.

— Merci beaucoup… Pardon, pouvez-vous me rappeler votre nom ?

— Hester, ma lady.

— Hester, j'ai une dette envers vous.

— Pas de souci. Ce sont les petites attentions qui font plaisir, pas vrai ?

— En effet. Avez-vous besoin qu'on vous raccompagne ? D'un cheval ?

Hester lève la main avant que lady Eastoffe puisse appeler quelqu'un.

— Non, non. C'est une belle journée pour se promener. Et je ne vais pas traîner. Je vous souhaite tout le bonheur du monde avec votre futur, ma lady.

Là-dessus, elle s'en va. Elle marche lentement, je me demande en combien de temps elle a couvert la distance entre les deux domaines.

— Nous allons te laisser seule avec ton courrier, me dit Scarlet.

Elle quitte la pièce avec sa mère. Les remerciant d'un sourire, je me plonge dans la lecture de la lettre que je redoute le plus, celle de Delia Grace.

Chère Hollis,

Je remarque qu'elle ne s'embarrasse plus de formules de politesse.

Tu avais raison. La nuit où tu es partie Jameson avait besoin d'une oreille compatissante et, quand je suis allée le voir pour pleurer la disparition de ma meilleure amie, nous avons tissé un lien très fort. Ce matin il m'a fait cadeau d'une robe neuve. Je pense qu'enfin j'ai atteint mon objectif.

Autre information : une partie de l'aile sud a été ravagée par les flammes l'autre jour, et nous devons nous estimer heureux que l'incendie ne se soit pas propagé au reste du palais. Personne ne s'est dénoncé et même s'il n'y a pas de victimes à déplorer, j'imagine que ces pièces étaient occupées par des Isoltiens. Les réfugiés habitent tous le même secteur. D'après une rumeur qui circule

Jameson est le pyromane, ce qui est un mensonge scandaleux. Le château de Keresken est sa maison.

Jameson n'était pas dans son assiette juste après ton départ, mais il semble être redevenu lui-même depuis quelque temps. Il est plus calme et je l'ai convaincu d'organiser un tournoi à l'occasion du solstice, ce qui lui a remonté le moral. Je n'ai pas le don de le faire rire, comme toi, mais j'arrive à le faire sourire. Personne d'autre n'y parvient, donc je dirais que je n'ai pas grand-chose à craindre. Mon hypothèse est que, s'il tient à moi, il sera très prudent avant de demander ma main. En toute honnêteté, je pense qu'il n'a pas tiré un trait sur toi. Même si je ne comprends pas pourquoi, vu la façon dont tu l'as traité.

À la cour on raconte que tu es une sorcière. Que tu lui as jeté un sort pour qu'il perde la tête. Ne t'inquiète pas, j'y ai mis bon ordre. J'ai essayé, en tout cas. Une autre rumeur, plus crédible, prétend que tu es tombée enceinte. Personne n'a oublié ton attitude insouciante. Tu sais combien il est difficile de faire taire une rumeur une fois qu'elle s'est propagée.

Et puisqu'on parle de ragots et de cancans, on m'a rapporté que tu n'as pas seulement quitté le palais, tu t'es enfuie avec l'un des fils Eastoffe. L'aîné, le forgeron. Il paraît que tu vas l'épouser très bientôt et que tu avais fomenté ce projet avec lui depuis un certain temps. Naturellement, Jameson a besoin de moi et il est hors de question que je quitte le palais pour mener moi-même l'enquête, mais s'il y a un soupçon de vérité là-dedans, la courtoisie voudrait que tu le confirmes. S'il l'apprend, Jameson se résoudra à l'inéluctable, comme moi à l'annonce de vos fiançailles. Ce sera sans doute un poids en moins de savoir que tu as donné ton cœur à un autre.

J'ignore si cela peut te consoler, mais je suis bien triste que les choses se finissent ainsi. Ce n'est pas parce que je rêvais d'épouser Jameson que je souhaitais que tu gâches ta vie. Sans doute ne me croiras-tu pas – nous ne nous sommes pas quittées en très bons termes. C'est pourtant vrai. Je suis sincèrement navrée.

Je dois briser là. La vie au palais m'accapare, tout le monde me sollicite.

J'espère que tu te portes bien, ma chère amie. Mes respects à tes parents.

Delia Grace

Incrédule, je replie la lettre. Delia Grace est peut-être navrée, mais nulle part elle n'écrit qu'elle aimerait me revoir au palais, ni que je lui manque. Pas un mot. À moi, elle me manque.

— Oui, elle me manque, dis-je dans un murmure.

Delia Grace n'est pas du genre à s'épancher, rien d'étonnant à ce qu'elle ne fasse pas allusion à ses sentiments dans sa lettre. Mais je la connais comme personne. J'imagine qu'elle doit se sentir bien seule à la cour, malgré les égards de Jameson. En fait, je dois tellement lui manquer que c'est pour elle une indicible souffrance de l'écrire.

Un jour, je vais y remédier.

Je prends l'autre lettre, j'étudie l'écriture élégante et je découvre au dos un cachet de cire portant le sceau royal d'Isolte.

— Valentina !

Chère Hollis,

Je suis surprise, sans l'être vraiment, par ce que vous m'annoncez. Si j'avais pris le temps de la réflexion avant d'apporter mon soutien au vainqueur actuel du tournoi, un autre m'aurait apporté beaucoup plus de satisfaction.

Je relis la phrase. De quoi parle-t-elle ? De quel tournoi ? J'étudie à nouveau le sceau. Après une inspection approfondie, je repère l'endroit où la cire a été fondue, la lettre recachetée.

Valentina m'a dit qu'elle s'exprimerait de façon codée, j'imagine qu'elle parle du roi Quinten. Oui, moi aussi, j'aurais soutenu un autre chevalier.

J'aimerais de tout cœur vous revoir. Cela me ferait du bien de reprendre cette partie de dés.

… de me parler ? De se confier à quelqu'un ?

Je travaille très dur au jardin mais je crains que la seule fleur qui ait réussi à pousser se soit fanée. Tout est très triste sans elle.

J'interromps ma lecture quelques instants. Ce qu'elle écrit là ne peut avoir qu'une seule signification et cela me déchire le cœur.

Elle a perdu son bébé.

Je ravale péniblement mes larmes. Elle avait attendu sa grossesse avec tellement d'angoisse, cet enfant lui apportait tant de joie avant même de naître. C'est sa troisième fausse couche… Je ne peux pas imaginer l'étendue de sa souffrance.

Je suis ravie de savoir que j'aurai vos lettres pour me changer les idées, alors quand vous serez mariée, trouvez le temps de m'écrire pour me raconter le grand jour sans omettre aucun détail.

J'ai envie de retourner en Corie et de grignoter des biscuits au miel en votre compagnie.

Si cette lettre est courte, je vous dois des excuses, mais depuis que ma fleur a fané un rien me fatigue. Je vous enverrai très bientôt de mes nouvelles et je vous régalerai des rumeurs les plus croustillantes sur les gentilshommes d'Isolte, même si vous n'en connaissez aucun. Les anecdotes en elles-mêmes sont amusantes, je pense qu'elles réussiront à vous divertir.

Prenez soin de vous, lady Hollis. Portez-vous bien et écrivez-moi vite.

Votre amie dévouée,

Valentina

Je pousse un soupir attristé. J'aimerais moi aussi qu'elle soit à mes côtés. Glissant les lettres dans mes jupons, je pars à la recherche de la seule personne à qui je peux me confier.

30

Lorsqu'il ne participe pas à la rénovation du manoir, Silas travaille avec Sullivan dans les dépendances, où il a aménagé une forge. En dépit des rumeurs, il reçoit toujours de nouvelles commandes. Les courtisans ont vu de leurs propres yeux le travail des frères Eastoffe et il faudrait être aveugle pour ne pas reconnaître leur talent.

Je vois par la porte qu'il façonne un morceau de métal tandis que Sullivan polit une autre pièce. Je vais m'asseoir sur le rebord de la fenêtre.

— Bonjour, mon cher ami.

— Ma bien-aimée ! s'exclame Silas en essuyant son front luisant de sueur. Que me vaut le plaisir de cette visite ?

Il s'approche de moi, m'embrasse. Sullivan s'empresse de cacher son travail sous un tas de paille puis il s'éclipse discrètement. Malgré sa timidité il est tellement attentif aux besoins des autres qu'il sait quand respecter leur intimité.

— J'ai une question à te poser.

— Laquelle ?

— Tu te souviens sans doute que j'étais chargée de divertir Valentina pendant la visite officielle de Quinten.

— Oui. Et je me rappelle que tu t'en es sortie haut la main parce que personne – et je n'exagère pas, personne – n'était arrivé jusque-là à la faire sourire, encore moins à lui arracher un mot.

— Sur le moment je l'ai vécu comme une vraie réussite. Je me demandais si tu avais compris que Valentina et moi sommes très proches.

— Oui, bien sûr. J'ai vu que tu te faisais beaucoup de souci à son sujet, j'espérais que tu viennes m'en parler. J'aurais préféré que ce ne soit qu'une amitié de courte durée.

— Je sais que vous n'êtes pas en très bons termes avec la famille royale.

— Tu ne connais qu'une toute petite partie de la situation.

— Quoi qu'il en soit, je me suis attachée à Valentina. Elle m'a confié des secrets de la plus haute importance.

— C'est-à-dire ?

— Elle vient de faire une fausse couche. C'est la troisième.

Silas ouvre de grands yeux.

— Tu en es certaine ?

— Oui. Elle m'a parlé des deux premières et elle m'a fait jurer le silence durant la visite officielle, mais elle vient de m'apprendre la troisième par lettre.

— Trois… Il faut que j'en informe Père, souffle Silas.

— Surtout pas ! Je lui ai promis de garder le secret, elle me fait confiance. Si je t'en parle, c'est pour te préparer à la demande irrationnelle que je vais te faire maintenant.

— Laquelle ?

— Est-ce que… tu veux bien qu'on aille à Isolte bientôt ?

— Hollis, lâche-t-il, visiblement atterré.

— Il ne s'agirait que de quelques jours ! Valentina est seule, je suis sûre qu'elle a peur que le roi demande le divorce maintenant qu'elle a perdu son troisième enfant. Ou pire. Je veux qu'elle sache qu'elle a une amie.

— Écris-lui alors.

— Ce n'est pas la même chose !

Silas a un geste découragé de la tête, le regard dans le vague.

— Je me suis résigné au fait que je serai incapable de te donner la vie que tu aurais pu avoir au palais…

Je l'interromps aussitôt :

— Cette vie, je n'en veux pas.

— Et je me suis fait la promesse de répondre à toutes tes demandes, dans la mesure de mes moyens. Mais ma famille court au-devant de graves dangers à Isolte. Le roi se méfie de nous et nous ne savons pas quel accueil les Chevaliers Noirs nous feraient, même pour quelques jours. Figure-toi que c'est moi qui ai convaincu ma famille de partir. Je ne peux pas y retourner. Pas maintenant… et peut-être jamais.

Je baisse la tête, tâchant de camoufler ma déception. J'étais loin de me douter que ma fuite aurait de telles retombées et je crains d'être un boulet au pied de Silas. Il a déjà assez de soucis, je ne veux pas qu'il me considère comme un problème supplémentaire.

— Tu as raison. Je suis désolée. Je vais écrire à Valentina pour la réconforter du mieux que j'en suis capable.

— Ne crois pas que cela me fait plaisir de refuser. L'essentiel, c'est de prendre du temps pour nous, de démarrer notre vie. J'ai l'impression de t'avoir attendue pendant des siècles.

— Encore un peu de patience.

— Un tout petit peu de patience.

Le sourire de Silas me met du baume au cœur. J'ai hâte de devenir une Eastoffe.

— Delia Grace m'a écrit elle aussi. Le roi lui a fait cadeau d'une robe et elle tient beaucoup à savoir si les rumeurs qui circulent sur notre compte sont vraies ou non.

— Cela ne m'étonne pas, répond Silas dans un éclat de rire. Dis-lui que tu t'es enfuie avec des troubadours. Oh non, non ! Dis-lui plutôt que tu t'es recluse au monastère du Catal, que tu vis dans une grotte. Et prends mes outils ! Grave ta lettre sur une plaque de pierre.

— Il va falloir en trouver une d'assez bonne taille.

Je regagne le manoir en retournant dans ma tête les paroles encourageantes que je compte adresser à Valentina. J'imagine Delia Grace faire les cent pas dans sa chambre en ce moment même.

J'y penserai plus tard : aujourd'hui il y a une lettre qui réclame toute mon attention.

Mes estimés parents,

Je vous adresse mes excuses. Je sais que je vous ai déçus, pas seulement en refusant la main du roi, mais aussi en sabotant vos années d'investissement. Mon attitude n'a cadré que rarement avec vos espérances. Parfois parce que c'est ma nature d'aller à contre-courant, parfois pour des raisons que je ne m'explique pas moi-même. Je n'avais pas l'intention de vous désobéir. Je voulais simplement connaître le bonheur, et c'est difficile d'être heureuse quand on vous force à rester assise et à vous taire. Je vous présente mes excuses, encore une fois.

Je ne peux pas revenir sur le passé mais je crois sincèrement, du fond du cœur, que Sa Majesté trouvera une jeune femme qui fera une reine idéale, digne d'occuper le trône. Même en étant animée des meilleures intentions, j'aurais fait une souveraine calamiteuse et j'espère que mon absence sera plus bénéfique au peuple que ma présence.

Je pense avoir trouvé mon égal en Silas Eastoffe. Je sais que vous êtes attristés parce qu'il ne vit pas comme un aristocrate, même si sa famille est de souche ancienne, et parce qu'il n'est pas de Corie, mais ce mépris envers les Isoltiens ne nous grandit pas en tant que peuple. Je tiens beaucoup aux réfugiés que je connais. Et il m'est impossible de faire machine arrière à présent.

J'aime Silas et je l'épouse dans deux jours. Je vous envoie cette lettre pour, je l'espère, enterrer la hache de guerre et vous demander de me pardonner et d'assister à la journée la plus importante de ma vie. Non, je ne suis pas le garçon que vous appeliez de vos vœux. Non, je ne suis pas devenue reine. Oui, j'ai attiré la honte sur notre famille. Mais cela a-t-il vraiment de l'importance ? Les manigances à la cour finiront par vous détruire. Vous êtes toujours l'un des couples les plus puissants de Corie. Vous possédez des terres et des richesses qui vous placent au-dessus du commun des mortels. Et vous avez une fille qui donnerait beaucoup pour rester dans votre vie. Venez à mon mariage, je vous en conjure. Si vous n'y assistez pas, j'attendrai pleine d'espoir le jour où vous serez prêts à me revoir. Ne dit-on pas que l'espoir fait vivre ?

Dans deux jours, à cinq heures de l'après-midi, au manoir d'Abicrest.

Avec tout mon amour,

Votre fille, Hollis

31

— Avec cet anneau je te prends, Hollis Brite, pour épouse. Avec mon corps, je te jure une indéfectible loyauté. Avec mon cœur, une fidélité éternelle. Et avec ma vie, une dévotion totale, aussi longtemps que notre Dieu le jugera bon.

Silas glisse à mon doigt l'anneau qu'il a fabriqué de ses mains. Lassée de tous ces fastueux joyaux que j'ai portés ces derniers mois, je lui ai demandé quelque chose de simple et il s'est plié à ma demande. Il glisse le mince ruban en or à mon doigt, je me tourne vers lui et je récite les vœux à mon tour.

— Avec cet anneau je te prends, Silas Eastoffe, pour époux. Avec mon corps, je te jure une indéfectible loyauté. Avec mon cœur, une fidélité éternelle. Et avec ma vie, une dévotion totale, aussi longtemps que notre Dieu le jugera bon.

L'anneau, un peu plus large, trouve sa place naturellement au doigt de Silas et, enfin, nous sommes unis par les liens du mariage.

— Vous pouvez embrasser la mariée, dit l'ecclésiastique.

Silas scelle notre serment d'un baiser sous les applaudissements de l'assemblée.

Les invités se bousculent dans la salle de réception et c'est une excellente surprise. De nombreux voisins ont fait le déplacement pour rencontrer les Eastoffe. Certains se souviennent de moi petite fille, ou ils m'ont croisée à la cour, et tous sont curieux de découvrir qui a remplacé le roi dans mon cœur. Les Eastoffe ont même autorisé les domestiques, qui ont travaillé d'arrache-pied pour rendre le manoir accueillant, à assister à la cérémonie en prenant place dans le fond de la salle, et je remarque, ravie, qu'ils sont les premiers à se servir lorsque circulent les chopes de cervoise. Et là, au milieu de la foule, j'avise mes parents.

Ils ne sourient pas. En fait, tandis que les invités lancent des vivats et trinquent à la santé des mariés, ils me donnent l'impression de se disputer, aussi discrètement que possible. Je me désintéresse d'eux. Ils sont venus, c'est déjà beaucoup.

— Un toast, propose lord Eastoffe. À nos merveilleux voisins et amis, qui nous ont soutenus durant notre installation en Corie. À cette journée, idéale pour célébrer l'amour. Et à Silas et Hollis. Hollis, nous nous sommes pris d'affection pour toi depuis le début et nous sommes ravis de t'accueillir dans notre famille. Nous n'en sommes plus à un scandale près.

Hilarité générale. Je sais exactement dans quoi je m'engage.

— À Silas et à Hollis !

La salle lui répond en écho, levant les chopes. Les violons se mettent à jouer à l'instant où les verres s'abaissent et les invités commencent à se mélanger.

— J'ai une sœur, j'ai une sœur ! s'écrie Scarlet en se jetant sur moi.

— Moi aussi ! Toute ma vie, j'ai voulu avoir un frère ou une sœur. Et là, trois d'un coup !

Saul m'entoure la taille de ses bras, il essaie de se faire une petite place. Sullivan s'approche de moi à pas de loup, rouge comme une tomate, et il me serre à son tour contre lui. Il reste accroché à moi quelques instants et je le laisse faire. Peut-être qu'il a besoin de câlins de temps en temps et qu'il n'ose pas en réclamer.

Il se détache et déclare avec un sourire :

— Bienvenue dans la famille.

— Merci. Et merci pour le diadème, je l'adore !

L'objet sur lequel Sullivan travaillait dans la forge, celui qu'il a caché à mon arrivée, est son cadeau de mariage. Il s'agit d'un diadème en or qui tient grâce à deux petites épingles. Il y a accroché un voile qui cascade dans mon dos et placé sur l'avant deux petites attaches dans lesquelles je peux glisser des fleurs. Splendide. Voilà, je sais ce que je vais porter le Jour du Couronnement jusqu'à la fin de ma vie.

Il hoche furtivement la tête avant de reculer d'un pas. Silas lui donne un petit coup de coude, leur façon à eux de communiquer.

— Viens par ici, madame Eastoffe, me dit Silas en m'éloignant du groupe. Je veux saluer tes parents avant qu'ils trouvent un prétexte pour partir.

Transgressant tous les usages que je connais, Silas se dirige vers ma mère et la prend dans ses bras. Je savoure sa mine horrifiée.

— Mère ! lance-t-il. Père, ajoute-t-il avant d'échanger une poignée de main avec lui. Quel plaisir de vous voir aujourd'hui.

— Nous ne restons pas longtemps, répond très vite mon père. Comme nous retournons à

Keresken demain, nous devons surveiller la préparation des malles.

— Demain ? Si vite ?

— Nous préférons les appartements que nous occupons au palais, assène ma mère. Varinger sonne vide.

On doit se sentir tout petit dans une maison aussi grande, c'est certain.

— Promettez-moi de ne pas partir avant le dessert. Lady Eastoffe a commandé des tartes aux pommes et, d'après ce que j'ai compris, la tradition à Isolte veut qu'on en émiette une sur ma tête pour me porter bonheur.

Mère éclate de rire et je considère cela comme le plus beau des cadeaux de mariage.

— On va te recouvrir de miettes ? s'étonne-t-elle.

— Oui. Mais cela me permet de manger du dessert avant tout le monde, alors je ne me plains pas.

— Toujours à voir le bon côté des choses, me répond-elle avant de fermer les yeux, comme saisie par l'émotion. Je regrette de ne pas avoir été capable d'apprécier cette facette de ta personnalité.

— Il n'est pas trop tard…

Elle hoche la tête, les paupières ourlées de larmes. Tout en elle indique qu'elle a envie de tourner la page. J'espère qu'elle a encore de la place pour moi au fond de son cœur.

— Nous restons pour la tarte aux pommes, me promet Père. Mais nous partirons aussitôt après. Il y a des… choses qui réclament notre attention au palais.

— Je comprends. Vous voudrez bien dire au roi que je suis heureuse ? Et que je lui souhaite le même bonheur ?

Père laisse échapper un long soupir.

— Je… je lui dirai ce qui me semblera judicieux sur le moment.

Ce n'est pas la réponse que j'attendais. Je souhaite au roi un avenir radieux et je voudrais qu'il nous donne sa bénédiction. Apparemment, mes parents doutent que cela soit possible.

Je m'incline et Silas m'entraîne un peu plus loin.

— Je voulais qu'ils viennent, mais je ne pensais pas que ce serait aussi dur.

— Chacun va devoir s'adapter. Fais-moi confiance, tout finira par s'arranger.

— Je l'espère.

— Tu ne peux pas faire cette tête-là, Hollis. Pas le jour de ton mariage. Si tu ne te dérides pas, tu vas gâcher ma surprise.

J'étudie son sourire espiègle.

— Une surprise ? Silas Eastoffe, j'exige une réponse immédiate !

Ma réaction lui arrache un rire et il décide de ne pas faire durer plus longtemps le suspense. Se tournant vers moi, il prend mon visage entre ses mains.

— Je suis désolé de ne pouvoir t'emmener à Isolte. Mais… nous irons à Eradore.

— À Eradore ? Vraiment ?

— Je dois livrer deux couteaux de chasse à la fin de la semaine. Une fois ma commande livrée, nous partirons pour la mer.

Je me jette à son cou.

— Merci !

— Je te l'ai dit, je veux te combler de cadeaux. Ce n'est que le début.

Lady Eastoffe nous rejoint à cet instant.

— Silas, puis-je t'emprunter ta femme ?

— Bien sûr. Je vais saluer les autres invités.

— Tu risques d'avoir une épouse très gâtée, lui dis-je.

— Tant mieux ! lance-t-il avant de s'éloigner.

— Ma chère lady Eastoffe, me dit sa mère.

Mon nouveau titre m'arrache un petit cri de joie.

— Mais oui ! Enfin, je suis une Eastoffe !

— Et nous sommes aux anges. Avant que la soirée se poursuive, j'aimerais échanger quelques mots avec toi. Tu veux bien m'accompagner dehors ?

— Bien entendu.

De la tête elle me montre la porte et nous sortons dans le jardin. Le fond est toujours envahi de mauvaises herbes mais l'avant est impeccable. Les haies hautes et touffues en font l'endroit idéal pour la promenade et la méditation, et j'y ai passé beaucoup de temps ces deux dernières semaines, à me prélasser au soleil. Ce même soleil qui, en ce moment même, disparaît derrière l'horizon et pare le ciel de reflets violets.

— Mon cœur se réjouit de vous voir unis, toi et Silas. Plus personne ne peut remettre ta place en question et je pense que cela nous sera d'une aide immense. Nous sommes éternellement liés à la Corie, conclut-elle avec un sourire.

— Nous avons dû franchir maints obstacles et j'ai bien cru que nous n'y arriverions jamais. Mais voilà, c'est fait ! Et quantité de gens se sont déplacés pour nous témoigner leur amitié. Mes parents aussi… je n'en crois pas mes yeux.

— C'est vrai. Et j'espère que cette journée restera gravée dans ta mémoire. La vie de couple peut présenter certains défis mais si tu repenses à cet instant, à l'amour, à la cérémonie, alors tu trouveras une solution à chaque problème.

— Je m'en souviendrai. Merci.

— Je t'en prie. Le mariage officialise votre amour, mais il y a d'autres traditions à honorer. Et comme posséder quelque chose d'ancien attire la chance, je te confie ceci.

Lady Eastoffe retire de sa main droite une bague sertie d'un saphir de belle taille et l'observe à la lumière du soleil couchant.

— Cette bague a jadis appartenu à un personnage qui a marqué les annales d'Isolte. Elle a été donnée à son cinquième enfant – son troisième fils – et elle se transmet de génération en génération dans notre famille. Je sais que notre passé ne signifie pas grand-chose ici mais il est riche et complexe. Un jour, je te raconterai toutes nos histoires. En attendant porte ce bijou, et porte-le fièrement.

Elle a des histoires à me raconter. Et j'imagine que Silas en a aussi, de son côté. Elles seront bientôt tissées dans la trame de ma vie, je pourrai les faire miennes.

Les mains tremblantes je prends la bague, un fil supplémentaire dans la tapisserie de mon existence.

— Elle est magnifique. Mais êtes-vous sûre qu'elle ne revient pas à Scarlet plutôt ?

— J'ai d'autres bijoux à lui donner. Toi, tu es l'épouse de mon fils aîné, comme je suis moi-même l'épouse d'un premier-né. C'est une tradition. Et tu sais combien nous sommes attachés à la tradition à Isolte.

— Oui, je l'ai remarqué.

Le temps passé sous le même toit que les Eastoffe m'a permis de constater qu'ils font leur possible pour préserver et perpétuer leur mode de vie. Les tâches quotidiennes sont exécutées avec un souci étonnant du détail et chacune est accompagnée d'une explication rationnelle et minutieuse.

— Si telle est la coutume, alors je m'incline. Et si vous affirmez que Scarlet ne se sentira pas lésée…

— Porter cette bague à ton doigt fait de toi un membre à part entière de notre lignée ; elle sera absolument ravie.

— À vous entendre…

Notre conversation est interrompue par des hurlements.

— Mais que se passe-t-il ?

Nous nous sommes enfoncées dans les profondeurs du jardin, trop loin pour voir le manoir.

Nous revenons sur nos pas en courant et nous nous approchons en catimini, camouflées par une haie, puis nous risquons un coup d'œil vers la demeure. Il y a une dizaine de chevaux devant le perron.

— Ils nous ont trouvés, souffle lady Eastoffe, horrifiée. Ils sont venus nous chercher.

32

« Ils sont venus nous chercher ». Grâce à Valentina, je sais exactement de qui elle parle.

— Les Chevaliers Noirs, dis-je d'une voix quasi inaudible.

D'autres cris se font entendre et, d'instinct, je me remets à courir. Silas est là-dedans. Mais je suis plaquée au sol par lady Eastoffe, mon voile se déchire.

— Qu'est-ce que vous faites ? Il faut qu'on aille à leur secours !

Et je fonds en larmes.

— Chut ! lance lady Eastoffe.

De la main elle me couvre la bouche et elle attend que je me calme.

— Tu crois vraiment que tu peux les aider ? nous n'avons pas de chevaux, pas d'armes, rien. Nos maris nous donneraient l'ordre de rester cachées s'ils en avaient la possibilité, et c'est ce que nous allons faire.

— C'est notre famille qui est là ! notre famille !

Elle m'entraîne sous le couvert du feuillage et j'essaie de me libérer en me débattant. Je refuse qu'elle m'empêche de rejoindre Silas.

— Regarde-moi, Hollis !

Je plonge mon regard dans le sien et ce que j'y vois me bouleverse. Cette femme fière et altière est détruite.

— Si tu penses que je le fais de gaieté de cœur, détrompe-toi, me dit-elle. C'est une éventualité que nous avons envisagée, Dashiell et moi, et nous avons passé un marché. Si l'un de nous s'en sort vivant, voici ce que nous avons prévu…

Elle repousse des branches pour mieux voir. Quel contraste saisissant entre ce ciel, ces fleurs parfumées… et ces hurlements à glacer le sang.

— Pourquoi ne pas prendre la fuite ? Qu'est-ce que vous avez prévu ?

Comme elle ne répond pas je tente de me mettre debout, mais elle me force à rester au sol.

— J'ai fait une promesse à Silas aussi, gronde-t-elle. Maintenant, on ne bouge plus !

Entendant le nom de Silas, je me fige. Quelle promesse lui a-t-elle faite ? Pourquoi personne ne m'en a-t-il parlé ? Pourquoi suis-je en train de me tapir dans l'herbe alors qu'il est peut-être mourant ?

Je plaque les mains sur mes oreilles. Les bruits assourdis du massacre me parviennent malgré tout. J'aimerais tant que tout s'arrête. Mais il semblerait que j'aie déjà pris trop de risques et je ne peux attirer le danger sur une personne qui s'est engagée à me protéger.

— Je ne comprends pas. Pourquoi ne pas les aider ?

Lady Eastoffe ne dit toujours rien ; elle étudie la situation par-dessus les buissons, puis elle revient à mes côtés et me tient fermement par les épaules, prête à me maîtriser si je tente une évasion.

Les paroles de Silas me reviennent alors : les Chevaliers Noirs ne laissent que ruines et destruction dans leur sillage. À cette pensée, j'ai un haut-le-cœur.

J'ai l'impression que l'horreur dure une éternité. J'essaie d'envoyer télépathiquement un message à Silas, celui de survivre, de s'accrocher quoi qu'il arrive. Et je me sens coupable de ne penser qu'à lui, de reléguer les autres au second plan. Saul n'est qu'à l'orée de sa vie, Sullivan trop fragile pour vivre ce genre d'épreuve. Et même si mes parents sont loin d'être parfaits, ils ne méritent pas un sort aussi affreux.

Après d'interminables minutes les pleurs et les hurlements se taisent et cèdent la place à des rires cruels. À cet instant, je comprends que les Chevaliers Noirs en ont fini. Ils ont rempli leur mission et ils plaisantent, se félicitent chaleureusement, se réjouissent de leur succès. Un travail rondement mené. J'en ai la nausée.

Alors un crépitement se fait entendre : des flammes ? nous les voyons partir au galop et nous attendons que le bruit des sabots s'éteigne totalement avant d'oser nous mettre debout et d'aller constater l'étendue des dégâts.

— Par pitié. Par pitié.

Mes oreilles ne m'ont pas trompée : ils ont mis le feu au manoir. Nous nous précipitons vers le perron avec l'espoir de secourir des blessés dans le salon de réception. J'étouffe ma peur à chaque pas. L'incendie n'a pas englouti toute la demeure, il y a encore des chances de sauver des gens.

Je m'arrête devant la porte, trop effrayée pour entrer. Alors une petite voix s'élève des buissons.

— Mère ?

— Scarlet ? C'est toi ? Dieu soit loué !

Lady Eastoffe se précipite vers sa fille et la serre dans ses bras, le corps secoué de violents sanglots.

— Ma petite fille ! Ils ne m'ont pas pris ma petite fille !

Depuis le seuil, je balaie le vestibule du regard. Pas un mouvement. Scarlet est-elle la seule survivante ?

— Ce sont eux ? les Chevaliers Noirs ?

Lady Eastoffe tourne vivement la tête dans ma direction avant de reporter son attention sur la pauvre Scarlet.

— Tu les connais ? Qui t'a parlé d'eux ?

— Valentina, et Silas.

Elle secoue la tête, abattue.

— Je pensais qu'ils nous laisseraient vivre en paix si nous quittions le pays. Je me suis lourdement trompée.

— Mais pourquoi vous traquer jusqu'ici ?

— Oh, Mère, ils sont entrés l'épée tirée, leur heaume sur la tête, et ils ont frappé tous ceux qui se mettaient en travers de leur chemin, même les domestiques. Je ne sais pas pourquoi ils m'ont épargnée... Je suis restée paralysée, je n'ai pas pu me battre.

— Tu n'es pas censée te battre, tu le sais bien. Tu es censée prendre la fuite.

— L'un d'eux m'a attrapée par les épaules, il m'a tenue un bon moment et j'ai cru qu'il allait me tuer en prenant tout son temps. Mais non, il m'a jetée dehors. J'ai essayé de m'enfuir mais mes jambes ne fonctionnaient plus. J'ai rampé jusqu'aux buissons et je me suis cachée. Je voulais riposter, Mère. Je voulais les faire souffrir.

Lady Eastoffe la serre plus fort.

— Ils ne m'ont pas tuée, et je ne saurai jamais pourquoi ! Et j'ai regardé… j'ai vu…

Elle éclate en sanglots, incapable d'en dire plus.

Je secoue la tête. Rien de ce que j'entends n'a de sens. Ramassant mes jupes, je me risque dans le salon de réception.

— Que fais-tu ? me demande lady Eastoffe.

— Je vais chercher des survivants.

— Hollis, écoute-moi. Il n'y a aucun survivant.

— Mais si… forcément…

— Hollis, je t'en supplie, dit-elle sur un ton qui tient de la mise en garde. Tu risques de ne pas t'en remettre.

Ses paroles font courir un frisson d'horreur sur mon échine alors que les flammes sont en train de gagner l'aile est du manoir. Sans doute savait-elle depuis le début qu'il n'y aurait aucun blessé à secourir.

— Mais ce n'est pas possible…

Elle baisse la tête et ne cherche pas à me retenir.

J'entre et un domestique manque de me percuter, courant comme si le diable en personne le pourchassait. Chargé de plateaux en or. Le butin du jour. Pleine d'espoir je prends une grande inspiration que je regrette immédiatement : mes poumons se remplissent de fumée.

Me dirigeant vers la salle où, il y a quelques instants à peine, nous portions un toast à l'avenir, je vois d'immenses langues de feu dévorer les tables, les tapisseries, ainsi qu'un cadavre qui pourrait être celui de Saul, gisant près de la porte.

La main sur la bouche, je retiens un hurlement.

Lady Eastoffe a raison. Je n'aurais pas dû entrer. Toute ma vie je vais être poursuivie par ce visage, cette image. Jamais je ne vais oublier le sang et l'odeur.

Je veux m'enfoncer plus loin. Trouver Silas. Mais le feu s'est propagé, la situation est très sérieuse… et je n'entends pas d'appels, pas de gémissements. Si Silas a préparé un plan, un plan dans lequel je survis à une attaque des Chevaliers Noirs, il va falloir que je sorte maintenant, car je sais que je ne pourrai survivre à la découverte de son cadavre démembré ou consumé par les flammes. Et, si je m'aventure un peu plus loin, je cours le risque d'être piégée par l'incendie.

Une quinte de toux me plie en deux et je regagne l'extérieur en courant.

À la vue de mon visage horrifié, lady Eastoffe hoche la tête. Je regarde Scarlet et j'imagine que mon expression reflète la sienne. Elle ne se remet pas de la scène dont elle a été témoin et je vois des fantômes dans ses yeux. Je m'approche d'elle et je la serre dans mes bras, elle se cramponne à moi quelques instants.

Lady Eastoffe nous attrape par la main et se tourne vers le sentier qui a été désherbé récemment, plongeant son regard dans l'obscurité.

— Où aller ? s'inquiète Scarlet.

— À Varinger, bien sûr, dis-je d'une voix monocorde.

Le menton levé, lady Eastoffe se met en marche.

— Venez, mes filles. Cela ne sert à rien de rester ici.

Je ne peux m'empêcher de regarder par-dessus mon épaule. Je vois les rideaux prendre feu, la maison s'embraser. Elle a raison : nous devons partir. Ce n'est pas la première fois que le désastre s'abat sur eux. Ce qui explique qu'elles fassent preuve d'un si grand calme, comme si elles s'attendaient à cette catastrophe.

Silas m'a parlé des Chevaliers Noirs sans entrer dans le détail, mais il ne fait aucun doute que leur route a déjà croisé celle des Eastoffe. Aujourd'hui, leur rencontre lui a été fatale.

Comme aucune de nous n'est en état de réfléchir, l'idée ne nous vient pas d'aller chercher une monture aux écuries. Non, nous marchons dans un silence de mort, d'un pas lourd, vers la maison de mon enfance. La perspective de franchir les grilles de Varinger devrait me remplir d'un sentiment de sécurité, mais je ne pense qu'à ce qui m'y ramène… j'aurais préféré ne jamais y remettre les pieds. Je suis aux aguets tout le long du chemin, prête à prendre la fuite au moindre bruit de sabots dans le lointain, au moindre cri.

Il n'y a pas de chevaux, pourtant. Ni aucune voix humaine. Nous sommes seules.

Lorsque nous arrivons devant la grille nous voyons qu'un valet est posté sur les marches du perron, un flambeau à la main, attendant sans doute le carrosse luxueux de ses maîtres. Repérant nos trois silhouettes au loin – trois silhouettes de femmes –, il s'écrie à la cantonade :

— Réveillez-vous ! Réveillez-vous !

Le temps que nous atteignions le perron, une armée de domestiques s'est rassemblée pour nous accueillir. Je reconnais Hester, la vieille femme qui m'a apporté mes lettres l'autre jour.

— Lady Hollis ! Que vous est-il arrivé ? s'exclame-t-elle. Où sont vos parents ?

En guise de réponse, je m'effondre et je me mets à hurler.

33

La réalité me frappe comme une gifle, même si j'en ai vaguement conscience depuis plusieurs heures. Mes parents sont morts. Mon mari est mort. Je suis seule.

— Ils ne rentreront pas, chuchote lady Eastoffe à ma place, les traits figés.

Les larmes ont tracé deux sillons sur son visage couvert de terre et de suie. Elle s'apprête à monter les marches du perron mais un domestique lui barre la route.

— Nous ne vous hébergerons pas, déclare-t-il le torse bombé. Nos maîtres détestaient votre engeance et ils…

— Ça n'a plus aucune importance, tu ne crois pas ? rétorque Hester. Les maîtres sont morts. C'est lady Hollis qui est à la tête de la maison à présent, donc il va falloir t'habituer à ce qu'elle donne les ordres. Elle nous a ramené sa famille, alors nous allons leur donner à manger et les soigner.

— Hester a raison, grommelle un autre valet. C'est à lady Hollis que nous devons obéir.

— Laissez-moi vous conduire au salon de réception, nous dit Hester.

— Merci, lui répond lady Eastoffe. Viens, mon enfant. Allons-y.

Elle m'aide à me remettre debout et nous nous rendons sans la moindre énergie au salon de réception, où un feu crépite dans l'âtre. Je m'écroule par terre et je me réchauffe les mains. Scarlet pleure tout bas. Un flot d'émotions nous submerge. Le chagrin d'avoir perdu tous nos proches, la culpabilité d'avoir survécu, la peur de ce qui nous attend.

— Tout va s'arranger, chuchote lady Eastoffe en lui caressant les cheveux. Nous construirons une nouvelle maison, je te le promets.

Scarlet s'appuie contre sa mère et je sais que cette promesse n'arrivera pas à effacer l'horreur qu'elle vient de vivre. Lady Eastoffe a le regard dans le vide. Elle a eu l'intelligence de me contraindre à rester cachée, l'énergie de nous forcer à rallier Varinger en pleine nuit et je suis certaine qu'elle va nous porter à bout de bras, l'une et l'autre, ces prochains jours… mais je vois bien qu'elle est bouleversée, qu'elle n'est plus la même. Elle va devoir vivre avec un traumatisme indescriptible.

— Les Chevaliers Noirs ont tué tout le monde à l'exception de Scarlet et mis le feu à la maison sans rien prendre. Pour quelle raison ? Cela n'a aucun sens.

Lady Eastoffe ferme les yeux et prend une profonde inspiration.

— Malheureusement, Hollis, tout est limpide pour nous.

— Ce n'est pas la première fois qu'ils vous attaquent, n'est-ce pas ?

— Non, mais jamais avec une telle violence. Nous avons perdu des membres de notre famille, oui. Et nos biens. Nous avons été chassés de chez nous… Je ne pensais pas qu'ils nous poursuivraient jusqu'ici.

— Je ne comprends toujours pas, dis-je en secouant la tête.

À cet instant des servantes font leur entrée à petits pas pressés, l'une chargée d'un plateau, l'autre de serviettes, une dernière d'une cuvette remplie d'eau. Une assiette avec un quignon de pain et des poires se matérialise à côté de moi, même si je suis incapable d'avaler quoi que ce soit. Lady Eastoffe les remercie et plonge les mains dans la cuvette pour se nettoyer le visage à l'eau claire.

Dès que nous sommes seules, elle se tourne vers moi.

— Te rappelles-tu notre arrivée à Keresken ?

Des larmes silencieuses roulent sur mes joues et j'ébauche un pâle sourire.

— Comment l'oublier ?

— Quand le roi Jameson a reconnu notre nom, je me suis dit que deux possibilités se présentaient à nous. Soit il allait nous châtier sans autre forme de procès… nous jeter aux oubliettes, peut-être, ou nous bannir définitivement. Soit il nous donnerait l'asile et ferait de nous l'une des familles les plus en vue à la cour, toujours à son service. J'ai été stupéfaite qu'il nous laisse nous installer où nous voulions, et même qu'il nous autorise à rester en Corie.

— Mais pourquoi aurait-il refusé de vous accueillir ?

Elle s'appuie au dossier de son fauteuil et fixe le plafond.

— Parce que ces choses-là arrivent à ceux qui sont aux marges de la royauté.

— Aux marges de la royauté ?

— C'est une histoire compliquée. Je vais essayer de faire simple. Quinten est le descendant direct de Jedreck le Grand. La couronne a été transmise au premier-né de Jedreck et Quinten appartient à cette lignée – c'est donc lui le souverain légitime. Mais Jedreck le Grand a eu trois fils et quatre filles.

« Certains ont intégré d'autres familles royales par mariage, d'autres ont choisi une vie tranquille au service de la couronne et d'autres encore sont décédés sans descendance et leur branche s'est éteinte. La famille Eastoffe est l'une des branches de cet arbre généalogique. Nous descendons d'Auberon, le cinquième-né de Jedreck. La bague que tu portes lui appartenait, elle lui a été donnée par son père, le roi.

J'étudie le saphir, dont la couleur rappelle tant le bleu isoltien. C'est la première fois que j'entends parler de cette histoire.

— En plus de Quinten, Hadrian et nous, poursuit lady Eastoffe, il n'y a qu'une autre famille qui appartient à la lignée des Pardus : les Northcott. Tu sais de qui je parle ?

J'opine du chef. Etan m'a laissé un souvenir inoubliable, malheureusement. Impossible que ce mufle ait une goutte de sang royal en lui.

— Nos trois familles se partagent les restes de la lignée royale, de ceux qui pourraient prétendre au trône. Mais… comme les héritiers mâles sont souvent les plus viables, et que mon mari et nos fils… mes fils…

Elle éclate en sanglots. J'imagine qu'elle a en elle une réserve inépuisable de larmes. Comme moi.

Scarlet se recroqueville un peu plus sur son siège, noyée dans son propre chagrin. Je me précipite pour prendre lady Eastoffe dans mes bras.

— Je suis désolée.

— Je sais, bafouille-t-elle. Et moi aussi. Pour toi. Orpheline si jeune. Je suis vraiment navrée, Hollis. Jamais je n'aurais donné mon accord si j'avais pensé que tu serais en danger. Je croyais qu'ils nous laisseraient tranquilles.

— Mais qui sont ces Chevaliers Noirs ? Qu'est-ce qui les motive ?

— À ton avis, qui pourrait vouloir éliminer les autres prétendants au trône ? rétorque lady Eastoffe.

La réponse m'apparaît instantanément, même si elle me paraît absurde.

— Ce n'est pas possible. Pas Quinten.

En même temps, tout bien réfléchi, cela ne paraît pas si impossible que cela. Le simple souvenir de Quinten me glace les sangs. C'est lui qui coupe Valentina des autres, qui force son fils souffrant à se montrer en public alors que c'est de toute évidence un calvaire pour lui. S'il traite aussi mal les gens auxquels il tient, quel sort réserve-t-il aux autres ?

— Quelques semaines avant notre départ, nous sommes allés rendre visite au roi et fêter les vingt-cinq ans de son règne. Tu as vu de tes propres yeux à quel point il est vieux et vaniteux. Tu as vu aussi comment il tourmente ses proches. Il faut avant tout éviter de le mettre en colère. C'est pour cela que nous avons pris part à cette célébration, quand bien même nous aurions préféré rester chez nous. Je pense que nous n'avons pas réussi à camoufler notre lassitude.

« Lorsque nous sommes rentrés chez nous, notre bétail avait été massacré. Pas par un loup ni un ours, les blessures ne correspondaient pas. Et nos domestiques… Ceux qui avaient pu prendre la fuite nous ont dit que des hommes en cape noire avaient enchaîné les autres pour les emmener. Quant aux rares qui avaient essayé de se défendre, nous avons trouvé leurs cadavres empilés sous un arbre.

« C'était une attaque préméditée, un message à notre intention. Quinten ne peut supporter qu'on menace sa lignée, alors qu'elle va s'éteindre sous peu de toute façon. Les Northcott sont les principaux prétendants au trône aujourd'hui. Certains disent qu'ils le sont depuis toujours. J'imagine qu'ils sont ses prochaines cibles…

« Mais les Northcott sont intelligents. Tu l'as vu, ils ont pris part à la visite diplomatique. Ils ne ratent aucun événement officiel et font leur possible pour rester dans les bonnes grâces de Quinten, si pareille chose existe. Et malgré leurs sacrifices, ils n'ont pas laissé la peur les envahir. Ils vont sans doute donner du fil à retordre à Quinten.

— Les Northcott ont été attaqués par les Chevaliers Noirs, eux aussi ? Donc cette… cette milice, cette armée n'est pas anonyme ? Ce sont les hommes du roi, vous en êtes sûre ?

— Je ne vois pas comment il pourrait en être autrement.

Je reste perchée sur l'accoudoir du fauteuil, lady Eastoffe toujours dans mes bras.

— Alors Quinten n'est pas seulement vaniteux, dis-je, il est aussi stupide. S'il n'a pas d'héritier et qu'il élimine tous les prétendants au trône, le royaume ne risque-t-il pas de tomber dans des mains inconnues ? Ou, pire, d'être envahi par une puissance étrangère ?

Elle me tapote la main.

— Tu es plus sage que lui. Hélas, tu n'as pas autant de pouvoir. Et maintenant, Scarlet et moi, nous voilà sans patrie, sans maison, et sans famille.

Elle ravale ses larmes. Ce qui s'est passé cette nuit a brisé tant de vies… m'en remettrai-je un jour ? Et elle ?

Je regarde mes mains. Trop petites pour sauver qui que ce soit, trop faibles pour repousser l'attaque des Chevaliers Noirs. Mais, à la droite, je porte la bague à pierre bleue qui, à en croire lady Eastoffe, appartenait à un grand homme et, à la gauche, un anneau plus modeste et pourtant infiniment plus précieux.

— Si, vous avez une famille. J'ai épousé votre fils aujourd'hui, donc vous m'avez moi. Nous sommes irrévocablement liées. Et je suis l'unique héritière de mes parents. Cette demeure et ces terres m'appartiennent. Par conséquent, elles vous appartiennent aussi.

Lady Eastoffe sourit et Scarlet semble s'arracher un instant à sa torpeur.

— Nous sommes ensemble.

34

À mon réveil, je suis frappée d'amnésie une fraction de seconde. Ce n'est qu'après m'être frotté les paupières et avoir découvert que le soleil est à son zénith que tout me revient. Nous sommes arrivées à Varinger au petit matin. J'ai dormi par terre, laissant le lit à lady Eastoffe et à Scarlet. Après avoir bloqué la porte au moyen d'une commode nous nous sommes installées pour mettre nos idées en commun mais nous avons très vite sombré dans le sommeil.

Mes parents sont morts. Sullivan aussi. Lord Eastoffe. Le petit Saul.

Et Silas.

Quelle est la dernière chose qu'il m'a dite ? « Tant mieux ! » la perspective de gâter sa femme ne semblait pas lui déplaire. J'essaie de m'accrocher à cette image. Son sourire malicieux, les projets qu'il faisait pour nous. « Tant mieux ! Tant mieux ! »

Lady Eastoffe quitte le lit en prenant garde à ne pas réveiller Scarlet et vient me voir.

— J'ai eu une idée, chuchote-t-elle.

— Je vous écoute.

— Je ne garantis pas le résultat, mais c'est peut-être la seule solution qui s'offre à nous.

Elle s'assied par terre à côté de moi, le port altier malgré l'état de sa robe.

— Je pense que nous ferions mieux de partir, Scarlet et moi. Toi, reste ici et refais ta vie.

— Quoi ? Vous voulez m'abandonner ?

— Non, je veux te protéger. Et pour ne pas mettre ta vie en danger je dois partir, aussi vite et aussi loin que possible. Quinten reviendra sûrement à la charge quand il apprendra que je suis toujours en vie, malgré mon âge avancé et mon désintérêt complet pour le pouvoir. Il sera toujours un nuage noir au-dessus de ma tête. La seule façon de m'assurer que tu ne risques rien, c'est de quitter la Corie.

Détournant le regard, je tente de trouver des failles dans sa logique.

— Tu as hérité d'un superbe domaine, ma chère enfant. Après une période de deuil, tu trouveras quelqu'un d'autre et…

— Jamais je ne donnerai mon cœur à un autre.

— Oh, Hollis, tu es jeune. Tu as toute la vie devant toi. Pense à ton avenir, aux enfants que tu auras. C'est le seul espoir qu'il reste en cette période troublée. Si mon départ peut permettre de t'éviter de revivre ce que tu as vécu hier, alors je partirai sans le moindre regret. Mais garde à l'esprit qu'être séparée de toi sera un déchirement, comme être séparée de mes fils.

J'essaie de trouver du réconfort dans ses paroles. Ce que j'entends, c'est qu'elle m'aime autant que je l'aime, et ce depuis toujours. Et c'est une vraie consolation au milieu de toute cette souffrance.

— Où irez-vous vivre ?

Elle me lance un regard incrédule.

— À Isolte, voyons.

Oh. Elle ne plaisante pas, donc.

— C'est de la folie ! Si vous êtes convaincue que Quinten essaie de vous éliminer, retourner à Isolte, c'est vous jeter dans la gueule du loup !

— Non, je ne pense pas. À Isolte une loi tacite déclare que ce sont les héritiers mâles qui peuvent prétendre au trône. C'est pour cela que notre lignée présentait une menace pour Quinten, plus encore que les Northcott : eux descendent de l'une des filles de Jedreck. Mais cette fille était la première-née et à Isolte cela peut peser dans la balance. Par le passé certaines factions ont déclaré leur soutien à son fils, Swithun, et ses descendants se sont illustrés de bien des façons, ce qui n'est pas le cas d'autres familles qui se sont éteintes…

Soudain son regard part à la dérive, comme attiré par une image que je ne vois pas. Elle cligne plusieurs fois des yeux, puis elle reprend le fil de sa réflexion.

— Je crois que le roi a balayé d'un revers de main le cas des Northcott, car ils ont réussi à perpétuer leur lignée presque sans apport extérieur… Dashiell et moi, nous avons élevé nos enfants dans la conscience du rang qu'ils occupent et de la valeur du sang qui coule dans leurs veines, ce qui fait… qui faisait d'eux des ennemis du roi. Ils comprenaient pourquoi nous postions des gardes devant leur porte certaines nuits, pourquoi nous nous précipitions au palais pour rendre hommage au roi Quinten dès que l'occasion se présentait. Si Scarlet et moi mourons, ce sera avec honneur. Mais toi ? Tu risques la mort parce que tu t'es associée à nous. C'est une perspective qui m'est intolérable.

Je me mets debout et je m'approche de la fenêtre. Mère me l'a toujours dit : « Si tu dois prendre une décision, fais-le à la lumière du jour. »

Petite, je pensais que c'était sa façon de me promettre des réponses qu'elle n'avait pas l'intention de donner à des questions que j'avais la manie de poser à l'heure du coucher. Aujourd'hui, j'ai l'espoir que le soleil chasse la brume de mon esprit.

— Vous êtes vraiment déterminée à retourner à la cour ? À jurer allégeance à Quinten alors qu'il vient d'assassiner toute votre famille ?

— En effet. Je vais confirmer que les héritiers de sexe masculin sont tous morts, ce qui va le rassurer, et me présenter comme sa loyale servante. Ensuite je soutiendrai et je protégerai la famille Northcott dans la mesure de mes moyens. Parce qu'un jour ce vieillard nuisible va mourir et ce jour sera un jour de joie. J'ai hâte de voir les enfants du premier-né de Jedreck monter sur le trône. Je l'ai déjà dit, nombreux sont ceux qui pensent qu'ils devraient être à la tête du royaume depuis le début.

— Vous prenez de grands risques. Il pourrait vous faire exécuter et éliminer les Northcott. Y avez-vous songé ?

— C'est une possibilité, soupire-t-elle, résignée, mais j'ai une belle et longue vie derrière moi. J'ai eu un mari, des enfants. J'ai connu la peur, j'ai connu l'angoisse. Maintenant, j'ai l'intention de protéger : protéger les Northcott, si je vis assez longtemps, et te protéger toi, tout simplement en partant. Voilà pourquoi nous devons quitter la Corie.

Le soleil ne m'apporte aucune réponse. Je vois sa lumière, je sens sa chaleur… mais au-delà, rien. Je me précipite dans les bras de lady Eastoffe.

— Je ne sais pas si je vais y arriver seule.

— Sottises. Pense à tout ce que tu as accompli en l'espace de quelques mois. Tu es une jeune femme très intelligente. Très capable.

— Dans ce cas, vous m'écouterez si je vous déconseille de retourner à Isolte ?

— En effet ce serait sans doute plus sage. Mais je ne peux pas passer les dernières années de ma vie à me cacher. Je dois affronter mon monstre.

— Et votre monstre, c'est Quinten. Très franchement, je préférerais affronter un dragon que d'être livrée à mon sort ici.

— Je t'écrirai tellement souvent que tu crouleras sous les lettres, Hollis. Même quand je n'aurai rien d'intéressant à raconter. Et tu finiras par regretter de m'avoir pour belle-mère.

— Maintenant c'est vous qui dites des sottises. Je vous aime de la même façon que j'ai aimé le reste de ma famille : depuis le premier jour, inconditionnellement, et sans raison.

— Arrête. Tu vas me refaire pleurer et j'ai déjà le cœur brisé, dit lady Eastoffe en déposant un baiser sur mon front. Je dois prendre certaines dispositions pour les funérailles. Et toi aussi… Je n'ai pas l'intention d'organiser de cérémonie, j'espère que personne ne s'en formalisera. Je veux que mes défunts trouvent le repos au plus vite.

Les yeux baissés, elle s'éclaircit la voix. En dehors de sa crise de larmes d'hier soir, elle se fait violence pour ne pas craquer. Un modèle de courage.

— Ensuite, reprend-elle d'une voix mal assurée, nous irons inspecter les ruines du manoir et voir ce que nous pouvons récupérer. Nous partirons le plus tôt possible, si le temps le permet bien sûr. Je dois encore écrire aux Northcott. Demander à Etan de nous servir d'escorte…

Sans cesse sollicitée les jours suivants, elle jette toute son énergie dans les préparatifs des funérailles et je suis en admiration devant elle. Ma douleur à moi est si grande que je reste prostrée sur mon lit.

35

Les Northcott envoient rapidement leur réponse, ils proposent à lady Eastoffe et à Scarlet de les héberger aussi longtemps qu'il sera nécessaire. Une date est fixée, Etan se charge de louer un fiacre à bord duquel elles voyageront confortablement. Ils semblent ravis de leur apporter de l'aide dans cette épreuve, mais ces projets me mettent mal à l'aise. Si les Northcott sont eux aussi menacés par Quinten, pourquoi s'entassent-ils tous sous le même toit ? Je ne comprends pas la logique.

— Jusqu'ici ils sont passés entre les mailles du filet. Quinten est trop arrogant et il méprise trop les femmes pour voir en elles un danger. J'ose croire qu'il va les laisser tranquilles encore quelque temps, m'explique lady Eastoffe.

— Je continue à penser que vous vous jetez dans la gueule du loup, dis-je les bras croisés, pas du tout rassurée. Promettez-moi de réfléchir…

Hester arrive en se dandinant.

— Pardonnez-moi, ma lady, il y a un paquet pour vous. Comme il est plutôt lourd, je l'ai laissé à côté de la porte.

— Lourd ?

Elle confirme d'un hochement de tête. J'échange un regard avec lady Eastoffe.

— Merci, Hester. À côté de la porte d'entrée ?

— C'est bien ça, ma lady.

Lady Eastoffe me suit au rez-de-chaussée. Je dois encore m'habituer au fait que la maîtresse de Varinger, c'est moi. Un fardeau supplémentaire à porter, et mes épaules commencent à fatiguer.

— Eh bien, fait remarquer lady Eastoffe, il ne prend pas beaucoup de place, ce paquet. Je me demande pourquoi il pèse si lourd.

Sur le guéridon qui est, en temps normal, décoré d'un bouquet de fleurs m'attendent un petit coffre et un pli. Je m'apprête à décacheter la lettre quand mon regard tombe sur le sceau. Mes mains se mettent à trembler.

— Qu'y a-t-il ?

— Le sceau royal. C'est Jameson qui m'envoie cela.

— Préfères-tu que je le lise à ta place ?
— Non… non, je vais y arriver.
Je brise le cachet et je pose les yeux sur cette écriture que je connais si bien. Combien de fois ai-je reçu des lettres écrites de la main du roi ?

Ma très chère Hollis,
Même si cela peut vous paraître improbable après ce qui s'est passé entre nous, j'ai éprouvé une grande tristesse en apprenant la tragique nouvelle du décès de votre fiancé et de vos parents. Tout ce qui vous cause de la peine m'en cause à moi aussi, et je vous écris pour vous adresser mes plus sincères condoléances.
En tant que membre de la noblesse, vous avez droit, cela va sans dire, à une rente annuelle. En me fondant sur l'espoir et l'hypothèse que vous vivrez encore cinquante ans, j'ai décidé de vous allouer la somme totale dès maintenant, en gage de pardon pour les indélicatesses passées et notre chagrin partagé.

— Incroyable !
Je m'approche du coffre, je soulève le couvercle et la vue des pièces de monnaie, une véritable fortune, nous arrache un cri de stupeur, à lady Eastoffe et moi.

— Qu'est-ce que c'est ?

— Le roi m'octroie une indemnité, comme le veut la coutume quand un membre de l'aristocratie devient veuf.

— Même si tu n'as été mariée que quelques heures ? s'étonne lady Eastoffe.

— Je vous l'ai dit, tout un arsenal de lois encadre le mariage en Corie. Afin que les gens prennent cet engagement au sérieux, je présume. Mais je suis officiellement veuve… même si Jameson écrit ici que Silas était mon « fiancé ».

— Toute cette affaire me paraît insolite mais je préfère me taire, quand je repense aux centaines de lois à respecter à Isolte.

Elle cueille des pièces d'or au creux de sa paume.

— Eh bien, Hollis, te voilà richissime.

Je retourne à ma lecture.

J'espère que cela vous permettra de conserver le train de vie auquel vous êtes accoutumée en tant que lady. Vous êtes la fine fleur de notre royaume.

Passons à un sujet qui, je l'espère, vous apportera de la joie et apaisera votre chagrin : je suis devenu très proche de votre amie Delia Grace. Ce sera ma partenaire officielle aux festivités du solstice, qui approchent à grands pas. Peut-être qu'elles sauront vous rendre le sourire. Venez à Keresken, laissez-nous prendre soin de vous. Avec la perte de vos parents, vous devez vous sentir bien seule à la campagne et le palais vous fournira le confort auquel vous aspirez.

Vous occuperez toujours une place particulière dans mon cœur, Hollis. Je vous supplie de me permettre de vous revoir et de vous rendre à nouveau heureuse. Cela me remplirait de joie. J'espère vous voir bientôt.

Votre humble serviteur,

Jameson

— Le roi m'invite également à la cour, dis-je en tendant la lettre à lady Eastoffe. Dans les plus brefs délais. Et on dirait que Delia Grace a su se rendre indispensable.

— Eh bien, c'est une bonne nouvelle, non ?

— Certes. Peut-être que cela me fera plaisir de la revoir. Peut-être qu'une réconciliation en bonne et due forme est d'actualité.

Je ne sais pas trop qui j'essaie de convaincre, ni quoi penser du comportement de Delia Grace. Je souffre de son absence, c'est certain, et j'espère que l'inverse est vrai. Je m'en veux de l'avoir abandonnée à la cour tout en me réjouissant de la place qu'elle occupe à présent dans le cœur de Jameson. Enfin, l'une d'entre nous va réaliser ses rêves.

— Dans ce cas, répond lady Eastoffe, je pense que Keresken t'ouvre les bras. Cela te fera du bien de te changer les idées, de tourner la page. Varinger est magnifique mais tu risques de t'y sentir bien seule.

Je me jette sur une chaise, agacée, comme une gamine capricieuse. À cet instant, je voudrais que ma mère soit là pour me réprimander. Je paierais cher pour qu'elle me sermonne une dernière fois. Chassant cette pensée de mon esprit, je regarde lady Eastoffe.

— J'imagine que vous avez raison, lui dis-je. Vous avez souvent raison. Si vous voulez bien m'excuser, j'ai des choses à régler.

— Tu n'as pas besoin de me demander la permission. Tu es la maîtresse de maison.

Oh. Elle n'a pas tort. Je me redresse.

— Eh bien, lady Eastoffe, j'ai des affaires en suspens, et je vais m'en charger que vous le vouliez ou non.

— Voilà qui est mieux.

Je m'en vais aux écuries, où le palefrenier panse les chevaux.

— Bien le bonjour, ma lady. Excusez-moi, je ne vous attendais pas.

— Tu n'as pas à t'excuser. Je vais t'emprunter Madge pour une courte balade.

— Mais vous n'êtes pas en tenue, madame. Vous ne préférez pas que je fasse appeler la calèche ?

— Non. Ma robe, c'est le moindre de mes soucis. Je… j'ai besoin de réfléchir.

Le palefrenier semble comprendre ; il m'amène ma belle jument noire.

— Et si on te demande si tu m'as vue, motus.

Il me répond d'un clin d'œil et, tirant sur les rênes, je lance Madge sur le chemin. Nous traversons les prés dans un galop échevelé, mais je n'ai aucune crainte, elle ne me jettera pas à terre et elle ne se cabrera pas non plus. Nous sommes, elle et moi, concentrées sur un seul et unique objectif.

Nous nous enfonçons dans la forêt et nous mettons le cap à l'ouest. Madge connaît ce secteur par cœur, elle évite les branches et les racines avec adresse tandis que nous approchons de l'endroit qui aurait dû être ma maison. Le manoir d'Abicrest.

Les monticules de terre sous les saules pleureurs me frappent par leur couleur, qui contraste avec le reste du paysage. Le temps finira par les aplanir. J'ignore s'ils ont tenu à respecter une coutume, ou s'ils ont agi par gentillesse, mais les Eastoffe ont fait enterrer les domestiques à côté de leurs maîtres et vingt-cinq tombes s'alignent à la lisière du domaine. D'autres victimes sont enterrées ailleurs, mes parents par exemple, qui reposent dans le mausolée à côté du temple, ou ces malheureux voisins qui ont rejoint leur caveau familial.

Je suis partagée entre culpabilité et tristesse. Dire que tout s'est joué en l'espace de quelques minutes. Si j'avais regagné le manoir plus tôt avec lady Eastoffe, je serais moi aussi enterrée sous ces saules. Si lady Eastoffe avait voulu parler à Silas, il serait encore parmi nous. Si, si, si. Avec des si, on pourrait refaire le monde.

J'attache Madge à une branche et je la gratouille derrière l'oreille avant de me diriger vers la pierre qui marque l'endroit où repose la dépouille de Silas. Je m'agenouille à côté et je m'adresse à lui.

— J'ai essayé de la convaincre de rester. J'ai essayé vingt fois, avec chaque fois un argument différent… je crois qu'elle ne va pas m'écouter.

Le vent fait tournoyer les feuilles.

— Eh bien, non, je ne me suis pas encore jetée à ses pieds, mais ce n'est pas mon genre.

Et je suis la maîtresse de Varinger à présent. Elle ne cesse de me le rappeler. Mais le souci…, dis-je en ravalant mes larmes, c'est que je voulais être la maîtresse de ta maison. Et tu n'es plus là, ta maison est une ruine et j'ai l'impression d'avoir les mains vides.

Les branches se mettent à bruisser.

— J'ai une chance inouïe, j'en ai bien conscience. Réchapper à un massacre est un cadeau de la vie, mais je ne comprends pas pourquoi les dieux m'ont épargnée. Qu'ont-ils en réserve pour moi ?

Silence.

— Jameson m'a conviée à la cour. J'ai du mal à croire qu'il soit prêt à me pardonner. Il a pitié de moi, j'imagine. Il va se sentir insulté si je décline son invitation, et je lui ai déjà donné assez de raisons de me détester. Ma seule peur, c'est de… d'être forcée de te laisser partir, je crois.

J'essuie mes larmes de la manche de ma robe.

— Dès que j'ai posé les yeux sur toi, j'ai senti une force qui m'attirait irrésistiblement vers toi, comme si un cordon reliait mon cœur à toi. Ce lien, je ne le sens plus. Et il me manque.

J'aimerais tellement que Silas me réponde, qu'il me chuchote un de ces conseils qu'il semblait avoir toujours en réserve. Mais c'est impossible.

Je ne le sens plus à mes côtés.

— Je voulais simplement que tu saches que je ne t'oublierai jamais, même si ta présence finit par s'estomper. Et si je suis capable d'aimer à nouveau un jour, je le saurai… parce que tu m'auras appris ce qu'est l'amour. Avant toi, les sentiments que j'éprouvais n'étaient que simulacre. Et je l'ai compris à ton arrivée dans le Grand Salon de Keresken, une épée en or dans les bras, digne et fier.

« Tu m'as séduite sans un mot. Je ne sais pas si je te l'ai dit. J'étais à toi dès le premier jour. À la seconde où nos regards se sont croisés. Tu m'as fait la promesse de m'aimer inconditionnellement, et tu as été fidèle à ta promesse. Merci, Silas. Merci.

Du regard je balaie le paysage qui m'environne. J'ai vécu tant de choses en si peu de temps – elles resteront toutes gravées en moi.

— Je t'aime. Merci.

Du bout des doigts, je dépose un baiser sur la pierre tombale. Madge lève la tête lorsque je me remets en selle, nous repartons et, cette fois-ci, je regarde droit devant.

36

Je laisse les journées s'écouler, léthargique, sans énergie. Manger, m'habiller, tout exige un effort surhumain. Chaque tâche du quotidien. Qu'on ne compte pas sur moi pour réserver un accueil chaleureux à Etan Northcott, d'autant qu'il doit venir pour m'enlever ce qu'il reste de ma famille.

Cet oiseau de mauvais augure apparaît un jour au bout de l'allée sur son cheval, accompagné d'un imposant carrosse d'un bleu un peu plus foncé que le bleu isoltien. Je l'attends sur le perron, pour l'accueillir comme le veulent les convenances. La mine grave – lui arrive-t-il de sourire ? –, il descend de sa monture et s'approche. Je lui présente ma main droite.

— Lord Northcott, bienvenue à Varinger.

Le bras tendu il se fige à mi-geste, le regard braqué sur ma main.

— Qu'y a-t-il ?

— Vous portez une bague qui ne vous appartient pas.

— Permettez-moi de vous donner tort. Entrez, je vous en prie. Votre tante et votre cousine vous attendent.

Je retourne à l'intérieur, suivie par le claquement des talons de ses bottes. Le moindre bruit résonne atrocement entre ces murs. Je lui parle à voix basse, et à contrecœur.

— Je dois vous mettre en garde. Lady Eastoffe est d'un courage exemplaire, au vu des circonstances. Elle s'est jetée corps et âme dans les préparatifs du voyage. Je ne sais pas si son chagrin va bientôt remonter à la surface, mais soyez attentif.

— Comptez sur moi.

— Et Scarlet… ce n'est plus la Scarlet que nous connaissons tous. Vous l'ignorez peut-être, mais elle a été témoin du massacre. Les assassins l'ont épargnée. Pour quelle raison, cela reste un mystère.

Son masque glisse un instant ; il a l'air sincèrement attristé.

— Vous en a-t-elle parlé ?

— Non. On dirait qu'elle a perdu l'usage de la parole. J'espère qu'elle va se rétablir, je l'aime tant.

Mais elle risque de rester dans cet état. Je ne sais pas quoi faire, lady Eastoffe non plus. Notre espoir, c'est que le temps fasse son œuvre.

— Et vous…, commence-t-il avant de s'éclaircir la voix. Comment vous portez-vous ?

Sa question me frappe de stupeur. J'ai du mal à croire qu'il prenne la peine de s'enquérir de ma santé.

— La personne qui comptait le plus pour moi n'est plus de ce monde. De même que toute ma famille et une grande partie de la sienne… Je prends les journées comme elles viennent, l'une après l'autre. Et je crois que je vais m'en tenir là.

Je me garde bien de dire à Etan que j'enfouis mon visage dans mon oreiller la nuit pour que personne ne m'entende pleurer. Je ne peux pas non plus lui dire que je me sens coupable d'avoir survécu quand tant d'autres sont morts. Même si je ne considère plus les Isoltiens comme mes ennemis – à l'exception de leur roi, peut-être –, je suis loin de considérer Etan comme un ami.

— Vous m'en voyez désolé, dit-il.

J'aimerais croire qu'il est sincère.

Nous entrons dans le salon, où l'attendent lady Eastoffe et Scarlet. Le visage de sa tante s'illumine, elle se met debout.

— Etan, mon très cher garçon. Merci mille fois d'être venu. Grâce à toi je me sentirai en sécurité pendant ce voyage.

Scarlet regarde son cousin, puis elle baisse la tête. Etan me lance un regard furtif, je lui réponds d'un haussement d'épaules qui veut dire : *Vous voyez ?*

— Je suis entièrement à votre service, tante Whitley. Nous pouvons partir dès que vous êtes prêtes.

— Ne perdons pas de temps, répond lady Eastoffe. Plus tôt nous serons rentrées à Isolte, mieux ce sera.

Et mon cœur se morcelle un peu plus.

Etan aide Scarlet à descendre les marches du perron. Son mutisme semble l'effrayer, il me cherche du regard pour se rassurer. Je ne sais pas quoi lui dire ; il faut laisser le temps au temps. Nous affrontons le deuil chacune à notre manière. Lady Eastoffe semble indestructible, Scarlet s'est renfermée sur elle-même et moi… eh bien, moi, je refuse de me projeter dans l'avenir.

Je me poste devant la portière du carrosse et Scarlet me prend une dernière fois dans ses bras.

— Au revoir, Hollis, souffle-t-elle. Tu vas me manquer.

— Toi aussi tu vas me manquer. Quand l'envie t'en prendra, écris-moi.

— Faudra-t-il adresser les lettres au palais ou à Varinger ?

— Je n'en ai aucune idée.

— Fais-moi signe quand tu seras fixée.

Etan l'aide à se hisser sur le marchepied, elle grimpe à bord du coche qui l'emportera loin de moi.

— Vous n'avez pas l'air convaincue, chuchote Etan.

— Je préférerais qu'elles restent ici.

— Elles seront entourées de leur famille.

— Je suis leur famille ; je suis une Eastoffe.

— Il en faut un peu plus pour être une Eastoffe, répond Etan avec un sourire condescendant.

J'aimerais le contredire mais, à cet instant, lady Eastoffe descend les marches du perron en enfilant des gants qui proviennent de la garde-robe de ma mère. Je ne veux pas qu'une dispute vienne gâcher nos derniers instants. Etan monte à cheval, déjà dans son rôle de sentinelle.

— Je suis repassée dans les chambres, déclare-t-elle, je crois que nous n'avons rien oublié. De toute façon nous sommes arrivées les mains vides.

— Il reste une petite chose, dis-je.

Ce n'est pas parce que je trouve Etan antipathique qu'il n'a pas raison sur un point – il avait bien senti que Jameson n'avait pas de sentiments sincères à mon égard. Je retire le saphir de mon doigt.

— Oh, Hollis, non ! J'insiste !

— Cette bague appartient à votre famille. C'est Scarlet qui devrait la porter.

— Non merci, grommelle Scarlet depuis la banquette.

— Je crois qu'elle est définitivement brouillée avec notre héritage, m'explique lady Eastoffe à voix basse. Qui peut lui en vouloir ? Tu es une Eastoffe, tu l'as dit toi-même. La place de cette bague est à ton doigt.

— Je n'en suis pas sûre.

— Dans ce cas porte-la quelque temps et, si tu n'as pas changé d'avis, tu pourras venir me la rendre à Isolte en mains propres. Marché conclu ?

Cette perspective m'arrache un sourire.

— Marché conclu.

— Quand pars-tu pour le palais royal ? me demande-t-elle.

— D'ici quelques heures. J'espère arriver avant la tombée de la nuit, à l'heure du souper. J'aimerais éviter d'attirer l'attention.

Je n'ose imaginer l'accueil qu'on va me réserver à Keresken.

— Hollis, je veux que tu saches… Si, pour une raison ou une autre, ta flamme est ranimée à la vue du roi, il n'y a rien de honteux à cela. Et c'est la mère de Silas qui te le dit.

— Je vous remercie d'y avoir pensé mais je sais depuis longtemps que je ne veux plus jamais poser les yeux sur une couronne. Et Jameson… je doute qu'il m'ait jamais aimée. Ou que moi, je l'aie vraiment aimé. Mon objectif, c'est de le convaincre que Delia Grace est faite pour le trône, et ensuite… en toute honnêteté, je ne sais pas ce qui m'attend.

— Tu vas trouver tes repères.

— S'il vous arrive quelque chose, comment en serai-je informée ?

— J'ai déjà demandé aux Northcott de te faire signe. Mais tu n'as pas à t'inquiéter. Je suis une vieille femme. Quinten s'est peut-être senti menacé par mes fils, il est peu probable qu'il voie en moi un danger. Et Etan assurera notre protection durant le trajet.

Je lance un regard sceptique au cavalier.

— Si vous le dites.

Nous restons silencieuses quelques instants. L'heure des adieux a sonné et je ne suis pas prête.

Lady Eastoffe me serre dans ses bras.

— Je t'aime très fort, Hollis. Tu me manques déjà.

— Je vous aime aussi.

Je veux à tout prix éviter de pleurer devant elle et Scarlet. Nul besoin d'ajouter à leur souffrance.

— Je t'écris dès que possible, me promet-elle.

Je réponds d'un hochement de tête, de peur que ma voix ne me trahisse. Elle me caresse la joue une dernière fois et rejoint Scarlet sur la banquette.

Etan, qui a fière allure sur sa monture, s'approche.

— Elles seront en sécurité, vous savez. Vous pouvez penser ce que vous voulez de moi, de mon roi ou de mon peuple, mais je vous prie de croire que je donnerais ma vie pour ma famille.

— Tout comme moi. Mais c'est ma famille qui s'est sacrifiée pour moi… Pardonnez mon agacement. Ces moments sont toujours douloureux.

— Et ils le seront. Longtemps. Mais la douleur s'apaisera avec le temps.

— Merci pour vos paroles. Et je suis convaincue qu'elles sont entre de bonnes mains. Je ne donne pas cher de celui qui osera s'attaquer à vous.

Il me salue de la tête. Et la petite troupe s'ébranle, s'éloignant lentement. Je suis l'équipage du regard jusqu'au bout de l'allée, j'attends qu'il arrive au virage et je le vois disparaître derrière la crête de la colline. Je repousse au maximum le moment de rentrer dans cette maison où je vais me sentir si seule. Je dois rester là un bon moment car, à l'arrivée du valet, je sens que le soleil m'a brûlé les joues.

— Lady Brite ?

— Eastoffe.

— Toutes mes excuses, ma lady. Les vieilles habitudes, vous comprenez. Vous voulez bien me dire dans quelles malles mettre vos affaires ?

Je prends une profonde inspiration et je retourne à l'intérieur. Je m'arrête dans le vestibule, le souffle court, à deux doigts de l'évanouissement. Je me cramponne au guéridon et je respire exagérément.

— Je… Il y a deux malles à côté de mon lit. Si j'oublie quelque chose, je suis sûre que le palais me le fournira.

Cela suffit à me faire gagner un peu de temps. Le valet esquisse une courbette et monte à l'étage. Je vais m'asseoir sur l'ottomane à côté de la fenêtre, où j'ai l'intention de me reposer jusqu'à l'heure du départ. Une sensation étrange se manifeste au creux de ma poitrine, une sorte de chatouillis, et j'essaie d'en venir à bout en me grattant. Une vague d'émotions s'abat alors sur moi. Les pensées se bousculent dans mon esprit et cèdent la place à un tourbillon de questions gênantes.

Les rayons obliques du soleil se déplacent sur le parquet, marquant l'écoulement des minutes, et je sens de nouveau ce chatouillis étonnant dans ma poitrine. Non. Pas un chatouillis, pas une démangeaison, rien de cela. On dirait plutôt… un cordon qui tire sur mon cœur.

De plus en plus fébrile, je me concentre sur la sensation, sur le message qu'elle essaie de me transmettre. Oui. Oui, c'est bien ça. Je crois que j'ai compris ce qu'elle veut me dire.

Je regarde le soleil caresser le faîte des arbres à l'horizon. Le temps presse. Je monte quatre à quatre les marches de l'escalier central, je gagne ma chambre et je cherche dans l'armoire mes sacs de voyage. Les malles sont trop lourdes pour Madge. Dans l'un des sacs je fourre trois robes, celles qui ont le moins de fanfreluches, et j'ajoute une brosse à cheveux et du parfum. L'autre sac, je le remplis des pièces d'or que Jameson m'a envoyées.

— Hester ! Hester, apporte-moi du papier et de l'encre !

Je troque mes ballerines, que je glisse avec les pièces d'or, contre mes bottes de cavalière. Hester entre de sa démarche dandinante et me tend ce que je lui ai demandé. Je me jette presque dessus.

— Merci. écoute-moi, Hester. Tout le monde s'est déjà organisé pour mon séjour à Keresken, mais je ne sais pas combien de temps mon absence va durer. J'écrirai dès que possible.

— Très bien, ma lady.

— Et ce coffret, cache-le. Mets-le en lieu sûr.

— Je m'en charge.

Je griffonne en toute hâte :

Votre Majesté,

Lorsque vous lirez ces lignes, je serai à Isolte. Je vous fais faux bond, à nouveau, et je prie pour que vous m'accordiez votre pardon cette fois encore. Je souhaite du fond du cœur donner un jour ma bénédiction à la personne que vous aurez choisi d'épouser, mais je ne peux pas me rendre au palais, pas tout de suite. C'est trop tôt, et trop dur, et je n'y suis pas préparée.

Je vous souhaite tout le bonheur du monde et j'espère que nos chemins se recroiseront. En attendant, je reste votre dévouée servante.

Hollis

Je plie la lettre sans soin avant de la confier à Hester.

— Envoie-la au palais royal. Et en urgence, par pitié.

— Bien, ma lady. Et restez prudente.

Je la remercie d'un signe de tête, j'attrape ma pèlerine et je file aux écuries. Je passe de box en box. Enfin, je trouve Madge.

— Te voilà, ma belle !

Je la harnache aussi vite que j'en suis capable car le jour décline. Une fois la selle bien calée, je jette les sacs en travers et je me hisse sur les étriers.

Madge me connaît par cœur, elle sent que nous n'avons pas de temps à perdre et elle galope ventre à terre. Je sais à peu près quelle direction ils ont prise mais pas la route précise qui mène à Isolte. J'envoie un baiser à la tombe de Silas lorsque nous passons devant. Nous filons comme le vent. Les pistes sont désertes aujourd'hui, il n'a pas plu depuis longtemps et nous soulevons beaucoup de poussière, je la sens qui forme une pellicule sur ma peau.

— Plus vite, ma belle !

Madge pourchasse le soleil vers l'ouest. Je commence à penser que j'aurais mieux fait d'y réfléchir à deux fois. Je ne connais pas la route, la nuit est en train de tomber et je suis seule. Les yeux plissés, je fouille l'horizon à chaque virage, espérant trouver... un fiacre bleu escorté d'un cavalier ! Je m'époumone :

— Attendez ! Arrêtez-vous, je viens, moi aussi !

Personne ne m'entend, bien entendu, et je continue à crier. C'est Etan qui m'aperçoit le premier, il fait signe au postillon qui immobilise ses chevaux. Scarlet passe la tête par la portière, sa mère l'imite peu de temps après.

Enfin, j'arrive à leur hauteur.

— Hollis, que fais-tu ici ? s'exclame lady Eastoffe. Quelle folie ! Est-ce que ça va ?

— Non. Ça ne va pas.

Je descends de cheval et je m'approche de leur véhicule, épuisée, les muscles endoloris.

— Ça ne va pas du tout. Je ne peux pas retourner au palais et je ne peux pas vous laisser partir sans moi.

— Nous en avons déjà parlé, fait lady Eastoffe.

— Non. Vous en avez parlé mais j'ai aussi mon mot à dire, cela me concerne directement. Je suis la maîtresse de Varinger à présent, et je suis votre fille... laissez-moi m'exprimer.

Elle ouvre la portière et descend pour venir à ma rencontre.

— Je t'écoute, dit-elle.

J'avale de grandes goulées d'air.

— Je suis une Eastoffe. Et je porte toujours l'alliance de Silas, et votre bague. Vous êtes ma famille. Dans ces conditions, je refuse que vous partiez sans moi. Et si vous allez au-devant du danger alors… alors je viens avec vous.

— C'est grotesque, proteste Etan.

— Oh, taisez-vous ! C'est tellement mieux quand on ne vous entend pas.

— C'est tellement mieux quand vous nous détestez, rétorque-t-il.

— Je ne vous déteste pas. Si, vous peut-être. Mais pas tant que ça.

— Oh. Je vous en remercie infiniment.

— Etan, lance lady Eastoffe, les yeux levés au ciel.

Cela suffit à le réduire au silence. Elle se tourne vers moi.

— Veux-tu vraiment quitter ton pays ? Ta maison ? Nous sommes passés par là et, je te le garantis, c'est beaucoup plus dur que tu le crois.

— Je veux que vous soyez fiers de moi. Que Silas soit fier de moi. Et je veux vivre une vie loin des mesquineries des courtisans, loin de la solitude de Varinger.

Je me tords les mains, essayant de ne pas fondre en larmes.

— Je n'ai pas l'intention de faire du mal à Quinten, figurez-vous. Trop de sang a coulé, je ne veux pas en verser davantage. Ce que je veux, ce sont des réponses. Je veux que cet homme me regarde dans les yeux et avoue qu'il a tué mon mari, et aussi qu'il me dise pourquoi.

— Hollis, fait-elle d'une voix douce, visiblement ébranlée.

— Je ne compte pas rebrousser chemin. Et si vous ne me laissez pas monter dans votre coche, vous m'obligerez à vous suivre sur le dos de ma fidèle Madge. Vous allez découvrir que je suis plutôt du genre têtu, j'en ai bien peur.

Du regard lady Eastoffe consulte Scarlet que je vois sourire pour la première fois depuis des jours.

— On dirait que ta décision est arrêtée.

— En effet.

— Dans ce cas, monte avec nous. Mon brave, vous voulez bien attacher cette jument à l'arrière ? Je suis certaine que lady Hollis souhaite l'emmener avec elle.

— C'est hors de question ! s'agace Etan. Elle ne peut pas nous accompagner.

— Je n'ai aucun ordre à recevoir de vous, monsieur. J'accompagne ma famille. Et, nous le savons l'un comme l'autre, il n'est d'honneur plus grand que celui de donner sa vie à sa famille.

Je fusille Etan du regard et il pousse un soupir avant de s'éloigner et de reprendre son poste de vigie tandis que le postillon attache Madge. Je récupère les sacs que j'emporte dans le carrosse, nous redémarrons et je réussis à me calmer.

— Tu n'as pas pris beaucoup d'affaires, fait remarquer Scarlet.

— Il n'y a pas que des vêtements.

J'ouvre un sac et j'en sors une poignée d'écus.

— C'est l'or que le roi t'a envoyé ? chuchote lady Eastoffe, même si le bruit des roues couvre déjà sa voix.

— Pas la totalité. Mais j'ai pensé que nous pourrions en avoir besoin. Pour les dépenses du quotidien. Ou des pots-de-vin. Ou rénover le manoir de Varinger si je suis contrainte de revenir en Corie.

Elle éclate de rire.

— C'est ce que Silas a toujours aimé en toi : ta ténacité. Mais permets-moi de te rappeler que cela ne sera pas une partie de plaisir. Je n'ai aucune certitude sur ce qui nous attend à Isolte.

Je regarde le visage grave de lady Eastoffe et de Scarlet, la silhouette raide d'Etan sur son cheval.

Il ne fait aucun doute pour moi que je m'aventure dans l'inconnu, que c'est peut-être la mort qui m'attend au bout du chemin. Mais les tiraillements de mon cœur semblent s'apaiser et je sais qu'il vaut mieux aller de l'avant. Pas question de retourner dans le passé, de retrouver ce que je connais déjà.

— Soyez sans inquiétude, Mère. Je n'ai pas peur.

Remerciements

Salut, toi. Merci d'avoir lu mon livre. Je sens qu'on est faits pour s'entendre.

Petite info : ce roman, c'est un travail d'équipe. Alors, s'il t'a plu (mais c'est aussi valable si tu l'as trouvé nul), prends un moment pour, avec moi, remercier tous ceux qui ont consacré leur temps et leur énergie à ce projet.

La géniale Elana Parker, mon agente, qui me soutient depuis le premier jour. Ce qui est une sacrée prouesse, parce que, en toute franchise, j'ai tout le temps besoin qu'on me tienne la main. Mais aussi l'équipe au grand complet de l'agence Laura Daillit, y compris l'adorable Samantha Fabien, mon agente à l'international.

Erica Sussman, mon éditrice ultra-talentueuse, qui polit mes mots jusqu'à les faire scintiller, et Elizabeth Lynch, qui a mis toutes ses compétences au service du résultat final.

Et puisqu'on parle du résultat final, merci à Gus Marx qui a pris la photo de couverture, et à Alison Donalty et Erin Fitzsimmons qui se sont chargées de la maquette.

Ma tribu chez HarperTeen : Aubrey Churchward, Shannon Cox, Tyler Breitfeller, Sabrina Abballe et tous les autres qui perfectionnent mes idées et les mettent en avant. Honnêtement, ces remerciements pourraient s'étendre sur des pages et des pages.

Il faut une armée pour fabriquer un livre et je suis immensément reconnaissante à tous ceux qui ont participé au mien.

Les fidèles de l'église de Northstar pour leur soutien et leurs prières constantes. En particulier mon petit cercle d'amies : Erica, Jennie, Rachel et Karen, et leur séance hebdomadaire d'écoute (sans le moindre signe d'ennui) et d'encouragement.

Mes parents, Bettie et Gerry, et mes beaux-parents, Jennie et Jim. Ils pensent sincèrement que rien ne m'arrête, comme tous les parents, je sais, mais j'arrive presque à y croire moi aussi.

Mon mari, Callaway. Une perle. La perle rare même, et vous êtes toutes vertes de jalousie.

Mon Guyden, qui a hérité de mon talent à faire de gros câlins et qui m'en fait profiter du matin au soir. Et c'est génial, parce que j'en ai bien besoin.

Ma Zuzu, la meilleure pom-pom girl au monde, qui s'arrange pour que je ne doute jamais de moi plus d'un quart d'heure.

Et, *last but not least*, j'adresse mes remerciements éternels à Dieu. L'écriture a été ma bouée de sauvetage alors que je me noyais. Encore aujourd'hui, l'immense générosité de mon sauveur le Christ m'éblouit. La possibilité de raconter des histoires et d'en vivre est un de Ses innombrables cadeaux… et ce n'est qu'une fraction des bienfaits que m'a accordés la providence.

Et je t'ai déjà dit merci, mais je recommence : merci à toi.

Cet ouvrage a été composé par
Fr&co - 61290 Longny-au-Perche